我不想平衡工作和生活，
因为这两者我都深深热爱。

每个人都有自己的光，你要做的是找到正确的坐标，
让光芒绽放。

不被标签束缚，不自我设定，为热爱之事用尽全力。

岁月浅浅，余生漫漫，

用自己的努力，让生活成为一部进化史。

人生是一场旅行，那些难过的沟壑，会让我们走得更远。

努力让自己变得美好，才有机会和更多美好不期而遇。

奔向更远的地方，见更多更亮的光。

真实的、永恒的、最高级的快乐，

只能从三样东西中取得：

工作、自我克制和爱。

——罗曼·罗兰《托尔斯泰传》

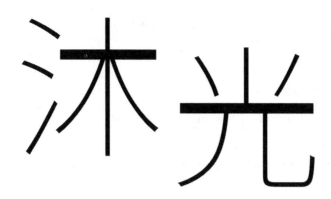

沐光

橡子 著

北京出版集团
北京出版社

图书在版编目（CIP）数据

沐光 / 橡子著 . — 北京：北京出版社，2024.3
ISBN 978-7-200-18406-8

Ⅰ . ①沐… Ⅱ . ①橡… Ⅲ . ①长篇小说 — 中国 — 当代
Ⅳ . ① I247.5

中国国家版本馆 CIP 数据核字（2024）第 000541 号

出版策划：知库文化　　　　责任编辑：占　琴　陈业莹
封面设计：马　佳　　　　　责任印制：张鹏冲

沐光
MU GUANG

橡　子　著

出　版　北京出版集团
　　　　北 京 出 版 社
地　址　北京北三环中路 6 号
邮　编　100120
网　址　www.bph.com.cn
总发行　北京出版集团
经　销　新华书店
印　刷　三河市龙大印装有限公司
开　本　710 毫米 ×1000 毫米　1/16
印　张　21.75
字　数　319 千字
版印次　2024 年 4 月第 1 版第 1 次印刷
书　号　ISBN 978-7-200-18406-8
定　价　88.00 元

如有印装质量问题，由本社负责调换
质量监督电话　010-58572772　58572393

自序

2011年，从中国人民大学硕士毕业后，我很幸运地被老师推荐到国内一家大型保险公司总部工作。那时的我并不真正了解保险业，只是听老师、师兄师姐们说保险业发展前景好，待遇也好。这些年兜兜转转，中间也换过几家公司，但我一直没有离开过保险这个行业。

记得刚参加工作时，有一次出差，飞机上邻座的一位男士一直试图和我搭讪，问我在北京是上学还是工作，我说是工作。他又问我在哪家公司就职，我告诉他在某保险公司，然后，就没有然后了。直到下飞机，他也没有再和我说过一句话，甚至连余光都不敢扫向我这边，和刚上飞机主动帮我放行李箱时判若两人。那是我生平第一次觉得，原来在保险公司工作还有规避别人搭讪的功效。

后来，随着工作时间渐长、自己投保产品的增多，接触的保险销售人员也越来越多，我发现新时代的保险销售人员已经完全不是大家陈旧观念里的样子了。他们的画像和整体素质有了质的改变，这算是触动我写他们的故事的原因之一。

此外，我还希望透过这些故事，让即将入行的小伙伴们对保险销售人员的工作状态、生活状态以及他们到底是一群什么样的人有更加深入的了解。我更希望能让社会大众了解保险行业以及保险从业者的真实价值，让有保险需求的朋友了解保险的更多隐藏功用。

为了积累素材，我先后和超过20位不同背景、不同年龄的保险销售人员多次沟通，他们在我脑海中的画像是"80后""90后"居多，学历本科最多，从业者中硕士占比在逐年提升。他们当中的确有一些人是因为走投无路才选择从事保险销售工作的，但越来越多的人是主动选择这个职业的。我的访谈对象，有的来自外企，有的来自航空公司，也有的来自事业单位，他们当中有的是医生、教师以及私营企业主。

在和他们的沟通中，我惊叹于他们的认知水平和知识储备。他们懂医学，懂不同疾病的治疗方法和对应的承保情况；他们懂法律，懂婚姻财产分割，懂继承法，甚至连如何给非婚生子女上户口这样的冷门知识也烂熟于心；他们懂财务、懂税务筹划，常常能给企业家客户中肯的建议；最重要的是，他们还很懂生活。

也许你会说，为什么我遇到的保险销售不是这个样子，甚至有些还很差劲？我想说的是，哪个行业都会有不那么优秀的从业者。另外，不同地区的经济发展状况和从业人员的素质也有所不同。本书中的人物主要以一、二线城市的代理人为原型。我相信，他们是未来内地保险销售人员发展的范本。

我在这本书里先后写到多个和养老有关的故事。为了能感同身受地了解我国的人口老龄化程度和老年人的生存状态，我前后走访了北京的大中小型养老社区、养老院十余家，这其中包括大型保险公司旗下的居家养老体验区、养老社区，以及不同规模的民营养老院。此外，我还阅读了一些国内外知名学者撰写的养老方面的书籍，其中的很多人、很多事，都深深地触动了我。我明白，即便我们现在的生活很美满、很富足，但若干年后的养老问题真的远比我们想象的要复杂。

在2021年通过的"十四五"规划中，"保障"一词出现了134次，"保险"一词出现了35次。2022年，国务院还出台了《关于推动个人养老金发展的意见》，旨在推进多层次、多支柱的养老保障体系的建设。显然，国家已经将保险保障、养老问题提升到国家战略层面。当然，我们每个人也需要提前做好对老年生活的规划，做好迎接幸福晚年生活的准备。

在以往的工作和生活中，我也接触了很多与保险代理人工作内容和工作性质相似的同行，如银行中销售保险的理财经理、保险经纪公司的保险经纪人。据我所知，他们的工作中也发生着类似的故事。碍于篇幅，我无法面面俱到，所以选择以保险代理人为主视角展开故事。另外，本书涉及的案例仅供参考，不构成对任何产品的推荐。本书故事中提到的人和事均属虚构。

最后，我想说，谢谢大家愿意花时间了解保险销售人员的故事。正如书中所写的，他们的价值值得被更多人看到！

目 录

壹

"秦姝，到度假村了吗？"

秦姝放下手里的牛津树绘本，拿起刚刚振动的手机一看，是研究生导师——岳老师发来的微信。

"岳老师，您，是不是发错了？"

"妈妈，快讲啊，Floppy后面怎么了？"儿子球球摇晃着秦姝的胳膊，催妈妈继续给他讲故事。

秦姝只好放下手机，继续读故事。这套英文绘本是儿子球球最喜欢的，里面的每一个故事他都反复听了不下20次，就连家里的阿姨吴姐都学会了用秦姝的美式英语腔调说："Come on，Floppy！"

片刻后，微信语音电话铃声响起，秦姝拿起手机一看，还是岳老师。

"喂，岳老师……"秦姝走进卧室，示意吴姐先带球球去吃水果。

"秦姝，你在哪儿呢？"电话那头的岳老师很平静。

"在家，正在给球球讲故事。您最近还好吧？"

"秦姝，这两天在海棠湾有个医药行业的企业家活动，会上还有家属发言。我看见你们家老戴了，还有……苏小北。"岳老师稍作停顿，但声音依旧平静。

"岳老师，麻烦您把会议资料发我一下吧，谢谢您。"秦姝的这句话几乎是在岳老师话音刚落时脱口而出的。

就这样，一件看似信息量很大的事情，在这两位高知女性的三言两语中结束了。

岳老师发来会议的相关信息，包括会议时间、地点、议题、日程安排、着装要求和为家属安排的休闲娱乐项目，详细得就差菜谱了。

秦姝站在落地窗前，望着窗外，初夏的梧桐树已然穿上翠绿的华袍。少顷，她转身走出卧室，用她一如既往轻柔而从容的步伐迈向通往三楼衣帽间的楼梯。她的每一步都带着无声的节奏感。随着这节奏，秦姝的脑海中出现了一张出行清单：Maxmara的米色职业套裙用于论坛分享；Alexander Wang的黑色不规则礼服裙用于答谢晚宴；Callaway的白色户外休闲裙用于高尔夫交流赛；Dior的经典款比基尼用于家属可选的海上运动……

十几分钟的时间，秦姝收拾出了一个整齐的行李箱外加一个精致的自己。

出门前，秦姝蹲下来抱着球球，眼睛里充满期待地说："球宝儿，妈妈现在需要你的帮助……"

"妈妈，我能帮你什么呀？"球球似乎比妈妈还期待。

"妈妈要去打一个重要的比赛，就像Floppy对Kipper那么重要。你能在家乖乖地等我，让妈妈全力以赴地打赢这场比赛吗？"

"嗯！我能，妈妈加油！"球球的小脑袋使劲地点着。

"吴姐，和爷爷奶奶说下，我要陪老戴出差开个会，过两天就回来。"说完秦姝"啪"的一声把门重重地关上了。

整理好了裙摆，秦姝坐在网约车的后排座上轻闭双眼：难道这一天还是来了？

"这种有钱的老男人是靠不住的。"

"他能因为你的年轻美貌看上你，就能因为喜新厌旧去找别人……"

结婚前表姐、闺密对她说的这些话，秦姝一刻也不曾忘记。它们就像一只只冬眠的怪兽，随时都可能被唤醒。

闭目养神了两分钟，秦姝打开电脑，开始搜集、梳理资料，准备她作为家属的发言稿……

北京的五月已然是夏天的样子，在中午的机场高速上，网约车一路疾驶，从未有过的畅通，这样的节奏，秦姝已经很久没有体验过了。

6年来，她虽然不用管买菜、做饭、洗衣、收拾屋子这些生活琐事，但作为一位全职妈妈，她的生活节奏一直都是跟着孩子走的：起床、吃早饭、晒太阳、加餐、读绘本、吃午饭、睡午觉、再加餐、再晒太阳、再读绘本、再吃晚饭、再睡觉……一年365天，几乎每天都是这样度过的。

比起那些毕业后在职场中摸爬滚打的同学，秦姝的生活让很多同龄人三分羡慕、七分嫉妒。

每次同学聚会，开场白都是这样的："谁像秦姝那么幸运啊，每天在大房子里看着某剧、刷着某音、逛着某宝，手指点点点，没事儿买买买……"最后，又会以相似的话作为聚会的结束语。

每每这时，秦姝总是笑而不语，因为她实在不知道说什么。其实她很想告诉大家，自己无非就是集保姆、教师、医生、护士、司机于一体且全年无休而已，可谁又会相信，谁又会在乎呢？那只会被认为是阔太的另一种凡尔赛①罢了……

飞机在下午两点一刻降落在三亚凤凰机场。一出机舱，热浪迎面袭来，天热得仿佛有一丁点儿火星就能引起爆炸。

---

① 凡尔赛是个网络用语，通常指语言使用者通过委婉的方式表达不满或向外界不经意展示自己优越感的语言形式。

秦姝在机场的更衣室换上了一条比较正式的V领裹身长裙，DVF的剪裁搭配上一双尖头高跟鞋，让秦姝玲珑的身材一览无余。她戴上大大的遮阳帽和盖住半张脸的太阳镜，走出机场，上了一辆提前预订好的接机商务车。

一路上，她脑补①着一会儿可能出现的各种画面：一对男女假借工作在酒店里亲亲抱抱举高高；小北代表家属站在台上洋洋洒洒、傲娇地发言；两人亲密地一起下场打球、海边戏水……还有看到她以后，老戴恼羞成怒的表情和反应；小北娇滴滴地拉着老戴的衣角，躲在他的身后……

想着想着，商务车的速度开始放缓，最后在酒店大堂门口慢慢停下。远远地，秦姝就看见了活动签到处，但她并没有急着过去，而是在大堂的咖啡吧找了个靠里的沙发坐下。

她点了一杯冰美式——一杯普通却又陌生的冰美式。生完孩子后，她就再没喝过咖啡了，特别是冰咖啡。但是今天，秦姝需要这样一杯冰咖啡，一杯不加奶、不加糖的冰咖啡能让她保持清醒与冷静。

咖啡喝到一半，秦姝点击手机微信里小北的头像，在对话框输入："大堂，咖啡吧，现在。"

秦姝知道小北从来都是手机不离手的，这是她作为助理的职业习惯。小北，也是岳老师的学生。秦姝和小北这对同门师姐妹，都是来自不知名小镇的女孩，不同的是，秦姝生活在幸福的小康之家，而小北则来自单亲家庭。秦姝身材高挑，天生自来卷的头发散落肩头，五官如雕塑般立体细腻，三庭五眼的结构近乎完美，性格看起来和她的妈妈一样温柔敏感，殊不知骨子里却藏着一份要强。在同龄人眼里，秦姝是嫁得好的典范，没有吃过一星半点儿的北漂之苦。但在内心深处，她却一直有着某种遗憾，一种说不清道不明的遗憾。

---

① 脑补：网络流行语，指在头脑中对某些情节进行脑内补充，对漫画中、小说中以及现实中自己希望而没有发生的情节在脑内幻想。

和秦姝的天生丽质相比，小北不是那种传统的第一眼美女，却很耐看，有着自己独有的气质。厚厚的头发像一层浓密的黑丝璎珞，大学时还接过洗发水广告；小麦色的皮肤看起来时尚健康；鼻梁纤挺，鼻翼精巧；一双丹凤眼，睫毛很长。除此之外，她还有一张笑起来轮廓分明的嘴巴。像很多单亲家庭出来的女孩儿一样，小北从小过着精打细算的日子。

没多久，小北从电梯间那边盈盈地走来。在这家连空气都充斥着品位和格调的酒店大堂里，小北无疑是平凡而不引人注目的。她既没有出众的容颜，也没有婀娜的身材，更别提精致的装扮。但她的眼中闪烁着一种光芒，那是职场女性身上常有的淡定和坚韧。秦姝拥有着小北所没有的，却无法拥有小北身上的这份光芒和力量。也许，若她没有选择成为一名全职太太，说不定也会和眼前的小北一样，谁又能说得清呢？

小北很淡定，一如秦姝的淡定。

"秦姝姐，把你的证件给我吧，我去办手续。"小北站在沙发前，淡淡地说。

"谢谢！"秦姝没有多言，利落地从包里拿出证件递给小北。

十几分钟后，小北将秦姝的证件连同一张高端大气的棕色皮革面的参会证递给了秦姝："秦姝姐，戴总正在主会场的大宴会厅研讨，他的房间在2308……"

"知道了，你回去的航班信息行政小刘会发给你。"秦姝扔下这句话，收起证件和参会证，拉起行李起身离开。

小北轻咬了下嘴唇，她知道师姐还是误会了。

秦姝没再看小北一眼，和她擦肩而过。拖着行李的秦姝径直奔向了电梯间，按下23。电梯到了23层，门开了，她却没有第一时间走出去。秦姝不知道当她推开房门时，房间里会是怎样的场景。

就这样任凭电梯上上下下，最终停在一层时，她走了出去。秦姝把行李存好，简单补了妆，才提着电脑包走向了一会儿即将开始的家属分享的分会场。

会议采用主分会场连线的形式。此时，分会场里的人正通过大屏幕观看主会场的企业家们分享各自对未来医药行业的发展判断。门口的工作人员看了秦姝的参会证后，恭敬地请她进去。进去后，秦姝很快找到放有自己名牌的座位。

秦姝在心里暗暗佩服小北的办事能力。短短的十几分钟，小北不仅办好了参会证，还及时更换了桌牌。难怪老戴平时对她赞赏不已，说让她办事，领导说到一，她会做到三。

秦姝刚坐好，就看到了大屏幕里坐在主会场嘉宾席里的老戴。他身着一身深咖色的杰尼亚西装，里面搭配一件浅米色衬衫，看起来一如往常的自信。主会场的分享很快就结束了，屏幕切到了分会场。分会场这边前面的两位企业家太太分享过后，下一位就轮到荣科生物的秦姝了。

镜头给到秦姝，大屏幕上的她明显比前面两位太太年轻得多。

由于这次活动邀请了很多知名外资药企，主分会场台下都坐了不少的外国人。秦姝先是用英文不疾不徐地讲了她作为太太对丈夫所从事的医药行业的看法。虽然会场很安静，但是从大家的眼神、动作以及周围的氛围中就看得出，大家都惊叹于她清晰的思路和流利的英文。

英文阐述之后，她又用中文讲了一遍。接着她说她以身为一名医药行业企业家的家属为荣，还蜻蜓点水似的提到了稳定和谐的家庭对一位成功企业家的重要性。她调侃地说希望老板们都能在工作之余多陪陪家人，不能出现那种有了企业没有家的情况。最后她表态会用自己的实际行动继续支持先生的事业，同先生一起迎接这个充满机遇和挑战的时代。秦姝的这段发言，尤其是这个发人深省的结尾引得分会场内响起了一片发自肺腑的热烈掌声。

主会场那边，大屏幕上的老戴见到镜头里的秦姝，那表情真叫一个复杂：惊愕、忐忑、不解，还有几分内疚夹杂着一丝丝骄傲……

这天的会议，秦姝是唯一一位不需要同传的发言嘉宾。会议结束后，坐在旁边的、隔着几个座位的甚至隔着几排座位的姐姐们都过来和她互加微信。

秦姝一边热情地回应着，一边尽量对号备注着对方的信息。等到彼此都寒暄得差不多时，她一抬头，就看见等在门口一脸得意的老戴。

"给我来了个惊喜？"等人都走得差不多了，老戴一个箭步冲上来，伸手帮秦姝装电脑。

"惊喜个大爷！"当然，这只是秦姝的心里对白。一哭二闹三上吊这种不明智的伎俩，绝对不是秦姝这种新时代女性的选择。秦姝见他装电脑，便索性由他，坐下来说："谁让我是荣科老板娘……"

老戴这个人，骨子里不是那种花花公子，否则岳老师当年也不会支持秦姝和他在一起。岳老师和老戴是高中同学，用她的话说老戴是走了狗屎运，误打误撞地低价接了一家半死不活的药厂，没想到很快就被国内一家头部药企收购，成了"正规军"。

老戴主动拉起秦姝的手，一并往电梯间走去。秦姝已经记不得有多久没有和老戴单独出入酒店了。

"咱俩多久没有过二人世界了……"一打开房间的门，老戴像没事儿人似的说。

房间里很整齐，老戴的行李箱立在床边，还没来得及打开。

"你坐下，我有两件事和你说。"秦姝压根儿不接他的茬儿。

老戴挨着秦姝坐下。秦姝起身坐到老戴对面的贵妃椅上。

"球球9月就上小学了，回北京后我要开始找工作；还有，辞了苏小北，我请岳老师再推荐个能干的助理给你。这两件事我是在通知你，不同意任何一件，就……"秦姝说这话时，温和、坚定。

没等她说出后面的话，老戴已经表态："虽然你冤枉了小北，但没问题，我都答应。"这就是老戴，从不拖泥带水，总是能透过现象看到本质。

其实秦姝之所以敢这样摊开了谈，不光是因为对自己有信心，更是对她和老戴的感情有信心。她了解老戴，他不是那种有了钱就变坏的男人。他上一次的婚姻失败是因为前妻吴蓓蓓出轨，就算那样老戴还是分给前妻两套位于四环的价格不菲的房子。

谈好后，秦姝梳洗打扮，两个人成双入对地参加答谢晚宴去了。

刚和老戴在一起时，这种形式的晚宴是秦姝最喜欢的活动。她喜欢打扮精致的自己，在布置精致的宴会厅里举着高脚杯，频频和人碰杯，即便很多时候她都听不懂对方到底在说什么。但是随着年龄的增长，和老戴一样，秦姝也越来越觉得这种宴会挺扯的，一群思想空洞的人饿着肚子虚情假意地尬聊，还要装出一副成功人士的样子。

晚宴上，秦姝满场找岳老师，却不见她的身影。岳老师因为常年给这些企业推荐优秀毕业生，所以和很多企业家都熟识。秦姝发微信给岳老师，问她在哪儿，却没有收到岳老师的回复。

接下来的活动安排，纯粹是主办方为了让大家联谊交流而设计的，高尔夫、冲浪、出海，还有免税店购物。秦姝这次加了不少企业家太太的微信，她一律称呼小姐姐，虽说是姐姐，但其中有些人的年龄都快赶上她妈了。

貳

和秦姝分开后，苏小北径直乘电梯回到21层的房间，将还没来得及打开的行李箱直接拉起，心里却在想：可惜了，这么好的酒店，连床都没躺一下。再看看房卡里夹带着的SPA券，轻叹一声，重重地关上了房门。

她拉着箱子还没走到电梯厅，就收到行政小刘发来的航班信息。坐在出租车上，小北回忆起了昨天发生的一幕：临近晚上9点，公司里几乎没人了，只有小北的工位是亮着的。

"怎么还没走？"声音是从戴总办公室那边传来的。

小北抬头一看，戴总正从办公室走出来。

"马上就走了，戴总，在等两个回复邮件。"小北站起来说。

"辛苦。"戴总说着走出了公司。

过了一会儿，戴总又折了回来，站在门口对小北说："明天在三亚有个会，你找下行政小刘，让她帮你订下机票和酒店。对了，还有个发言，一会儿我发你主题，你提前准备一下。"

小北拿到会议资料后，才发现戴总叫她发言的那个环节是家属感言，她想了想，鼓足勇气发了条微信给戴总："戴总，会议安排是家属发言。您看，需要我协助师姐准备下吗？"

过了好一会儿，小北才收到戴总的回复："忙得忘了把发言这事儿告诉她了。算了，你随便写一下，如果可以就由你来讲吧。"

小北一个人坐在工位上，纠结要不要和秦姝说一下，以免引起误会。可是又怕越描越黑，再把戴总拉下水。但是怕什么来什么，现在看，秦姝果然是误会自己了。

到机场办完了登机手续，小北坐在候机厅的椅子上，盯着落地窗外一架架排着队等待起飞的飞机发呆。这些飞机里等待飞行的驾驶员历经千锤百炼，练就了一身过硬的技术，可他们依然没有自由，无论是上天还是下地都要听从安排。想着想着，小北竟鬼使神差般地打开电脑，在桌面新建的文档里敲下了"辞职信"三个字……

小北做这个决定并不是一时冲动。她曾经算过，以她目前的薪水，每个月税后到手9600元，给弟弟2000元，交房租3500元，水电煤气400元，吃饭2000元，就算是生活用品、化妆品都尽量拣性价比最优的买，也要花个1000元左右。万一再赶上有个头疼脑热去医院，或者弟弟大福哼唧着要买双球鞋之类的，就要靠借款来贴补。没错，小北就是网上说的被困在互联网小贷里的年轻人。这样的生活让小北看不到希望。

就这样，小北还没登机，公司的人力就已经收到了她的辞职信。

回京后第二天，小北一早就去公司办理了离职手续。从公司出来，小北直奔垃圾桶，一股脑地把收拾出来的整个纸箱都扔了进去。虽然还没想好下一步要做什么，但她确定的是再也不想过这种写字楼里朝九晚五，赚不到钱却丢了自己、丢了生活的日子。

老戴的公司距离北京大名鼎鼎的国贸商城仅隔一条环路，走路只要10分钟，可小北从来没去过。以前总说没时间是假，没钱没底气才是真。今天她要去逛逛，去见识一下有钱人的大型购物中心。

从1990年开业至今，国贸商城一直都是北京顶级商圈的天花板。很多老牌的国外奢侈品都是从这里开启它们在中国的商业版图的。这里也引入了中国首家星巴克咖啡厅、首家室内真冰滑冰场。

商城的室内装修风格比较现代，配以科技元素，空气里仿佛弥漫着无声的问候语："欢迎来到金钱与美的世界！"在这里，随便一件商品，从吃到穿、到用、到玩，都那么时尚、考究，让人不自觉产生心甘情愿把钱砸在这里的冲动。

不知不觉，小北逛到了晚上8点。来北京这么久，她还没见识过北京的夜生活，今天不想这么早回去，她要去体验一下。

早就听说黑夜的北京城比白天更诱人。想到夜生活，她第一个想到的就是工体。工体的白天和晚上截然不同。如果说白天的工体像是朴素的良家妇女，那晚上的工体就是浓妆艳抹的时尚女郎。每到晚上，都会有不同国籍的妙龄女子，各路真假社会名流、纨绔子弟、富二代，已经过了气的和即将过气的模特和网红竞相来到这里，开启他们的狂欢之旅。

小北在点评网上搜到了一家人气颇高的夜店。一只脚刚踏进去就被震耳欲聋的音乐声和炫酷耀眼的灯光惊到了，她站在舞池边，手足无措。

最让小北尴尬的是她的穿着：一件白衬衫和一条黑色的A字裙。她有一种想要立刻离开的冲动。但转念一想，既来之则安之，留下就当长见识也好。

她穿过群魔乱舞的人群，好不容易才在吧台找到一个位子坐下来。服务员立刻拿来了酒单。小北看着天花乱坠的菜单，不知从何下手，什么玛格丽特、新加坡司令、龙舌兰日出……看得她眼花缭乱。小北索性就点了个最好记的名字——长岛冰茶。当她说出长岛冰茶四个字时，服务员的嘴角狡黠地轻轻一挑。

长岛冰茶很快就端上来了，小北浅浅地抿了一口，甜甜的，不难喝。听着动感的音乐，小北不自觉地扭动起来，加上酒精的作用，她竟也有些蠢蠢欲动。可是看看舞池里美女们的穿着：她们有腿的露腿、有胸的亮胸、有腰的秀腰、有背的展背，再低头看看自己，只有藏在白衬衫里的锁骨。小北想到可以去洗手间补个口红，就告诉服务生不要收走她的饮料。拥挤的洗手间里弥漫着浓浓的烟味，呛得人快要窒息。小北好不容易才在镜子面前挤了块儿地儿，拿出口红草草抹了两下，希望唇色看起来热烈一点儿。她又一把扯下扎头发的皮绳，一头卷发随即抖散开，让镜子里的她顿时增添了几分妩媚。从洗手间出来，小北坐回高脚椅子，拿起酒杯刚想喝一口，突然有一只手伸过来，一把夺下了她的酒杯。

小北扭头一看，是一位40岁左右、打扮入时的小姐姐。

"你干什么？"小北有点蒙。

"这酒不能喝了，你不知道吧台上不能留半杯酒就随意离开吗？小心有人下药。"

"下药？"

"服务生，来两杯古典鸡尾酒！"

"不至于吧。不用了，我，我要走了……"

"这才几点？才刚刚热身！"

"我……"小北本来想说自己明天还要赶最早的一班公交上班，转念一想，自己已经无班可上了。

不一会儿服务生端来了两杯一样的酒。

"谢谢。"小北看着眼前这杯酒，并没有拿起来喝。

"是不是被吓到了？酒吧里人杂着呢！你一个人坐在吧台，点的还是长岛冰茶，很容易被选中作为下药的对象。"

"为什么点长岛冰茶的人容易被下药？"

"因为一般点这款酒的人，十个里面有十二个都是第一次来酒吧，我没说错吧？"

小北没有正面回答，只是目光飘移了下。

"来，尝尝这款复古的鸡尾酒。"小姐姐端起酒杯，喝了一口。

小北也喝了一口，这杯酒比起刚才的长岛冰茶多了几分香气，入喉很舒服。

"谢谢你，小姐姐，今天要不是你，我不知道这会儿在哪儿，说不定正被人大卸八块呢。"

"哈哈哈，那不至于。就是我有个事儿想不通，你是怎么想的，穿成这样来酒吧？"

一听小姐姐提到衣服，小北不由得看了一眼她的穿着：一条黑色一字领的裹身裙，领口处有几条若隐若现的金色项链装饰，一头波浪卷发随意地散落在锁骨处。一只手上戴着两枚戒指，戒指的牌子小北还是认识的。还有她身上的香水味，那是小北从来没闻过的味道。

"我今天去公司辞职，辞了职不想回家，就直接来酒吧了。"小北揪了揪自己的裙角。

"别动。"小姐姐上来就把小北胸前的扣子解开两颗，然后使劲往下拉了拉衣领，原本规规矩矩的衬衫领子瞬间变成了低胸深V领。

"这样就好多了，至少不会被人笑话。"

小北低头看了看，下意识地往上提了提领子。

"小妹妹，你是做什么的，为什么辞职？"

"我在医疗行业，因为……因为赚钱少。"小北本来想说，因为老板娘怀疑她和老板眉目传情。但转念又一想，秦姝这事无非是个导火索，就算没这档子事，这职早晚也是要辞的。

"姐姐，你是做什么的？"

"我？说出来，怕吓到你。"

"警察？"

"哈哈哈，你又不是坏蛋，怕警察干什么？"

"也是，我怕下药的才对。"小北也笑了。

"我就是传说中卖保险的。"

"卖保险有什么吓人的，我是没钱，有钱我也会买。"

"来，走一个，难得遇上这么通透的妹子。"小姐姐喝了一口酒，继续说，"你对保险有了解吗？"

"我大学时在保险公司实习过，当时跟着老师调查过理赔案件。"

"这么巧？你觉得保险怎么样？"

"我觉得很好，同样是意外，有保险的人，总比没有的幸运。"小北有些心酸，她想起了爸爸，由于没有商业保险，意外出事后只拿到了一点补偿。

"姐姐，你是怎么进入保险这一行的？"小北问。

"因为要照顾孩子，正常坐班的工作不适合，就打算试试创业。一个企业家在某次讲座上的一段话点醒了我。他说保险代理人也好，经纪人也好，其实就是一种创业，是一种边际成本为零的创业。这种创业，所有产品的生产、服务、技术支持、资金支持都由保险公司来做，销售人员只需要将产品信息传递出去，拿回订单，所付出的成本是有限的，但收益却上不封顶。最差的结果也无非是付出了时间成本，没有收到任何回报，但不需要任何实体经济上的投入。

"另外，保险行业是为数不多的重视培训的行业。销售人员不光要学习保险知识，还要学习法律、金融、财务、医学等多个领域的知识，提升自己的同时还把钱赚了，还有什么比这个香的。

"我听到这段话的第二天就开始了解各家保险公司，最后选择了启华。"

"启华？就是我实习的那家！"

"搞了半天是大水冲了龙王庙。"

两个人不约而同地碰了个杯。

"姐姐，我叫苏小北，怎么称呼你？"

"柳晴，你叫我晴姐好了。"

喝完杯中酒，晴姐问服务生要了几个曲别针，然后对着小北勾勾手指，带着她来到卫生间。晴姐让小北站好，她把小北的裙子向内折了个边儿，然后用曲别针固定住。

"走，现在可以放心地蹦迪去了。"说完，晴姐拉着小北的手就冲向了舞池。这一晚，小北第一次体会到什么是泡吧，什么是蹦迪。

小北觉得今天晚上分泌的肾上腺素和多巴胺可能达到了自己人生的峰值，她已经完全忘掉了白天的一切烦恼，怪不得有人说蹦迪会让人上瘾。

快到晚上11点的时候，小北说得走了，不然最后一班地铁就要没了。

"我送你。咱今天也算为北京的夜经济做出应有的贡献了，撤！"

两个人取了包，走出夜店。晴姐开的是一辆红色的Jeep牧马人。

"晴姐，来夜店的是不是都是有钱人？"

"还真不是，我刚来北京时第一次来夜店，也这么觉得。想着自己一定要多赚钱，就可以经常来玩儿了。后来才知道，有的人为了面子，为了泡妞儿，为了钓金龟婿，也经常来这里，他们的一身行头、跑车，甚至酒都是租的。你看那一瓶瓶闪着金光的黑桃A、神龙套，一辆辆叫嚣嚣人的兰博基尼、法拉利、保时捷跑车，只不过是他们装有钱人的道具罢了。"

小北瞪大眼睛，看着晴姐。

这是小北第一次觉得，原来在北京辨别真假有钱人还是门学问。分开前，柳晴对小北说周五她们有个分享沙龙，都是一些新人讲述自己转行做保险代理人的经历，问小北是否有兴趣参加。小北没多想，就礼貌地回绝了，因为她从没想过要去卖保险。

第二天，闹钟一如往常地在6点钟准时响起。小北习惯性地起来洗漱，对着镜子刷牙才想起来，自己已经没班可上了。重新一头栽回床上，小北才意识到，打今儿起她就没收入了。此时的她已经后悔了，后悔自己干吗那么冲动，非要学人家玩裸辞。她感到了一种似曾相识的恐惧，一种几乎刻在DNA里的对于缺钱的恐惧。

于是，小北一口气下载了几个招聘App，上传了自己的简历。很快，大数据开始根据她的条件为她推荐职位，但这些职位的年薪大都在15万以下。她好奇地将薪酬那一栏筛选到30万～50万，但显示出来的职位几乎都是销售岗，而且大多数需要有销售经验。

如果说找第一份工作，是为了生存，那么这次小北希望找的不只是一份工作，而是一份事业。就像稻盛和夫说的那样："人这辈子，千万不要马虎的事有两件，一是找对爱人，二是找对事业。因为太阳升起时要投身事业，太阳落山时要与爱人相拥。"爱人一直不在小北的计划里，但事业却是她梦寐以求的。

小北不止一次想过创业，可就算再小的生意也需要一笔启动资金，要租店面、要装修、要招人、要做推广……小北银行卡里的余额，正如段子里说的"用着六位数的密码，保护着两位数的余额"。所以，创业的事也只能想想罢了。

就这样，小北恍恍惚惚地过了两天。晚上，她坐在瑜伽垫上练习冥想，当她缓缓睁开双眼时，耳边响起了柳晴说的一句话："保险是一种边际成本为零的创业，失败了无非是付出一些时间，但成功了，收益可以上不封顶。"再看看日历，明天就是周五。

小北拿起手机，向柳晴问了明天沙龙的时间、地点。

叁

周五一早，小北特意化了个颇为流行的心机淡妆去参加启华保险的分享沙龙。

启华保险坐落在北京号称经济命脉核心区域之一的金融街，小北还是第一次来到这里。一出电梯厅，紧张的气息就扑面而来：天花板上挂着各种彩旗，墙上张贴着各种榜单，工位上也贴满了"必胜""夺冠"的标语。

小北注意到，榜单里的一张张面孔年轻且充满朝气，并不是她印象中的样子。场地两边各有一个大屏幕，上面滚动播放着产品政策和各种竞赛的入围名单，小北在里面还看到了晴姐的名字。

偌大的场地里，不同大小、形状的会议桌前都围满了人，三五人的、十几人的，人们都在热烈地讨论着什么，有的人还边听边记。小北用微信告诉柳晴，她到了。

柳晴很快从一间会议室走出来，把小北领到了一张圆桌前。

"先坐下听听。"柳晴拉出一把椅子给小北。

这张圆桌旁围坐着五女两男，此刻正在做经验分享的是一个和小北差不多大的女孩子。小北注意到她脖颈纤细，肩膀线条流畅，坐姿优雅挺拔。

"接下来，说一下我意外收获的第二单。我从小学习舞蹈，大学里还在舞蹈培训机构做过少儿舞蹈老师，所以我经常会在小区的宝妈群里发一些少儿舞的短视频。发得多了，就经常有人问我，孩子应该从几岁开始学舞蹈，是学中国舞、芭蕾舞，还是街舞。我都会从自己的认知和一个过来人的经验来分享我的感受。慢慢地，很多人加我好友，一有孩子遇到舞蹈方面的问题，家长就会来问我。我平时也会在朋友圈发自己跳舞的视频，每次发都会收到很多网友的点赞。总结下来，我感觉她们对我的信任是从舞蹈开始的。"

　　女生喝了口水，继续说道："闺密劝我，让我先不要告诉大家我是卖保险的。但我觉得这样不真诚，总有一天我还是要告诉大家我是一名保险销售，到那时大家就会有一种被欺骗的感觉，不仅再也不愿信任我，还会觉得我是彻头彻尾的心机女。

　　"所以我一开始就在朋友圈做了身份官宣，告诉大家我有多重身份，既是前舞蹈老师，也是现保险销售。对保险，我像对舞蹈一样认真、热爱。可能正是因为足够坦诚，大家不但没有在通信录中屏蔽我，还主动向我咨询保险方面的问题。虽然刚开始只是问，并没有买，但每一次我都认真给她们提供建议。而且，我从来都不会发大段的语音，都是做出表格，在表格中清晰地注明是启华代理人张也为某某做的某某保险的分析，这样便于客户以后搜索。每个人拿到我做的表格，都会由衷地夸一句——专业。

　　"有一天，一位宝妈单独私信联系我，在微信上只聊了几句，就从我这里买了一份少儿意外险和一份老人防癌险。你们知道签单后我多开心吗？我开心不光是因为赚到了佣金，更主要的是因为客户开始信任我啦！"她的话音刚落，大家都情不自禁地鼓起了掌。

　　网上曾流行一个段子：现如今，医院提倡母乳，专家不建议隔代带娃，社会希望女性有思想，有学识，有赚钱的能力，就连新出台的婚姻法也提倡女性经济独立，总之一句话，就是宝宝需要妈妈的时刻陪伴，老公要求老婆貌美如花且不脱离社会，婆婆要求儿媳孝顺顾家最好还能分担部分家庭重担……最终的结果就是，一批可以独当多面、身兼数职的霹雳宝妈"横空出世"！在保险销售团队里就有很多业绩出众的宝妈，她们凭借着多年全职育儿的经验，从妈妈群入手，开拓了一批又一批宝妈客户，有的还成功地增员了很多宝妈组员。

这位女生分享完，还有一位男生也谈了自己的感想，其中有一段话说得很有意思："等你过了30岁，发现自己荷包空空，父母至亲遇事时拿不出钱，你就会明白，什么爱情、兄弟、面子、里子的，都是浮云。三十而立，不代表三十而富，趁早奋斗才是真理。"这两位代理人的分享，彻底颠覆了小北对保险销售的刻板印象。原来现在的保险销售人员变了，销售方式也变了。最令小北感动的是，这些年轻人对自己的身份有着深深的认同，他们不会因为身为保险代理人而难为情。

到了中午，柳晴带小北在公司附近的一家茶餐厅吃饭。

"这家茶餐厅六成以上的顾客都是我们公司的人。大家都说，写字楼的每家咖啡厅都早已不只是简单的咖啡厅，各种资源都在这里直接、间接地对接着。"

柳晴说完后，小北环视四周，打量了每张桌子的顾客。他们都穿着得体，低声交谈着，看起来斯文又从容。

"晴姐，做代理人是不是没有底薪啊？"

"公司考虑到新人会有适应期，安排了有责底薪的过渡期。不过这期间底薪不多，因为代理人终究还是要靠佣金来实现从小康到富裕的跨越。"

"这家餐厅最有名的菜品就是酱板鸭。"柳晴热情地向小北介绍。不等小北客套，她对服务员说："服务员，来一份酱板鸭。"

"对不起，我们的酱板鸭是限量的。今天中午的已经卖完了。要不给您换个其他的招牌菜？"

柳晴当即换了个别的菜。可是，上菜的时候，服务员却给她们这桌上了一份酱板鸭。

"咦，不是说没有了吗？"柳晴问。

"噢，这是那位先生把他们桌的让给您了。"服务员指了指柳晴身后不远处的那桌。柳晴和小北顺着她指的方向看过去，有两位男士坐在那里。一位年纪稍长，和柳晴差不多；另一位年纪和小北差不多，一张国字脸，颧骨微微高挺，下颚线条分明。年轻的那位用藏在无框眼镜后面的一双眼睛向小北她们投来温和的目光。

"'徐多金'，赵老师，谢了啊！"柳晴笑着对他们说。

"晴姐，又有美女增员[①]？"眼镜男问，同时向小北礼貌地点点头。

"不好意思，又让咱们多金老师羡慕了。"

小北也对他们笑着点点头。

"年轻的那位叫徐多青，平常大家都叫他'徐多金'，或者老徐。别看他斯斯文文一副文弱书生相，做起业绩来一点不含糊，是连续几年的COT。"

"COT是什么？"

"保险行业有个MDRT，翻译过来就叫百万圆桌会，这是一个以寿险为基础的金融服务业的国际性协会。大家都以成为MDRT会员并能保持这个资格为荣。在国内达到MDRT初级会员的话，年佣金收入大概在20万。COT是其中的优秀会员，对应COT的业绩要求、佣金收入是MDRT初级会员的3倍；TOT是顶尖会员，业绩和佣金对应的则是MDRT的6倍。"

"这么厉害！"小北发自内心地赞叹道。说完忍不住往"徐多金"那边看了一眼，居然发现他也在看自己，四目相对，甚是尴尬。小北浅笑了一下，赶紧将视线收回。

饭后，晴姐带着小北绕着公司走了两圈，说："你回去好好想想，毕竟换了行业就换了工作性质，由原来旱涝保收的内勤变成自己打食吃的外勤。

[①] 增员：保险行业用语，通常指保险公司、保险经纪公司及保险代理司招募新的保险销售人员。

这是个大决定，我希望我的组员都能够想清楚了再来。"

分开后，小北走出旋转门没几步，便拨通了柳晴的电话。

"怎么了，是不是把身份证落这了？"电话刚一接通，柳晴便说。

"不是的，晴姐。我想好了，我要加入您的团队，现在、立刻、马上！"

小北应该是公司入职最痛快的代理人之一。录完资料后是面试，面试通过后便回去等培训排期。办好这一切，小北特别兴奋，就像一只离队的孤雁找到了雁群。

"晴姐，我已经感受到人民币排着队，正向我大踏步地走来……"

"可不能这样想。急功近利是做不好代理人的。长期主义，听过吗？做保险，一定要树立好长期主义的信念，这样你才能真正取得客户的信任，卖保险卖的不是产品，而是信任。"

"长期主义？卖保险不就是一买一卖吗？"

"卖保险可不像你去迪厅，花了钱，进去蹦一晚上，这个买卖关系就结束了。生活在北京这样快节奏的都市里，每天披星戴月地忙碌，谁会平白无故地想起自己需要保险？这就要求我们通过自己的朋友圈、短视频账号、沙龙讲座去做客户教育，告诉大家为什么需要保险。客户知道了、理解了，并不一定马上会来找你购买。他们会比较、纠结，即使好不容易决定签单了，也可能家里人说了一句反对意见，他们又转身过来找你退保，这些都是很常见的。"

"晴姐，你下次见客户，可不可以带上我？"

"没问题。我们这行有个特点，就是大家都很开放，乐意分享，只要你肯学。你知道最高段位的人生格局是什么？是极致的利他主义，这一点对保险代理人特别重要，你慢慢品吧。"

小北在新人班里的成绩名列前茅。经过学习，她从一个对保险一窍不通的小白，迅速成长为能把几大系列产品讲透的保险产品专家，她还经常热心地解答新人群里大家提出的各种细节问题。

"甲状腺结节可以投保医疗险吗？"

"儿童高端医疗险可以去某某私立医院吗？"

"客户以前做过心脏瓣膜手术，还能投保重疾险吗？"

……

遇到不懂的问题，小北会查资料、问老师，弄清楚后再分享给同学们，这样自己也积累下来不少专业知识。培训结束，小北不仅顺利拿到了保险代理人资格证，还成了当期的优秀毕业学员。

秦姝和老戴从三亚回来刚一落地，就收到了来自岳老师的同一条微信："各位亲朋挚友，很遗憾地通知大家，我先生老金因车祸意外于前天离世，葬礼于明天举行……"

秦姝和老戴都很震惊。秦姝这才明白，怪不得那天在三亚的会场找不到岳老师，原来是她家里出事了。

葬礼这天早上，秦姝和老戴比通知的时间到得早一些。小北自然也来了，看到秦姝他们，她上前打了个招呼。

才几天不见，一向优雅的岳老师仿佛苍老了10岁。以前在她脸上从未看到过的她这个年龄应有的皱纹，今天也都聚齐了。一直站在岳老师后面的一位高高瘦瘦的男孩子，递过来两瓶水："叔叔，阿姨，谢谢你们来参加爸爸的葬礼，喝点水吧。"

"是大可，你也赶回来了……"秦姝问。

大可点点头。他在波士顿某大学读研一。孩子明显是没来得及倒时差，看上去很疲惫。

回去的路上，老戴左手握着方向盘，右手牵起秦姝的手，紧紧地握了好一会儿。

接下来的日子里，秦姝从未提起过三亚的事情。不过，她还是让会务公司给她发了份上次活动费用的明细。结果发现，小北的航班、房间都是后来单独订的，她悬着的一颗心这才算彻底落了地。

此时的秦姝觉得有点儿对不住小北。小北是在老戴公司发展最困难的时候来的。作为"985""双一流"名牌院校毕业的高才生，她本可以去世界500强的公司。因为岳老师的推荐，加上和秦姝有这么一层师姐妹的关系，小北才果断放弃了大公司的offer。后来因为工作业绩好，老戴还承诺将她纳入股权激励规划，今年年底兑现。

小北虽然年轻，但可谓"凡事有交代、件件有着落、事事有回应"的职场典范，曾让很多老戴公司里的老员工都自愧不如。

肆

"你不是一直嚷嚷着要和我一起见客户嘛，机会来了。"这天一大早，小北刚进公司就接到晴姐的电话。

9点半，小北在旋转门外等柳晴。上车后，她发现晴姐没有刻意打扮，几乎素颜，穿着也很保守——上身穿一件藏蓝色收腰西服，下身搭配一条黑色的商务休闲裤。

"晴姐，今儿穿着怎么这么素？"

"一会儿见的是60多岁的赵大爷老两口。"

"见大爷大妈不应该打扮得喜庆点吗？让大爷大妈一看到咱们心情倍儿好，说谁家俩姑娘，这么可人儿，来吧，签了。"

"大爷估计是喜欢喜庆，但大妈喜不喜欢可就说不准了。保险起见，穿得正式稳重些总不会错。"

"我算是看出来了，保险，其实就是看人和人的关系。客户看你舒服，对你信任，什么事都有可能。"

"小姑娘够灵的，入行很快。一会儿要见的这对客户是我闺密介绍的。这老两口也不知道从哪里听说有收益率高的产品，总是嫌其他产品收益低，钱就那么在账上趴着，白白损失了不少收益。一会儿，我闺密可非也会过来。”

"晴姐，听你这口吻，咱这是个VVVVVIP客户？"

"打住，只要是客户，就都是VVVVVIP。千万不能鼠目寸光，按照单子的大小区分客户。我们有多少大单客户，都是从一份几百块的意外险开始的。还是之前说的那四个字——长期主义。各行各业做销售的，有人坚持长期主义，也有人只看眼前利益。有的代理人服务顾客，一旦成不了单，立马变脸，客户还没怎么样，他的情绪倒上来了。小北，从现在开始，一定要把'长期主义'这四个字刻在心里。这样你才能建立起自己的客户池，客户才愿意一直信任你、追随你。"

小北将柳晴说的记在手机备忘录上，时刻提醒自己。在小北眼中，此时的柳晴仿佛头上罩着光环，自信而专业。

柳晴原来是一家外企的市场主管，负责整个亚太地区的市场推广。产假刚过，柳晴回到工作岗位的第一周，奶水就没了。一气之下，她便辞职做了全职妈妈。如果不是后来离婚了，她的余生或许就是在家相夫教子了。

柳晴的车驶进了四环辅路外一家三层楼的茶馆。一看门头，就知道这家茶馆规模不小，品位不俗。

"给大爷大妈挑件礼物。"下了车，小北刚要往茶馆里面走，柳晴便叫住了她。

随着后备厢的门缓缓升起，小北看到了里面五颜六色、琳琅满目的各种包装好的礼品。有保健品、护肤品、玩具、学习用品，还有几十本不同的书，更有印着公司LOGO的各种周边，如杯子、笔记本、雨伞、帆布包，应有尽有，简直就是一个可移动的小型文创礼品店。

"你每天开车都带着这些？"小北惊讶地问。

"对，这样即便见的客户不同，也可以保证有一款礼物适合他们。"

"不成交的客户也要送吗？"

"当然，客户愿意和我们见面，这就是信任的开始。刚开始准备的礼物不能太贵重，但要花心思。比如，知道对方是一位全职妈妈，那么送一本DK的百科日历准没错。如果对方是位全职主妇，负责家里的家务，那么就送她两个印有公司LOGO的帆布包，轻便实用。中国人讲究见面三分情，你尊重对方，对方才有可能尊重你。"

小北她们跟着服务员来到了二楼的一间古朴温馨的茶室。柳晴的闺密可非早就到了，赵大爷两口还没到。

"多听，少说。"柳晴低声说。

小北点点头。不一会儿外面传来说话声，可非、柳晴起身迎出去。

"叔叔阿姨，这边请。"可非热情地走上前去。

"你们早到了。"大妈说。

"我们也是刚到，叔叔阿姨我介绍下，这位是我闺密柳晴——启华保险的资深风险规划师，这位是她的同事小北。"

阿姨朝柳晴她们点点头，叔叔的眼神只停留在桌上的盆景上，看都没看柳晴她们一眼。

"叔叔阿姨，今天想喝什么茶？"可非继续说。

"他们这都有什么呀？"叔叔问。

"他们这里有降压润肺的白毫银针，降脂的碧螺春，抗氧化的武夷岩茶，还有助胃肠消化的正山小种，您看咱们选哪种？"柳晴说道。

小北用余光瞥了柳晴一眼，心想："晴姐怎么什么都懂。"

"就碧螺春吧。"叔叔说。

柳晴对茶艺师说："辛苦您帮我们在外面泡好了吧，谢谢。"小北明白，晴姐这么做，是不想客户的注意力被茶艺师分散。

"可非呀，我早就和你说过，我们不买保险。"叔叔首先阐明立场。

"叔叔，她们二位除了擅长做收益分析，还对怎么把自己的钱安全妥帖地传给下一代甚至是下下一代，怎么解决养老问题都很有经验。今天咱们大家就是随便聊聊。"

小北注意到，当可非提到如何将钱传给下一代时，对面的阿姨下意识地抬起了头。

"叔叔，您为什么让钱趴在账上这么久，白白损失了不少收益？"可非问。

"还不是因为银行的产品收益都低。"叔叔说。

"他听人说以前有那种收益率比银行理财高几倍的产品。"阿姨说。

"阿姨，高收益的产品风险相应也高。"可非说。

这时传来几声轻轻的敲门声，茶艺师端来了泡好的茶。冲泡好的碧螺春香气袭人，让整个房间瞬间飘满了茶香。

可非给叔叔、阿姨斟茶。

叔叔先端起茶杯，品了品。旁边的阿姨见叔叔喝了，也端起茶杯喝了一口，随即说道："好喝。"叔叔瞥了老伴儿一眼，没吭声。

"叔叔、阿姨，我说话直，您二老别介意。您二位账户上的钱足以让你们过一个让大多数老人羡慕的晚年，为什么还要选择风险那么高的产品？"柳晴问。

"可非了解我们家，我们可不像人家做买卖的，天天有钱进。我们这笔钱是家里的拆迁款。小儿子快结婚了，女方家看上了一套三环边的学区房，总价下来要1300多万。大儿子虽然有心多给弟弟一些，可他也是成家的人。我们总归也要一碗水端平。这样下来，2300万的拆迁款就不够分了，这还没算上我们老两口的养老钱。我们就寻思着买个收益高的产品给我们多赚些利息。"叔叔说。

"叔叔，如果说这笔钱对您来说，既要传承给孩子，还要负责您二位的养老，那更应该规划得稳妥一些。我建议，您不要只看收益……"柳晴的话还没说完，就被叔叔打断了。

"我知道你要说什么，我说了啊，我们不想买保险，非要找保险公司的人来。"叔叔一脸不耐烦，说完将杯中的茶一饮而尽。

柳晴赶忙给叔叔斟茶，不紧不慢地说："叔叔，金融产品的收益都是和风险成正比的，高收益的偏股型理财风险也大。我听下来，您这笔钱关系到两个儿子的幸福以及您和阿姨的晚年生活，可不能出一点差错。从目前的情况看，这笔钱可能还不够两个儿子分。万一，我是说万一，股市有个动荡，这笔钱相应就要跟着缩水，到时可能连2000万都不到了。"

"姑娘，你别吓唬人。我知道你们卖保险的最会这招儿，什么万一病了、死了、伤了、残了，你呀，甭劝了，只要是保险，我一分钱都不会买！"

可非赶紧打圆场，说："来，喝茶，早就说要请叔叔阿姨品茶，今天才安排上。柳晴也是好心，提醒您高收益的产品风险高。来，先不说了，喝茶吧。"

喝茶期间，叔叔的电话响过几次，每次他都是看一眼，直接按掉不接。听柳晴后来说，这些电话都是各家银行的理财经理打来的。有些路子野的小银行，第一时间就能买到拆迁信息，然后就赶在第一波为拆迁业主推荐理财产品，据说成功率还不低。因为北京的拆迁款大部分都是在老人名下，他们很难从品牌、规模大小、产品竞争力这些角度对银行作出分析，往往都是谁家给的收益高就买谁家的。

北京市大兴区一个回迁小区里由拆迁引发的家庭大战时时上演。

这已经不知道是赵大爷家里第几次召开家庭会议了，每次都是小儿子赵齐张罗。

"爸，珍珍家里一直催，说我们再不下手，房价又涨上去了，又少了一个厕所。"小儿子说。

"你就只想自己！一共就2000万出头，给你1300万，你哥呢？"赵大爷把烟头使劲按在烟灰缸里。

坐在旁边的大哥两口子一言不发。

"哥，嫂子，我们上周刚领了证，现在就等着这房子，珍珍家才肯办婚礼。你们俩工资高，就别跟我这一社会闲散人员掰扯了，就让我点吧。"

弟弟一番话说完，房间里安静得落针可闻。

半天，嫂子先开口了："赵齐，不是哥嫂不让着你。要说学区，瑶瑶现在学校的学区也很差，将来对口的中学都不算太好。我们也打算在瑶瑶五年级之前给她换到一个好学区去。我们也想着这次，要是能分些钱，就能填补进来给孩子买个好学区的房子。"

　　"嫂子，那你们可以把现在的房子卖了，加上爸分你们的几百万正好够了！"赵齐说得理直气壮。

　　"赵齐，你要是这样说可就没意思了。我们现在的房子首付还是我们家出的，都是一对父母生的，你不上进不找工作还有理了？"嫂子也激动起来。

　　"少说两句。"大哥拉了下媳妇的衣角。

　　"你这个女朋友找的，分分合合谈了这么多年，也没提要和你结婚。一听说咱们家拆迁了，就着急和你把证领了。你知道人家为啥和你领证不？人家那是要分你的房子。"赵大爷气得浑身哆嗦。

　　"我不管，告诉你们吧，珍珍怀孕了。这房子要是不买，她妈就不让她要这个孩子。爸，那可是您亲孙子呀！难道您要眼睁睁地看着您孙子被打掉吗？"

　　"你们一对不靠谱的！我怎么生了你这么个败类！"赵大爷说。

　　大哥还是干坐在那里，一言不发。

　　拆迁、拆迁，一步登天。这是在北京郊区很流行的一句话。有的村民面对这笔从天而降的巨额财富，丧失理智，挥霍无度，很快再次返贫。

　　比挥霍更令人唏嘘的是原本和睦的家人，因为巨额拆迁款而反目成仇，赵家就是典型案例。自打有了这笔拆迁款，赵齐就三天两头地闹。

　　"哥，你倒是说句话呀！"赵齐把希望再次寄托在了哥哥身上。

　　哥哥是位忠厚老实的学问人，他本不想和弟弟争，可无奈自己也为人夫为人父。他在一家研究所工作，一年忙到头，连带所有课题、私活都算上，到手的钱也就是50万。他知道媳妇嘴里的学区房是幌子，因为相当于一年几十倍薪水的天外之财，即便他想放弃，他媳妇无论如何也是不会同意的。

大哥还是保持沉默。弟弟起身走到哥哥面前，扑通跪下。

"赵齐，你干什么？快起来，爸还在这呢！"哥哥吓得从沙发上站起来，把弟弟扶起。

"哥，小时候你就护着我。家里好吃的好玩的你都紧着我。哥，你就再照应我一次，行吗？我也想像你一样，做个好丈夫、好爸爸。"

哥哥的眼圈红了，他把头扭向一侧。

"你别为难他了。小时候是小时候，现在各自成家，你要做好爸爸，你哥就不要了？"嫂子见老公心软了，再次亲自下场。

"你起开，我没和你说话，这是我们赵家人的家庭会议，用不着你站出来表态。"弟弟冲嫂子吼起来。

"你问问你哥，他除了是赵家的儿子，还是不是我的老公？是不是瑶瑶的爸爸？"嫂子也是不甘示弱。

"哥，小时候你被胡同里的孩子欺负，是我找了一群同学替你出气，吓得他们不敢再在半路截你上下学，你都忘了吗？"

此时，哥哥不只是眼圈泛红，而是泪流不止了。

一直回避争吵待在卧室里的赵大娘实在听不下去了，一把打开卧室的门，冲着小儿子吼道："赵齐，你别再逼你大哥了！老天呀，这到底是拆迁啊，还是拆亲啊？"赵大娘瘫坐在地上，哭得撕心裂肺。

瑶瑶扑过来，拉着奶奶的胳膊，大哭着叫："奶奶起来，奶奶不哭……"

大嫂气得一把拽过瑶瑶，拿起包就下楼了。赵家大哥赶紧过来扶赵大娘坐到沙发上，然后拍拍弟弟的肩膀，用很低很低的声音说："回去和珍珍好好说说，房子又不是只有那一户。"然后转身和爸妈告别追下楼去。

原本的血肉至亲就这样因为一笔拆迁款分崩离析。赵大爷嘴上不说什么，但每天抽闷烟，一根接着一根。

伍

经过上次和赵大爷两口的会面，柳晴心里已经初步有了一个方案。但是，赵大爷对保险的抵触程度是她没有预想到的。

柳晴思来想去，觉得赵大爷家的问题还是得通过保险解决。约怕是约不来赵大爷他们了，那就索性去老人家里拜访试试。说干就干，柳晴马上叫上小北一起去赵大爷家。

赵大爷家住在三楼，她俩在门口纠结了半天，敲了门。片刻，居委会的年轻工作人员小王把门打开了。

"您好，这是赵大爷的家吧？"小北问。

那女生点点头，说："你们是？"

"我们是大爷大妈的理财规划师。"

这时赵大妈走出来，说："你们怎么来了？"

只见大妈双眉紧蹙，面颊微微泛白，显然此时的她并不希望有外人来家里，尤其是要卖给他们保险的添乱的人。但是柳晴她们既然提着礼物找上门，也只好邀请她们进门。这时，坐在沙发上的小儿子赵齐站起来。

"你们是干吗的？"赵齐不客气地问。

"我们是启华保险的，之前和大爷大娘见过……"一听"保险"二字，不等柳晴说完，赵齐更激动了。

"卖保险的？打住啊，老爷子早就说过不买保险。你们出去吧。"

"我们来就是帮你们合理规划这笔钱的。"小北气不过地说。

"出去！别逼我对你们两个女的动手。再说一遍，我们家不买保险！"

柳晴没再说话，拉着小北离开了赵家。

"赵家小儿子简直不懂人话。"小北一想起赵齐就气不打一处来。

"怎么，你还真生气了？"柳晴倒是一脸平静。

"晴姐，难道你不气吗？一个大男人不分青红皂白，当着那么多人的面对着两位女士吼叫。"

"这很正常，想做代理人首先就要先培养钝感力和情绪控制能力，不然你很可能因为内伤而英年早逝。赵齐之所以这么排斥我们，是因为他觉得我们是想让老爷子花钱买保险，而不知道我们的方案其实能帮助他实现买房的愿望。你想一下，如果他要是知道了……"

"可是那后面还有赵家大儿媳，她会同意我们的方案吗？"

"我找人打听过，赵大哥家现在房子的市值，并不低。就算他们真想换一套学区房，只要卖掉现有住房再补个200多万也就够了。更何况，大嫂很大可能只是因为公婆分钱不均而咽不下这口气。"

"那接下来咱们怎么办呢？"

"怎么办？先想办法和赵齐说清楚咱们的来意。"

柳晴打听到赵齐没什么正经工作，平时偶尔开个网约车，但他有个爱好——打台球，几乎每天都会去自家附近的一个台球厅打几杆。这天，柳晴带着小北来台球厅找赵齐。

这是一家位于地下的台球厅，一进去，就有一股说不上的味道扑面而来。远远地，柳晴她们就看到赵齐在最里面的一张桌案旁，正来来回回踱着步寻找最佳击球角度。

"晴姐，这能行吗？"小北有种莫名的紧张和忐忑。在她的印象里，这种地方都是学生时代的小混混来的。

柳晴并没有回应小北，而是径直往里面走。她等赵齐将球打出去，才说："赵先生，能占用您几分钟，借一步说话吗？"

赵齐听到有人叫他，扭过身，把球杆立在脚上。

"你们是谁啊？"

"赵先生，我们那天在您妈妈家见过一面，我们是启华保险的，我叫柳晴。"

"噢，你们俩。我不是说过了吗，我们家老爷子不买保险。"

"赵先生，您误会了，我们不是让赵大爷用这笔钱买理财，而是用保险来规划这笔钱，进而满足大家的诉求。"

"没看见我正忙着呢！赶紧走啊，别让我当着这么多人让你们下不来台。"赵齐说完，又拿起球杆打算继续打球。

"我们给赵大爷做的规划，刚好可以分给你买房的钱。"小北在旁边说。

赵齐弯下的腰缓缓地直起，他看了柳晴和小北几秒，然后向柳晴使了个眼色，示意她们出去聊。

来到台球厅外，赵齐不紧不慢地点了一支烟，呛得小北直咳嗽。

"你们刚才说可以规划出我买房的钱，是什么意思？"

"简单地说，就是从2300万里，扣除1300万支持你买房，剩下的钱购买终身寿险，利用保险的杠杆作用，撬动未来的高保额来弥补你大哥一家。"

"真能这样？"

柳晴很认真地点点头。

赵齐想了一会儿，说这事他做不了主，还得老爷子定，但是他可以帮忙做做工作。

果然不出柳晴所料，没过几天，可非传话说赵大娘让柳晴她们这两天有空去趟家里。

"小柳，大娘就不瞒你们了。眼下两个儿子对家里的拆迁款怎么分始终没商量好，老头子被气得卧床好几天了。这不，今天居委会的沈大姐都带着小王来看我们了。"柳晴和小北刚一坐下，赵大娘便如是说。

柳晴、小北和社区工作人员沈大姐，还有上次见过的那个年轻工作人员小王打了招呼。

"赵大爷，您老别着急。这家里得了一笔拆迁款，总归是好事……"柳晴刚一开口，就被赵大娘的话打断了。

"唉，我真希望压根儿就没这笔钱……"赵大娘眼圈泛红。

赵大爷一改之前的态度，冲赵大娘摆摆手，说："让人家接着说。"

柳晴继续说："这笔拆迁款是福是祸就看您二老怎么用。现在如果扣除您小儿子需要的1300万，您账上还剩下1000万，您可以先给大儿子300万，用来置换学区房。余下的700万用来给您或者大娘买份增额终身寿险，这款寿险可以按照合同约定利率实现保值增值。您现在投保，等您80岁时，账户内的保额大概也过千万了，未来可以以部分减保取出现价的形式来补充您二位的养老。将来百年之后，保险金就都留给您大儿子。这样算下来，两个儿子最终拿到的钱是差不多的，您和老伴儿也有了养老补充金。这个方案可以帮您实现把钱传给儿子和养老补充两个功能。"

坐在一旁的居委会沈大姐说："这个方案既考虑到了孩子们的诉求，也照顾到了老人的养老需要，真的是很周到，应该请你们来我们居委会给大伙儿都讲一讲。"

"真能这样啊，那就太好了，老头子你看呢？"

"就这么着吧……"赵大爷无奈地长叹一声。

柳晴和小北都觉得方案没问题，可眼看着两周过去了，还是没消息。柳晴向居委会沈大姐打听，才得知赵家大儿媳不同意这个方案。

"晴姐，现在怎么办，我感觉赵家大儿媳可不像小儿子赵齐那么简单、好说通。"小北和柳晴在公司写字楼的健身房里一边跑着步，一边聊着工作进展。

"先放放吧，有人比咱们急。"柳晴用毛巾擦了擦头上的汗。

"一波未平一波又起，看来我低估了保险成单的难度。"

"这还叫难，这是最正常不过的一单了。怎么，你动摇了？现在回头还来得及。"

"晴姐，我读过一篇文章，说未来的世界一定属于有自驱力的人，因为循规蹈矩的重复性工作谁都能做，说不定哪天就被AI取代了。只有做别人做不到的事，才会有价值。我不会放弃，只是我要重新调整预期。"

柳晴说的没错，赵齐就是那个更着急的人。这一天，前台说有人找，柳晴一看，居然是赵齐。赵齐说想让柳晴去和他大嫂详细讲讲保险方案，他担心大嫂不同意是因为爸妈没有说清楚。下周四是他侄女瑶瑶的生日，他还主动提出自己做东请全家吃饭，到时候请柳晴她们也一起过去。

到了瑶瑶生日这天，柳晴带上了一早准备好的一套礼物和小北一起来到了离赵家不远的一家小餐厅。她们到时，赵家人已经吃得差不多了，正在聊天。柳晴和小北刚一进餐厅，赵大娘就看到她们了。

"小美女生日快乐，这是给你的礼物。"就在赵大娘还在犹豫要不要和柳晴她们打招呼的时候，柳晴先开口了。

"你们怎么知道今天是孩子生日？"赵大娘一脸不解。

"大娘，我们本来是想吃点东西去家里看你们，在外面看到你们在给孩子过生日，碰巧车上就有礼物。"

"妈，这二位是？"赵家大儿媳站起来问。

"这是保险公司的两位姑娘，上次和你们说的那个保险，就是她们给设计的。"

"谢谢你们的礼物，但是不好意思，上次你们给的方案不适合我们家。"

"大嫂，爸妈估计没讲清楚，既然碰上了，要不让人家再给详细说说。"一旁的赵齐接过话茬。

"不用了，瑶瑶还要练琴，我们就先回去了。"大嫂转身拿起包就要离开。

"瑶瑶妈，要不再让她们给你讲讲，妈上次说得也不明白，你听听再决定也不迟。"赵大娘也站了起来。

赵家大儿子见老妈用祈求的语气和自己媳妇商量，便拉了拉媳妇拿起的包，劝媳妇坐下来听听。这次大儿媳没再说话，而是缓缓地坐下。

柳晴从包里拿出来几份打印好的房屋介绍。

"瑶瑶妈妈，我听赵大娘说孩子现在在东城上学，你们现在的房子市值大概是700多万。我猜你们是希望孩子将来能到西城去读中学。这是我搜集的几处学区房，按照现在的政策，这个片区的对口中学实力还算均衡。这几个户型都是两居和小三居，虽然房龄老一些但户型紧凑，单价也相对合理。"柳晴说完，将房屋资料双手放到瑶瑶妈面前。

"接下来再说我们的方案，您爸妈总共得到的拆迁款是2300万，您弟弟赵齐想用1300万买婚房，这样就只剩下1000万。这1000万，既要考虑到您一家，还要考虑到大爷大娘的养老。于是，我想到了保险的杠杆作用，又考虑到未来老人养老的不时之需，综合下来我觉得可以部分减保的增额终身寿险是最合适的。简单地说，寿险就是保人的身故和全残，增额终身寿险就是基础保额可以在账户里保持增值的寿险。我初步是这样设计的：从1000万里拿出300万补充到您的房款里，用于给瑶瑶置换学区房；剩下的700万用来给大爷或者大娘投保增额终身寿险，按照现阶段监管规定的收益利率，到他们80岁时，账户里的身故保额或者说现金价值已过千万，这部分的保险金受益人可以指定为您先生，我想弟弟赵齐应该没意见吧？"说到这里，柳晴看向弟弟赵齐。

赵齐连忙摇头说保证没意见。

"如果大爷大妈一直身体健康，保额会持续在账户中增值。父母长寿，账户价值就会不断增值，相信这也是您全家愿意看到的结果。"

"你说这笔钱还可以给老人养老，这是什么意思？"大嫂问。

"是这样的，增额终身寿险支持部分减保。如果这中间大爷大妈需要用钱，可以部分减保，比如降低10万保额，将对应的现金价值取出以解燃眉之急。"柳晴对着利益演示表，给大嫂举了几个部分领取的例子。

"那如果，如果老人一时需要的钱比较多，这个部分减保有领取限额吗？"一直安静的赵大哥问。

"有，最高可以领取账户现金价值的20%。据我了解，老人都有村上的医保，报销比例较高，如果真是生病了，大头医保都能覆盖。就算部分领取，应该也领不到账户现金价值的20%这么多。"

大嫂看着利益演示表想了想，问这个表能不能拿回去看，说要回去再想想。

"又白来一趟……"回去的路上，小北坐在柳晴的车上说。

"今天可不白来，大嫂愿意把利益演示表拿回去就是个好兆头，说明我们的话她听进去了。"

一周后，赵齐说他大哥大嫂同意这个方案了，让柳晴周五晚上去赵大娘家签单。

"晴姐，这一单算成交容易的吗？"小北问柳晴。

"你觉得呢？"

"我猜……算。"

"被你猜中了。"两人相视一笑。

陆

自从上次在三亚向老戴表态要出去工作后，秦姝一有空就去浏览各大招聘网站的职位信息，但越看越焦虑。按年龄说，她肯定是社招，可她又没有任何工作经验。其实，秦姝完全可以让老戴帮她找个工作，但秦姝是绝对不会开这个口的，而老戴本来就不是发自内心地支持秦姝出去工作，自然也不会主动提。

这天早上，秦姝破天荒地收到一封邮件，通知她下午参加面试。邮件上明确写着是集体面试，介意勿扰。下午面试，早上通知应聘人，形式还是集体面试，真是够没诚意的。不过秦姝还是不想错过这个难得的机会。

下午，秦姝穿了职业正装，搭配黑白的经典高跟鞋，提前半小时来到东直门的一座写字楼。她根据面试通知上写的地址，找到2104。只见这公司的前台还没有她家进门的玄关宽，前台后面的墙上贴着几个亚克力大字——"潜舟科技"。

"你好，我是来面试的。"秦姝对着藏在前台里面的那个脑袋说。

那女孩儿头也不抬地递给她一张应聘登记表："到那边沙发上先填表，桌上有笔……"

这时，秦姝才注意到沙发那儿已经有4个人正在填表。

"要不要这么详细啊，教育经历、工作经历、家属姓名、联系方式、工作单位和家庭年收入……"秦姝一边写，一边在心里嘀咕，填到最后把收入那栏随便写了个数。

过了一会儿，前台把大家带到一个挂着大会议室门牌的房间。说是大会议室，其实也就秦姝家厨房那么大。

这么多人的面试也就进行了20分钟，面试的人力小姐姐让大家回去等消息。一晃两周过去了，哪里有什么消息。这天，秦姝禁不住好奇，按那个邮件里的联系电话拨了过去。

"您好，我叫秦姝，月初时去您那边面试过，想问问结果。"

对方回忆了半天，风轻云淡地说："噢，秦姝是吧。那个，我们觉得你的条件和我们的岗位不是很匹配，不好意思。"

"我能问下哪里不匹配吗？"

"我们招的是售前客服，要提供咨询还有销售任务，工作不轻松的。秦小姐，我们这个岗位还是挺需要候选人具备吃苦耐劳的品质的……"

"吃苦耐劳，我可以啊。我读书时一直都是学生会外联部部长，牵头拉赞助做过很多大型活动……"

但任凭秦姝怎么表决心，对方却丝毫不为所动，就这样，秦姝的第一次面试宣告终结。

傍晚时，秦姝发现手机上的一个招聘App上有几个未读消息的小红点，她兴奋地点开。对方先是给秦姝发了个网络直播主播的职位链接，随后发来一句话："唱歌怎么样？"

"您好，唱歌，我有点儿业余……"秦姝说。

"会跳舞吗？"

"呃，也比较业余。"

"喜欢陪人聊天吗？"

"分人，不熟的不太行。"

"那，你愿意把自己的生活和粉丝分享吗？比如，购物、吃饭、化妆等。"

"呃……"

"那你有什么其他特长吗？"

"除了腿特长，没别的……"回复完这句，秦姝直接关掉对话框。她把手机往床上重重一摔，长叹一声。

老金的葬礼过去几个月了，秦姝想去看看岳老师。她在微信上问岳老师方不方便，岳老师说方便，就是家里有点乱。她来到岳老师位于顺义区的别墅，远远地就看到有两辆搬家的货车停在门口，几位搬家师傅来来回回地搬着各种家具家电。

"岳老师，您这是，要卖房子？"

"卖了房子还债。"

"还债？老金生意不是做得挺好吗，前前后后有六七个专利了吧……"秦姝很不解。

"我也搞不懂，老金走了一个星期，几个合伙人就上门拿来一堆老金签字的欠条和抵押的条子，加起来几百万，我找人看了，确实是他的笔迹。我不想我们娘俩的生活和这些要债的有什么瓜葛，索性就卖了这个房子。卖了房去掉还债还贷款的钱，还能贴补大可的学费和生活费。"

此刻，秦姝算是体会到什么叫祸不单行、人走茶凉。她放下包，上前帮岳老师一起收拾衣服等杂物。

忙了一整天，岳老师请秦姝在新出租屋附近的快餐店吃晚饭。两个热菜、两个凉菜外加两瓶啤酒，菜是秦姝点的，酒是岳老师加的。

"去年老金曾给我一笔钱，让我都拿去买那种万一他有什么事，能赔偿我们娘俩一笔钱的保险。我没听，只买了一点保额的寿险，其余的都买了基金，到现在还被套着。"岳老师说完，一口气把杯子里的啤酒干了。

"人家说买基金，刚开始我以为是额外收入，后来才发现那其实是最大开销。"

秦姝嘴上安慰着岳老师，心里却深知岳老师的难处，她儿子大可的学费加生活费一年下来花销可不低。岳老师身体不好，几乎带不了什么课题，收入基本上就指望那点死工资。

其实，前段时间找工作到处碰壁，已经让秦姝外出工作的决心开始动摇了，但看到岳老师的现状后，她又暗自下定决心一定要继续找工作。

这个星期六，秦姝带球球应邀去参加一个绘画班的沙龙。现在这种活动，说得好听是艺术沙龙，其实中间不免夹带着各种商业目的。

一到画室，就见到醒目的红色条幅挂在大厅中间：艺语绘画&启华保险艺术沙龙欢迎您！

保险？看到这两个字，大多数家长和秦姝一样，本能地多少有点抵触，要不是自家熊孩子一来就拿了人家的各种小礼物，估计有一半的家长会撒腿就跑。家长们虽然一个个脸上都习惯性地挂着微笑，但心里却时刻保持着千万别被"宰"的警惕。

活动开始后，先是由一位老师做了一个简单的开场白，之后，工作人员分发材料，大家开始玩亲子制作游戏。其中，扎染这个环节还是很有趣的，大家先把要染色的布料扎或者缝起来，然后把扎好的布用清水浸泡，再使用染料进行上色。扎好的布料备注好名字后，老师们拿走说要再做一下处理。就在这个空当，家长们一直担心的保险介绍环节来了。

秦姝和其他家长一样，本能地拿出手机，准备打发这段被迫听讲解的时间。这时，只听台上主持人说完一段略显生硬的过渡语后，一个女生被请上台。

"大家好，我叫苏小北……"

听到这个名字，秦姝下意识地抬起头，还真就是这么巧，台上站着的就是老戴曾经的助理，自己的学妹——苏小北！

就在秦姝抬头的一瞬，小北也注意到了她。四目相对，小北的眼神在秦姝这稍作停留，便很自然地继续和大家打招呼。

"我叫苏小北，今年27岁，本硕都毕业于北京对外经贸大学。之前在一家生物医药企业做总裁助理，今年加入了启华保险……"

小北介绍完自己的学历和工作背景，那些和秦姝一样准备低头刷手机的宝妈[1]们都先后抬起了头，很明显大家都对这位卖保险的高才生产生了好奇：没听错吧？一个名牌大学硕士在卖保险？

"时间自由、付出与收获成正比、无须面对办公室里各种微妙的人际关系，还有无上限的收入……"小北列出了一堆做保险代理人的理由，别说，这些理由让人听起来多少会有些共鸣。

介绍环节是以小北给宝妈们介绍了一款少儿护齿保险而结束，这款保险主要针对小朋友的涂氟、窝沟封闭以及常见的龋齿等牙齿问题提供保障。现在的宝妈都非常重视孩子的牙齿健康，所以这些服务对于孩子家长来说是刚需。

小北只是简单介绍了几个案例，顺带给宝妈们梳理了一下给孩子配置保险的思路，全程没有大家担心的那种强买强卖。在PPT的最后，小北放上了个人微信二维码，邀请感兴趣的宝妈自愿加她。在场的宝妈有一大半都主动扫码加了她，有的还拉着她咨询家里的保险问题。可能因为小北和大家印象里卖保险的人不太一样吧，她年轻、漂亮、高知，且一点没表现出蚊子见血的那种贪婪劲头……

看大家差不多加好了微信，之前的老师们拿来了扎染成品。接下来，宝妈们带着孩子一边举着扎染作品，一边找好角度拍下作品，再配上一段或矫情或煽情或自嘲的文字，点下了朋友圈的发送键。

大家都在拍照的时候，小北走到秦姝和球球身边，她蹲下来和球球打招呼："球球，我可以看看你的作品吗？"

---

[1] 宝妈：网络用语，一般指有孩子的妈妈，引申含义为没有上班专门在家带孩子的女性。

"阿姨你看，酷吗？"球球得意地举起手里的作品。

"哇！球球是位大艺术家呀！"

秦姝让老师带球球去玩具区，她和小北在茶水间的一个角落坐下。

"上次，误会你了，对不起。"秦姝略显尴尬。

"师姐，说起来还要谢谢你。要不是上次的事儿，我可能还在纠结要不要放弃那份朝九晚五的稳定工作。我现在挺好的，代理人这行只要努力，收入就比原来多很多，时间还很自由，可以自己安排，学习、工作、生活都不耽误。"小北平和的语气中夹杂着自信。

"她这是真的假的？"秦姝心里想着，正了正身子，重新上下打量着小北。

但是看小北今天站在台上信心满满的样子和整个人的状态，再观察刚才那些宝妈对她的接受程度，貌似她说的是真的。

处于当今这个信息时代的人，每天早上睁眼的第一件事儿和睡觉前的最后一件事恐怕都是打开微信朋友圈，像皇上批奏折那样，该阅的阅，该赞的赞，生怕错过哪条，耽误了"国家社稷"。

和宝妈们各种花式晒娃相比，小北的朋友圈内容更加丰富多彩、积极充实。朋友圈里，小北打扮精致，每天的装扮或职业或休闲或俏皮，感觉她不是在和客户吃饭、喝下午茶，就是在赴约的路上。除了饭局，还有各种插花沙龙、油画沙龙、美容沙龙以及财富沙龙。很多沙龙主题的朋友圈里，都至少有一张小北站在台上演讲的照片。照片里的小北神采奕奕，满满的自信都快要溢出屏幕，已然和从前在老戴手下拎包、写文件的那个小北判若两人。

秦姝有些吃惊、怀疑，甚至还有一丝嫉妒。自此，小北成了秦姝朋友圈里最活跃的那位。她几乎每日必更，秦姝则是每条必看，且几乎是每张照片都会点开来看。看完秦姝还会琢磨，现在卖保险的都这么上得了台面吗？

她想起小时候，邻居阿姨向他们家卖保险的情况。那个阿姨每次只要一见面，不论是在小区，还是在菜市场，甚至是在公厕，都会没有任何铺垫地直推："秦姝妈，我给你说啊，这个大病险必须得买，这是大事儿。你说你们两口子不吃不喝攒下的钱，万一谁得了癌症，全掏出去都不一定够，到时候人财两空，你说咋办？"

刚开始，性格温和的妈妈每次都还会笑着回应："是，是，再看看……"可后来，这位邻居越来越理直气壮："秦姝妈呀，我都和你说多少遍了，你说你，不买多的还不能少买点吗？"最后的结局是，秦姝妈充满愧疚地给秦姝爸买了个大病险，她这么做完全是为了从邻居那里得到解脱。至于具体保什么病，怎么用这个保险，秦姝妈妈不知道，很可能连那位阿姨也不知道……

自从那次沙龙见面以后，秦姝每每看到小北在朋友圈里的状态，内心深处就会有几分羡慕。她感觉小北的生活很充实，因为她常常看见照片里，小北身后的大屏幕上展示的都是什么金融、基金、信托，还会有税法等专业知识。有几次，秦姝真想私信问问小北，自己能不能做保险。可是一想到自己之前误会过小北，还害得她离职，便不好意思开口。

可能是由于小北之前给大家留下的印象比较正面——做事认真，喜欢钻研，善于换位思考，所以大家都愿意相信她，支持她。几个月下来，她的业绩很好，其中也包括老戴公司的团单业务。

儿童节前夕，秦姝带着球球在蓝色港湾购物中心选儿童节礼物。现在孩子的礼物规格是越来越高，以前一套几百块的乐高就能哄得球球开心好几天，现在都要上升到价值几千的VR游戏机了。

大采购结束，他们正一前一后地往地库走。这时，老戴公司的行政小刘打来电话。

"嫂子，公司要给所有高管家属上高端医疗险，需要把您和孩子的信息录一下。"

"正好一会儿我们路过公司，我上去找你。"

老戴的公司在国贸附近，中午不堵车，从蓝色港湾开车过去十几分钟就到了。秦姝带着球球来到老戴的办公室，老戴不在。

不一会儿，小刘带着电脑进来，登记了秦姝和球球的身份证号及身高体重等信息。

"嫂子，这个高端医疗险办完了会给您和孩子每人一张直付卡，下次再去和睦家这样的医院，您直接刷卡结算就行，不需要自己付钱。"

"怪不得我每次都能看见人家直接掏出个卡给护士，我当时还纳闷，这是什么神操作。这回好了，咱也有了……"秦姝笑着抱起球球，开门出去。

秦姝开着车从地库出口上来，驶离大楼时，正巧看见老戴的车停在大厦门口。老戴下了车，往楼里走去。秦姝刚想按喇叭和他打招呼，却突然透过车窗看到一个女人坐在后排座位——是小北！

秦姝瞬间觉得手脚发凉，手里握着的方向盘似乎也沉重起来，要很用力才打得动。秦姝一路上没再说一句话，到了小区门口，她将车停靠在大门边，让吴姐带球球先回去。

秦姝把车熄了火，坐在车里精神恍惚地踩下了油门，却忘了挡位还在停车挡，发动机随之发出歇斯底里的怒吼声。秦姝靠在座位上闭眼调整片刻，稀里糊涂地开着车上了环路。她怎么都不相信老戴会做出这样的事。但即便她信任老戴，刚刚看到的一幕又该怎么解释……

秦姝决定不再胡乱猜测折磨自己了。她果断拿起手机，拨通了小北的语音通话："你在哪？我去找你。"

20分钟后，秦姝来到了小北公司的写字楼。单从全玻璃的外立面就能看得出这栋写字楼的规格不低，大楼里高级香氛的气味随着旋转门的转动飘了出来。如果是在平常情况下，这气味绝对能让人的心情瞬间放松下来，但此时对于正在气头上的秦姝来说这味道的作用似乎不大。

秦姝来到16层，一出电梯就看到这家公司的装修风格以白色为主色调，配上长长的设计简洁的弧形前台，简约又时尚，高高低低的绿植错落有致地装饰着整个前台。

"你好！我找苏小北。"秦姝尽量使自己保持冷静。

前台客气地对秦姝说："右手边直走，走到头的那片区域是小北的团队。"

"团队？她还有团队？"秦姝听着更加生气了。

她大步向里面走去，远远地就看见了小北，还有两个和她年纪差不多的女孩围着一个年纪稍长的女士正在聊着什么。小北边说边拿着笔在平板电脑上指指点点，妥妥的职场精英。

这时，小北也看到了秦姝，于是向她挥挥手："师姐你先坐，稍微等我下。"

秦姝强忍住气，在她们旁边找了个沙发坐下来。气头上的秦姝打量着四周，想让自己尽量平静下来。她看到墙上挂了好多肖像照，下面标注着：某某明星团队、明星个人、欧洲之星达人……其中有几个板块都贴了小北的照片。

小北示意同组的一个女生给秦姝倒了杯水。秦姝轻抿了一口，无意间听到了她们的对话。

"我就是不想辛苦打下的江山让外人占了便宜。年轻时我们起早贪黑地进货上货，为了省点人工费，我还把孩子反锁在家里，跟着老孟去背货，现在日子好了，什么人都想来分。"

"这个正在拆散我家庭的人，却在这帮别人出谋划策！"秦姝放下纸杯，走到小北面前，"小北，我有话和你说。"

"师姐，稍等一下，我和这位女士聊完找你。"小北虽然有点蒙，但还是客气地和秦姝说。

秦姝重新坐回到沙发，在心里一遍遍地告诉自己要镇定。

"小北，你就给我弄个保险，能让这家产妥妥地传到我儿子手里，我今天把卡都带来了。"那位女士继续说，她的情绪由激动逐渐变为冲动。

眼看着这位大姐要和小北签单，秦姝心里愈加不痛快，她一个箭步冲上去："小北，我有话对你说，现在。"

"师姐，你看到我有客户在，要不你先回去，我忙完去找你？"小北先是一怔，随即说。

"您好，我今天和您面前的这位代理人苏小北有很重要的事情要说，恐怕她今天没办法再为您服务了。"秦姝没理睬小北，而是转身对小北的客户说。

"什么意思？你是干什么的？"客户问秦姝。

"好吧，既然大家都不想走，那我就在这说。苏小北，你都辞职了，怎么还去找我老公？"

秦姝话音刚落，这位大姐"腾"地一下从沙发上站起来，表情随之从路见不平切换到难以置信："小北，没看出来啊……"说完就拿起包径直走向电梯间。

圆桌这边，小北的两个同事彻底傻了，大家手足无措，走也不是不走也不是。此时小北的心情已经不能简单地用愤怒来形容了，而是仿佛有无数细刺扎在心上，可喉咙又像被什么东西塞住了。

小北颤抖着对秦姝说："我们出去说……"说完扭头就往电梯走。

"出去就出去。"秦姝跟在后面。

电梯门一开，两人走了进去，小北随即按下37层，物业公司用绿植在这一层围出来个小天台。

天台的风明显大了许多，秦姝紧了紧衣服。还没等秦姝开口，小北就再也控制不住，近乎咆哮地说："你凭什么怀疑我和戴总有问题？今天的这个客户我见了七次，七次啊！眼看着要签单了，你知道你都干了什么？你以为谁都像你一样有个提款机老公吗？

"这个城市里的大多数人都像我一样，每天挤地铁、扫单车，为了应对上涨的房租，每年至少搬一次家，越搬越远。好不容易找了个工作，还会因为你这样小肚鸡肠的老板娘被逼辞职。"说完，小北突然紧闭双眼，泪珠大颗大颗地落下。

这些话一直都藏在小北心底，她觉得老天不公平，让有的人一生下来就含着金汤匙，而她这样的女生就要一切从头开始奋斗，还要不断地遭受质疑、误解，甚至连最起码的公平都没有。

秦姝被彻底吓傻了，明明是自己有理，怎么反被数落了一顿？

"我看见了，你坐在老戴车里！"在小北绝地反攻的气势下，秦姝竟略显底气不足。

"那是我去找戴总请他为那个团单业务签字，戴总好心让司机顺路捎我到地铁站。"停了一会儿，小北一字一句地说，"我苏小北会为了赚钱吃各种苦，但绝对不会插足别人的家庭！"

说这话时，小北那股子狠劲让秦姝的心一沉。小北从来没有对任何人说起自己的家事，今天，她忍不住了。

"今天和你说说我的事，出了这个门，咱俩彻底划清界限！"平复了几分钟，小北继续说，"我和你一样，来自一个小地方，爸爸在我小学三年级时，被下雨时漏电的电线杆电击意外去世。从那以后，妈妈带着我和弟弟，靠着她每个月一千多块的工资和政府不多的赔偿款过日子。

"我弟弟学习不好，一直在学钢琴走艺考的路。以前有我爸的收入还能勉强供他学琴，但是只靠妈妈的工资再继续供他学琴就很困难了。就在这时，爸爸以前的一个战友，我们叫他'郑叔'的人出现了，帮了我们很多，大到给家里装电话、换电视、买冰箱，小到买米、买面，也是他让弟弟坚持一直学琴，但我还是很抵触他。所以一上大一，我就开始拼命找各种兼职，为的就是不再花他的钱，让妈妈早点离开他。

"在我家那个小地方，即便大家知道郑叔是单身，也会有人在背后嚼舌根，说是我妈破坏了他的家庭。所以我苏小北这辈子即便是孤独终老，也不会去做破坏别人家庭的事。"说到这，小北的眼圈更红了，她将头扭过去，看向天台外面的二环说，"行了，该说的不该说的我都说了，你可以走了，以后咱们各走各的，没必要再联系了。至于戴总那个团单，那是我公平竞争来的，我会继续做下去。"

看着小北的背影，秦姝像个犯错的孩子，充满愧疚，也打心里觉得眼前的小北和她朋友圈里那个衣着光鲜、侃侃而谈的小北有了不同。

晚上老戴回来，见秦姝坐在床上看书，不像平常那样刷剧，就面露疑惑。

"公司那个保险是你找小北做的？"秦姝的目光仍旧停在书上。

"啊，是。小北为公司做了不少事，人家一个名牌大学的高才生一毕业就跟着咱们，上次害得她平白无故丢了工作，怎么说也是欠她个人情。再有，小北做事还是靠谱的。"老戴说得平静自然。

晚上睡前，秦姝照例进行朋友圈"批阅"，看见小北发了张图，图上一个可爱的小男孩在夜晚的一片草丛中，两只小胖手捧着一盏灯，充满好奇地望向天空，上面配了两行文字："这个世界从来不公平，只有拼命努力，才能换来平等的待遇……"

盯着朋友圈发呆的秦姝，想起了白天小北的那个客户，那应该是个很大的客户。秦姝咬了下嘴唇，不自觉地叹了口气，内心深处萌生出一丝愧疚。

上次秦姝来公司大闹了一场，让小北的心情低落了好几天。她也想过挽回客户，却发现早已被拉黑。获得一个大客户的信任有多难，丢掉一个客户就有多容易。

日子总归是要过的，柳晴说过，客户就像出租车，过了一辆会再来一辆。要珍惜眼前人，尽人事，听天命。

小北也学着柳晴的样子，在公司的文创商城上订了很多纪念礼品。这天，小北正在整理礼品，结合着通信录看看有谁可以去主动拜访下。这时，电话响起，是她妈妈打来的。

"妈，怎么了？"

"北呀，你还在卖保险呢？"妈妈自从听说小北卖保险后，只要抓住机会就劝她别干了，去找个正经工作。但是妈妈也只是嘴上说说，并没有强迫她辞职，她了解自己的女儿。女儿自从大一起就自力更生，有主见，她一旦定了的事，绝不会轻易改变。

"嗯，怎么了，家里有什么事吗？"

"那个，是你郑叔，他有个事想问问你。"

"他有什么事？"小北一听到妈妈口中说出"郑叔"这两个字，就有种莫名的反感。

"他女儿丫丫要结婚了，但是郑叔觉得这个新姑爷不可靠，在老家也没个正经工作，你郑叔觉得他就是奔着自己家的钱来的……"

"他这是心理畸形，觉得谁都是冲着他的钱去的！"小北没等妈妈把话说完，就忍不住打断。

"你别这么说你郑叔，他是个好人，这些年他没少帮咱们家。老郑就想问问你有什么建议，他觉得你在北京见多识广。"

如果说冲着自己对郑叔的意见，小北真不想和他有任何交集。可是郑叔说的这个问题，恰恰是保险可以解决的，再想想佣金，小北随即说："好啊，你让他给我打电话，我跟他说。"

"行，我就说嘛，我女儿识大体、知好歹。北呀，既然帮忙，你就要实心实意地帮人家。"

挂了电话，小北想起了爸爸，爸爸是家里唯一将她视为宝贝的人。爸爸刚去世那阵，小北常常盯着爸爸为自己装的一辆红色自行车发呆，那是爸爸为她做的最后一件事。想着想着，小北的眼里竟然噙满了泪水。这时候，手机响了，是郑叔。

小北擦了擦眼泪，拿着电话向楼道走去。

"喂，小北，是我。"郑叔声音里透着忐忑。

"郑叔，您有什么事，就说吧。"

"小北，是这样，丫丫找了个对象，我觉得对方人品不是很可靠，但丫丫铁了心要和他好。这不，两个人着急结婚，按理说我是要备一笔嫁妆的。但我是真不放心，我怕前脚给了钱，后脚就被人家骗走了。所以，我想问问你，有什么好建议。"

听完郑叔的这番话，小北忽然觉得电话那边不再是和妈妈好的那个郑叔，而是一位爱女心切的父亲。

"郑叔，是有办法的。"小北的语气柔和了很多，"您可以以自己的名义为丫丫买一份年金险，丫丫为被保险人，同时投保一个万能账户，年金产生的收益会自动进入万能账户，这样本金和收益都属于您。"

"那如果万一他们离婚了，这小子会和丫丫一起分这个钱吗？"

"不会的，郑叔。首先这份保单是您在婚前给丫丫投保的，后面每期的保费也是您交的，这些都是有缴费记录的，所以这份保单的所有权和控制权都是属于投保人的。到了可以领取收益的年份，如果小两口过得好，您就跟他们一起分享收益，过得不好，这笔钱还是您说了算。"

"小北，那万一丫丫被那小子蛊惑，想退保从账户里取钱怎么办？"

"那不会，像保单追加、退保、变更受益人这些都是由投保人也就是您来控制的。"

"这样好，小北，你就给我投一份这样的保险，我是真害怕一不小心，给他们家扶了贫。"

小北根据郑叔的要求很快做出了一份计划书。在做方案时，小北发现还有两天就是郑叔的生日，她特意将郑叔的生日设置为保单生效日。这样每到郑叔生日时，就会有一笔生存金存入账户，让丫丫感受到来自父亲的陪伴和爱。看着这份方案，小北不由得羡慕起丫丫来……

可没想到就在小北满心欢喜地等着为郑叔办理远程投保时，郑叔却发消息说先不买了。

小北觉得事有蹊跷，后来，小北从妈妈的口中得知是郑叔的前妻不同意，觉得买保险不踏实，他们将这笔钱全部买了金条送给丫丫。

捌

儿童节这天，按照惯例，幼儿园邀请家长们观看孩子们表演节目。精心打扮的小朋友们带着礼物来到幼儿园，妈妈们则是提前把指甲贴上，睫毛接上，面膜做上，小裙子穿上，高跟鞋踩上，名牌包背上，就等着在这一天争奇斗艳。

球球他们班第三个上去表演，还没等小演员们上场，妈妈们早就猫着腰来到第一排桌子前，准备好手里的"长枪短炮"等着自家的少爷小姐上台。

秦姝也举着手机，专心地给在台上表演舞蹈的球球录像。这时电话响起，秦姝一看是二姨，她便猫着腰走出小剧场，接起电话："二姨，怎么了？"

"秦姝，我下月初想和你二姨夫去美国玩，你大舅和大舅妈也去，现在就差你爸妈了。他们也想去，但可能有点儿心疼钱……我这钱是你表妹出的，你说她一个单身的都出得起，你家老戴那么有钱，还能出不起？"

"二姨，我和爸妈说，让他们去，这钱我出。"

"你看，我就说嘛，这点钱对你们来说不算啥，就是买一个包的钱。"

秦姝那边还惦记着球球的演出拍照，很快便挂断了电话。等她再次猫腰溜进去时，孩子们已经鞠躬谢幕了。

晚上，秦姝想起二姨的电话。二姨说的没错，8万的确就是一只名牌包的钱，但给自己老婆买包没的说，要是给岳父岳母……秦姝正在思前想后，没一会儿，就听见老戴回来了。她立马穿上鞋"噔噔噔"地下楼迎他，脚步急促得像要把楼梯踩透。

老戴一愣："出什么事了？"

"没事，听见你回来了……"

"说吧，肯定有事。"老戴就是老戴，秦姝那点小心思，分分钟就被他看透了。

"真是一个老机灵鬼！那个，我爸妈要去美国玩两周……"

"去吧，多少钱？"还没等秦姝说完，老戴就问。

"一个人4万，两个人一共8万……"

"打10万吧，老两口没出过国，看什么好再买点什么。"老戴倒是痛快。

这天夜里，一想到自己给爸妈报团去美国旅游，秦姝就很开心，就好像这钱是她自己赚的一样。想到这儿，她的脑海里浮现出了小北的那句话："你以为谁都像你一样有个提款机老公……"

秦姝妈妈的旅行团从北京乘早班机出发，旅行团提前一天到北京。秦姝在东四环一家日式自助火锅店安排了晚餐。老戴也会来。

牛肉、羊肉、鱼虾和蔬菜等摆满桌子。秦姝招呼了几次，让大家先吃起来，可这一桌子长辈竟没一个人动筷子，每次都是这样。于是一桌子风尘仆仆远道而来的长辈，就这样足足等了40分钟，穿着和服的服务员才带着几个人走了过来，是老戴，还有他父母。

两家人一坐下便开始寒暄，秦姝很不喜欢这样的氛围。公公婆婆身上自带的本地人的优越感总是让两家人之间的对话很别扭，就像皇亲国戚微服私访似的，一问一答。

席间，秦姝爸爸站起来举起酒杯对着亲家说："大哥大嫂，我们这回能出国旅游，还得谢谢女婿的支持，也谢谢你们，我敬你们一杯。"

秦姝公婆明显没有心理准备，但又见亲家干了不好不喝，只能边喝心里边犯嘀咕。

秦姝的心"咯噔"一下，后悔没早点嘱咐爸妈别提这件事。过了一会儿，秦姝见大家快吃完了，起身到前台把单先买了。她回来时，婆婆拉着妈妈的手在说着什么，见秦姝回来就只是微笑，不再说话。再看看此时的妈妈：若有所思又故作镇定。

回了酒店，秦姝的家人便不再拘束。

"你那婆婆就是个笑面虎，他们家那么有钱，儿子掏点钱给丈人丈母娘出去旅游还要念叨念叨。"二姨喃喃地说。

"我婆婆刚才提这件事了吗？"秦姝追问。

"没有。"秦姝妈瞪了妹妹一眼，抢过话。

秦姝最后也不知道婆婆到底说了什么，但婆婆的意思她还是猜得出来的——无非就是不要沾他们家太多的光，揩他们家太多的油。

回去的路上，球球很快睡着了，车里放着秦姝喜欢的轻音乐。夜里11点的环路上多了很多大货车，看着里面的司机，秦姝想这些人应该就是小北口中说的认真讨生活的人吧。她听快递小哥说过，白天大家收到的快递都是这些大货车司机连夜运进北京的。

秦姝扶着半睡半醒的球球上楼，路过书房时，听见婆婆他们说话的声音："有个大病小情的支援一下没问题，这出国玩儿还好意思开口。今天是去美国，明天去欧洲，再后天说不定要去南极。"

秦姝本来还蹑手蹑脚地生怕吵醒他们，发现他们是在家里开小会，索性放开手脚大踏步上楼了。没一会儿，老戴推门进了卧室。

"散会了？"秦姝没好气地问。

"散什么会。妈就是怪我们没提前和他们说一下，有点小情绪。"老戴拿出了和稀泥的看家本事。

自从秦姝嫁进戴家，类似的事情发生过不少。通常秦姝都是你说你的，我做我的，听过也不会走心。但今天的事，秦姝上心了，因为她发现自己似乎找不出婆婆那番话的破绽，大病小情他们支援，放松娱乐女儿买单可以，可让女婿买单似乎就有点没那么理直气壮了。

"赚钱，不就是赚钱吗！我一个堂堂名校硕士，难道还找不到工作？我还就不信了。"秦姝就这样气呼呼地睡着了。

第二天起床后，秦姝不再花时间看穿衣搭配、开箱开包、韩剧、美剧了，而是用心浏览招聘App上的招聘信息。当她把工作经验设置成不限，年龄设置成30～35，学历设置成硕士时，筛出来的职位寥寥无几。

偶尔有几封邮件，联系秦姝的都是各种助理职位，甚至还包括生活助理，岗位要求是这样的：身高165厘米以上，身材均匀，长相佳，情商高，有驾照，会茶艺，有奉献精神……

夏末初秋，虽然风里还藏着几分夏日余温，但眼见着树叶慢慢变黄，秋天的脚步一点点近了。这个秋天，球球要上小学了。这天，秦姝来学校给球球提交报名材料。家长们排队站在外面，秦姝看见前面有人给大家发单子，边发边介绍："儿童意外险，小朋友们入学都要有的。"这声音听着耳熟，她踮起脚尖看过去，是岳老师。

"岳老师！"秦姝朝队伍前面喊了一声。

"球球也上这所小学吗？"岳老师朝秦姝走过来。

秦姝从岳老师手里拿过一张宣传单，上面是启华保险公司的一款儿童意外险介绍。

"岳老师，您什么时候做保险了？"

"我也是刚刚加入，在小北的团队。你先排着，我去把这些发完。"说完，岳老师朝着队尾走去。

眼前的岳老师像换了个人，大方地给每位家长送上传单。秦姝还记得上次分开时，岳老师的状态憔悴得让人心疼，今天却像个满血复活的女战士。秦姝决定给球球投一份意外险。

秦姝开车跟着岳老师到了启华保险公司。她其实来过这里，但她不想提起。

投保流程很简单，全程无须纸笔，在投保App里操作即可。岳老师很熟练，投保完还给秦姝发了理赔条件、理赔流程及注意事项，一条条列得清清楚楚。

"你是不是特好奇，我怎么卖上保险了？"岳老师轻松地说，"很简单，在所有人都找我要债的时候，只有保险公司如约给我赔偿金。还有，你知道，就靠我那点死工资，大可的研究生估计都读不下来，更别提将来买房子娶媳妇了。当我知道小北在启华已经有了自己的团队，也没多想，就办了提前退休，跟着她一起干了。对了，小北在做保险你知道吧？"

"不知道，噢，知道。"秦姝有些含混。

"到底知道不知道？"岳老师追问。

"知道，也是在一个活动上，刚好遇到她讲保险。"

"说起来小北也是可怜，小小年纪就要养妈妈和弟弟。"看得出，岳老师很同情小北。

"老师，保险好卖吗？"

"世上最难的两件事就是把你的思想装进别人的脑袋，把别人的钱装进你的口袋。保险作为一种产品，它不能带给客户即时满足，而是帮客户规避未来的风险，也许几年、十几年后才用得上，所以卖保险难上加难。不过，当你真正知道了保险是什么，学会了怎么用，并找到需要它的人的时候，成交就是水到渠成的了。"这一刻，秦姝仿佛看到了曾经站在讲台上的岳老师。

岳老师带着秦姝参观公司时，秦姝在电梯间看见一个易拉宝，上面写着："招聘积极、乐观、想奋斗、有理想的你！团队定位：'80后''90后'。学历：本科及以上。"

"现在卖保险都要本科学历了？"秦姝问。

"对，你看公司人来人往的，都是年轻人，他们里面好多海归、硕士。"

秦姝开车送岳老师回她的出租屋，临下车时秦姝问岳老师："老师，您看我能卖保险吗？"

岳老师先是一怔，随即说："你还是先回去问问你们家老戴的意见吧。"

晚上老戴回来在餐厅吃饭时，秦姝坐在老戴对面，一副含情脉脉的样子。

"有事儿？"老戴放下手里的筷子，一本正经地问。

"没事儿，看看你不行吗。"秦姝嗔怪地说。

"看得我发慌，有什么事儿说吧。"老戴又缓缓拿起筷子。

"今天给球球报名，碰见岳老师了，她在学校外面发传单，向家长推销保险……"还没等秦姝说完，老戴一脸惊讶。

"你说谁？岳梅？她那么清高的人，卖保险去了？"

"卖保险怎么了，看你说的。我跟着去他们公司了，那公司一整栋大楼，公司里面来来回回的都是高学历的年轻人，人家苏小北不也在卖保险么？"秦姝一扫之前的柔情。

"你也动心了？你找工作我不反对，但是你怎么也得找个像样儿的工作。"老戴难得在家里一脸严肃。

老戴的态度秦姝大概猜得到，她自己要不是跟着小北和岳老师去过启华公司，对保险销售的印象也会停留在"保险销售盯着大爷大妈死缠烂打，逮着亲戚朋友就不放"。

秦姝知道眼下要想得到老戴的支持很难，况且她也不确定自己能不能做代理人，于是她决定先瞒着家人去了解一下。岳老师不知道秦姝和小北之前的误会，强烈建议秦姝和小北聊聊。

"你们俩是同龄人，看待问题的角度更相似，而且小北现在做得很好。"

秦姝没说话。

"怎么了，你们俩不是一向挺熟的？"岳老师看出她面露难色。

秦姝想了想，将上次发生的事和岳老师说了。

"秦姝，不是我说你，这事是你欠考虑了。"

"嗯，我后来发现这就是个误会，但是一直没机会给她道歉。"

"行了，这事我来安排。"岳老师说。

一天傍晚，岳老师在一家烤串店订了位子，分别通知了秦姝和小北。秦姝知道小北去，但是小北不知道秦姝要来。小北一进餐厅，见秦姝也在，愣了一下，但还是过来坐下了。

小北和秦姝两个人都没有和对方说话。岳老师叫服务员过来，点了菜。

还没上菜，岳老师先让服务员拿了两瓶啤酒，给三个人都倒好，随即向秦姝使了个眼色。

"小北，对不起。之前是我不好，误会了你，害你丢了工作，还搅黄了你的大单，今天正式跟你道歉，请你原谅我这个头发长见识短、不识大体、小肚鸡肠的家庭妇女吧。"秦姝说完举起杯子，一口气干了杯中酒。

"小时候，我最喜欢玩捉迷藏。有一个邻居小姐姐，总是等我们都藏好了，她却回家吃饭、看电视，不管我们了。有一次我躲在柴垛里，躲着躲着睡着了，醒来之后，那个恨呀！你知道那天我对你是什么感觉吗？就是那种感觉！"小北说道。

"是，我不好，我检讨。我不对，我有罪！今天这顿我请。"秦姝诚意满满。

"反正你有钱，这个月的烤串你都包了吧！"说着小北拿起手里的杯子和秦姝使劲碰了下。

这时，岳老师也举起杯子说："来吧，咱们三个卖保险的，就别再互相嫌弃了。以后，咱们三个不招人待见的，得抱团取暖！"

"等等，你也做保险了？"小北一脸不解地看着秦姝。

"我这不是想吗，收不收就看你一句话。小北，你看我行吗？"

"你不行……谁行？但我很好奇你的动机是什么？我和岳老师目标明确，为了赚钱，你为了什么呢？"

"女人有多少钱就等于有多少底气，这话听过吧？"秦姝说。

"就是因为听过，就更不明白了。"

"这前提得是你自己赚来的钱。以前总听说，女人有钱才有安全感，其实女人的安全感根本不是钱带来的，而是赚钱的能力带来的！爱情易逝，婚姻易碎，我的动机很纯粹，就是不想再做家庭妇女。怎么样，这理由充分吧？"

"充分！但是戴总能同意吗？"小北和岳老师对视一下，又齐刷刷地看向秦姝。

"他同不同意，不重要。"

两个已经在卖保险和一个即将卖保险的女人，就这样说着笑着喝了不知道多少瓶啤酒，三个人都有些许醉意。她们还回忆了很多学校里的趣事儿……小北说她之所以选择卖保险，是因为之前的一份兼职。

原来小北在大二时，曾在一家保险公司的核赔部做兼职，协助核赔调查员做理赔前的调查。当年去调查时，理赔客户一贫如洗的家，悲伤绝望的女人，以及她那一对天真可怜的年幼孩子，让小北直到现在都记忆犹新。那一次，她真正知道了什么是保险。

"可是为什么那么多人一想到保险代理人就觉得是大骗子？"秦姝问。

"因为那个年代代理人的招聘门槛低，再说媒体曝出来的都是误导销售的案例。那样才吸引眼球！"岳老师说。

"不重要，现在有我们了。我们是谁，我们是新一代的保险代理人，我们只卖对的，不卖贵的，我们帮助客户把保险安排得明明白白、清清楚楚！"小北今天情绪有点激动，没喝多少酒就兴奋起来，说话时声音大得让旁边的人都转头看她。

这一晚上，整个烤串店都知道她们三个是卖保险的。更有意思的是，邻桌的一个胖男生跑过来，对着三个微醺的女人问："三位小姐姐，那个，我媳妇想买个保险，正找不着人呢，要不，你们谁加她个微信？"

哈哈哈，三个人一起大笑起来。

和小北一样，在成为正式的保险销售之前，秦姝也要经过朝九晚五的严格培训。

这些天，秦姝真正见识了北京的早晚高峰，她看到了穿梭奔波在这个大都市里的打工人，也看到了一些以前不曾见过的场景：早上7点多的太阳，早高峰时的环路状况。那场面仿佛全北京的车都出动了，大家你不让我，我不让你，分秒必争。公交车上人挤人，人挨人，大家顾不上男女有别，只要能挤上去，管他前面是男是女、是老是少、是香是臭，只要能成功上车，那就是吹响了今日早高峰的胜利号角。

秦姝这一期的学习班里，总共有50位学员，大部分都是女性。这些人的年龄大都在30~45岁，有很多还曾经在各自的领域里做得很成功。在破冰环节的自我介绍中，秦姝知道大多数人转行是因为遇到了职业瓶颈期，或者对自己的职业发展不满意，或者想平衡一下家庭和工作。

"我希望成为一名保险企业家，有一支自己的队伍。同时，我也希望能更好地平衡家庭和工作。"一位曾经开户外用品公司的女士说。

在现代企业中，企业家常常用来指企业的所有者及管理者。前面那位女士提到的保险企业家顾名思义就是从事保险创业的人。把目标定位在保险企业家的代理人，就不再是一个个单打独斗的个体，而是利用保险公司提供的职场、薪酬、产品、培训、服务及技术知识等，用经营企业的思维来建立、管理、激励自己的队伍。因为有保险公司提供平台和资源，所以这种创业模式也称为"轻创业"。抱着打工的心态是没办法在这个行业里生存下去的，只有带着创业思维的代理人才能走得更远。

"我想和老公一起分担养家的责任，虽然他总说他可以，但我不想再让他独自负重前行……"一个看起来打扮得没那么精致的大姐说。

轮到秦姝了，她竟一时不知道该说什么，站起来沉默了好一会儿。

"我想自己赚钱给爸妈花，这样他们就可以花得更有底气。"

后来，每次回忆起这次的发言，秦姝都恨不得时光倒流。

这10天里，这群30到45岁的青、中年人仿佛又回到了校园。秦姝在这里认识了很多人，他们每天在一起学习，模拟洽谈，通关考试，下课后还会一起约着吃饭，谈论八卦新闻。秦姝整个人快乐了许多，仿佛又找到了在校园的感觉。

秦姝跟老戴说自己找了份兼职的文职工作，除了每天上午要打卡，其他时间相对自由。老戴看她忙得开心，也不影响照顾球球，便没有多问。

培训结束后，大家回到各自的团队里开始正式展业①。开展正式的保险销售工作，即整理潜在客户名单，进行接洽。代理人每天早上要到公司打卡，开早会。早会后，小北会组织大家再开个沟通会，主要内容是请大家讲一下当天的拓客计划、复盘下前一天的展业情况，如果有新产品上线，就通

---

① 展业：保险行业用语，主要指梳理发掘潜在客户并与之建立联系，推广和销售保险产品，也包括为老客户办理续保、理赔及加减保等相关服务。

过角色模拟①做新产品的销售预演。柳晴也会带着大家去周边几个组转转，算是认识一下。

因为受到前辈们的启发，秦姝也把自己的朋友圈设置了分组。她把球球同学的妈妈、美甲店和美容院的店员、专柜的柜姐、课外班的老师、小区里的邻居都划分到潜在客户一组，同时还建了个新的分组，起名叫"客户"，接下来她就要着手将潜在客户转化为客户。

"要想让别人了解你、信任你，就要用心经营自己的朋友圈，让潜在客户看到你的专业。"小北常常对大家说。

秦姝仔细斟酌后写了一篇官宣长文，大意是决定要从全职妈妈向职场妈妈转换，想通过努力学习、全身心投入工作成为孩子的榜样。配图是结业那天，她手捧一束向日葵，上台领取优秀新人奖的照片。照片里的秦姝，一如既往的时尚漂亮，还多了几分职场女性的自信和干练。

秦姝以前就知道女人酷爱聊"八卦"，可她还是严重低估了大家对八卦的热爱和脑洞②大开的程度。秦姝的这条朋友圈刚一发出，有几个人几乎是同时秒评："出什么事了？老戴不行了？"几个平时走得近的妈妈，第一时间小窗口问秦姝："家里出事了？怎么干上保险了？"

面对她们的好奇心，秦姝觉得自己不编出点狗血剧情来，都对不起她们的热情。她早就准备好了怎么应对她们："说来话长，咱们哪天约一下，当面聊……"虽然大家觉得有点扫兴，但也都欣然答应了。

秦姝决定先从这些好奇妈妈入手，她先是约了一位和球球一起乘坐校车的彬彬同学的妈妈。以前这位妈妈看见秦姝和球球，大老远地就挥手打招呼，别提多热情了。自从知道了秦姝卖保险后，这位妈妈每次见面只是礼貌

---

① 角色扮演：即一人扮演客户不断提出问题，另一人以代理人身份解答，通过这种方式丰富大家的实战经验。

② 脑洞：形容人想象力非常丰富，通常指在脑海中对某些剧情情节进行幻想或推测。

性地浅浅一笑，然后就拉紧孩子和秦姝娘儿俩保持距离，那架势就好像秦姝身上有刺，离近了就会被扎到一样。秦姝权当没有察觉，还是热情如往常："彬彬妈妈，下午有空吗，合生汇新开了一家甜品店，要不要一起去尝尝？我请客。"

"不好意思，我今天下午约人了。"彬彬妈妈说完，用手把遮阳帽压了压。

"没关系，以后再约。"秦姝故作轻松地说。说实话，她心里还是有点儿别扭的：卖保险又不是抢钱，你不需要，没人会强卖给你。可是她又想起以前的自己，比如上次在球球绘画班沙龙巧遇小北，当她得知活动中穿插了保险营销环节，也是有很强的抵触心理。这么一想，心里也就平衡了。

这天上午，岳老师带着一位看上去40多岁的女客户来到公司。她们先是参观了公司，然后找了间小会议室坐下。岳老师叫秦姝帮忙倒杯水，之后示意她也坐下来。秦姝明白岳老师的意思是想让她多学学。

"我想给老公买一份保险，他是这个家的经济支柱，我想买那种如果他万一出事了，可以赔给我和孩子一笔钱的保险。"这位客户说。

"您说的是寿险，如果是保到终身就是终身寿险，如果是到具体年龄就是定期寿险。"岳老师耐心地说。

"这两个产品费用上有区别吗？"这位大姐问。

"有的。终身寿险的话，未来不论被保险人是怎么离开的，都会把保额返还给受益人。举个例子，比如将近40岁的男性客户为自己投保，每年缴费约2万，缴费20年，总缴纳保费约40万，可以获得100万的保额。也就是说未来这位客户去世，受益人会得到100万的赔偿金。如果是定期寿险，通常是不返还的，当然保费要便宜些。比如同样的100万保额，保到70岁，20年缴费期，每年保费大概7000元。如果被保险人在70岁之前离开，受益人同样会得到100万的赔偿金；70岁之后就不再享有保障了，之前缴纳的保费也是不退的。但是定寿的优势是杠杆更高。当然，这只是举的例子，具体还是要以投保时的具体测算为准。"

"我要终身那种，比较划算！"大姐停了几秒钟，又对着岳老师说，"听说你们这行佣金蛮高的……"这位大姐说了一半看向岳老师。

秦姝听明白客户这是想要返佣。岳老师笑了笑，不卑不亢地说："艾女士，我们保险代理人不像商场售货员，一手交钱，一手交货，这单生意就完成了。我们的佣金主要在首期保费，但是我们要给您提供未来几十年的服务。您说，是这个道理吧？"

客户尴尬地笑了笑："我也就是随便问问。那这样，您做个方案，我拿回去商量商量。"

岳老师按照客户的意愿做了一版方案发给她。在送这位大姐到电梯间时，岳老师说寿险不像其他产品，它包含的服务可能要在很多年后才能兑现，所以建议艾女士选择一家可靠的、有实力的公司。

"又飞了？"秦姝看着缓缓关上的电梯门说。

"尽人事，听天命。"说着，岳老师挽起秦姝的胳膊走回公司。

每个月的月初，保险公司的各个代理人团队都会组织月度分享，主要是让大家复盘一下上个月的成功案例，供彼此交流学习。这天，秦姝这个小组正在分享，只见上次提出返佣的那位艾女士带着一位和她年纪相仿的女士来到公司，说是找岳老师来签单的。

岳老师淡定地把她们请到洽谈室，秦姝也尽量克制兴奋，给客户倒水。等她坐下来仔细一看，才觉得艾女士带来的这位大姐很面熟，可一时又想不起在哪里见过。

艾女士和岳老师签了单，对岳老师说："岳老师，这是我老乡，都是在北京一起做生意的。她也想买一份保险，本来是要在你们这一个女生那买的，结果出了点小状况，我就带她找你来了。"

客户这么一说，秦姝想起来了，对面这位女士正是她第一次去启华保险找小北理论，把单子搅黄了的那位客户。

"岳老师，我想买的和她的那个不一样，我要买那种能指定把我们的钱留给儿子的，而且是可以按月给他的，你知道吧？"这位女士对岳老师说。

"您说的是年金险，指定儿子为受益人，约定按年或按月领取收益。"岳老师说。

"对的，对的，就是到时候让孩子月月领，这样他也不会一下子拿到一大笔钱全败光。"客户应该是从小北那把年金产品了解透彻了。岳老师做了一版方案，这位女士说拿回去和老公商量一下。

送走她们后，秦姝对岳老师说："这个客户我见过，她提到的出状况的代理人就是小北。说来惭愧，之前和您说过我对小北和老戴有点误会。就在签单那天，是我把小北的这单给搞砸了，小北貌似已经跟她跟很久了……"秦姝说完，咬了咬嘴唇。

"你这么一说，这个客户的事，我还是和小北通个气的好，总不能黑不提白不提地抢了她的客户。"

第二天，岳老师又把艾女士带来的那位客户请到公司，还请秦姝向这位女士解释了上次与小北的误会。

"既然误会都解除了，苏小北也跟您沟通了很久，对您的情况也比较了解，我们都是一个小组的，还是请她来为您服务吧。"岳老师对那位女士建议。

那位女士同意了，岳老师赶紧叫小北过来一起签单。过了一会儿，小北才从楼上的培训教室不慌不忙地走过来。小北上身穿一件白色的短款西服，下身穿一条黑色的商务休闲裤，脚上配一双黑色尖头的高跟鞋，一路走来，办公室的人都忍不住看过来。恰巧经过的老徐——"徐多金"更是整个人愣在那里。因为有了上次酱板鸭的插曲，小北走到老徐身边时，对他微微一笑。就是这个笑容让老徐神魂颠倒，半天回不过神来。

小北现在的着装风格和原来大有不同。以前，小北一年里只有两个月份会去逛商场买衣服，一个是1月，另一个是8月。因为这两个月份是商场的疯狂打折季。款式上，她都是选经典款，因为经典款不容易出错，经久不衰。

但是加入柳晴的团队后，小北发现组里的同事不论男女都很注意穿着。

公司时不时地为代理人提供妆容服饰相关的培训，帮助大家提升职业形象。在一次培训课上，培训老师的一段话曾给小北留下深刻印象："衣服的颜色、款式反映了一个人的风格偏好；品牌、质量反映了一个人的身价；着装的整洁与否反映了一个人是否懒惰。总之，穿着可以暴露出一个人对生活的态度。"

"喂喂，擦擦你的口水，一不小心就暴露了你没见过世面的样子。"秦姝小声地调侃老徐。

"上次见面，她是坐着的，今天才算见识到什么叫脖子以下全是腿。"老徐的目光还是一直紧追着小北。

"你们见过？"秦姝问。

"见过一次。秦姝姐，你和她很熟？"

"当然！她是我学妹！"

因为有了之前的沟通，这次签单很顺利。客户在小北那里买了一份年金。小北送完客户回来，老徐赶紧上前说："小北，第二次见面。"一向侃侃而谈的老徐竟露出少有的羞涩。

"谢谢你上次的酱板鸭。"小北落落大方地说。

"既然大家都是同事了，可以加个微信吗？方便以后交流工作。"老徐早已将自己的微信二维码准备好。

自从加了微信，老徐便隔三岔五地找小北聊天。其实小北对老徐的第一印象可以用没什么印象来形容。一米八左右的身高，皮肤较白，浓眉大眼，一副复古的眼镜架在高挺的鼻梁上，说起话来比较温和，仅此而已。倒是老徐，自从小北加入了柳晴的团队，经常以各种理由来柳晴这。

拾

"晴姐,你给我讲讲怎么让高端客户转介绍吧。"这天,老徐又带着几杯咖啡来到柳晴的小组。

"哟,你这个件均30万的COT①,居然向我取经如何开拓高端市场?我看你是醉翁之意不在酒吧。"柳晴说完往远处的小北那看了一眼。

此时的小北正在准备要给岳老师、秦姝的角色扮演流程。

"既然晴姐你都看出来了,那我也索性真人不说假话。那个小北,她有男朋友吗?"

"你想怎样?"

"晴姐,你看,我一直单打独斗,刚入行不到一年,引荐人就脱落了,下边也没发展增员。要不,您就顺带手把我这孤魂野鬼收了?让我也感受下集体的温暖。"

"收你可以,不过我不能白收。每个月,你要给我们分享一次你的签单

---

① COT指百万圆桌会的优秀会员。百万圆桌会是一个国际性的优秀人寿保险和理财服务人士构成的组织。其成员按照收入的不同分为普通会员、优秀会员和顶尖会员。

经验。"

"每个月？"

"不愿意？那就算了。"

"我是说就一次？少不少？"

"至少一次，我这可是帮你，是给你机会在小北面前树立专业形象。"

"没问题，晴姐，乐意为大家效劳。那打明天起我就和你们一起开早会了。"老徐说到这，又往小北那瞟了一眼。

第二天一早，老徐早早地来到柳晴团队。柳晴看得出来，他这次的穿着和发型明显花了心思。

"今天开会之前，先给大家介绍一位同事——徐多青同学。"柳晴在早会上说。

"徐同学可不简单，他是北京航空航天大学的硕士，毕业后在一家大国企做数据挖掘。如此高大上的工作，人家看不上辞了。之后就毅然来到了咱们启华，一干就是8年多。业绩更是了不起，已经当了连续几年的COT，妥妥的钻石王老五。来吧，老徐，你说两句。"

徐多青站起来，笑着说："谢谢晴姐肯收留我，还这么隆重地介绍我。其实晴姐才是我学习的榜样，不仅个人业绩做得好，增员也做得不错，关键人美心还善，这不，看我形单影只，就收留了我。"

"可以了啊，咱俩的商业互捧到此结束！"柳晴抢过话说。

"哈哈，大家以后可以叫我老徐，再过两个月，就是我加入启华保险的第九个年头。我这个人太懒，做了9年也没做增员。我刚入行的第一年，引荐人就不做了，今天我算是重新找到了组织，以后我就是咱们团队的一分子，希望和大家多交流。"老徐说完，会议室里掌声响起。

小北和秦姝的母校每年10月都会举办校庆，学校会在公众号上发布活动信息，欢迎优秀校友参加。这优秀二字该如何界定？小北觉得自己一个踏入社会才三年的小白，肯定不是学校会邀请的优秀校友，但如果以志愿者的身份为校庆活动提供服务，这个资格还是够的。和她有同样想法的，还有秦姝。

小北一早就起来梳洗打扮，现在的她很精于此道，化妆、衣服及配饰搭配都有一套。什么样的场合该化什么样的妆，穿什么样的衣服、鞋子，配什么样的包，喷什么样的香水，很快就能在大脑中罗列出来。

最近小北的老乡齐名对她献殷勤异常猛烈。前一天晚上听说小北要去学校参加活动，就自告奋勇来送她。齐名比小北略长两岁，在北京某事业单位做公务员。他家里是做生意的，小北的妈妈很想撮合他们俩。小北对他倒是不讨厌，但也没什么感觉。

这一路上，小北话都比较少，她也不是故意不搭理齐名，而是正在脑子里梳理今天的流程。周末的早上，交通出奇的畅通，二人很快就到了小北的学校。

其实说起来，校庆基本上是那些或已跻身上层社会，或已是高官，或已变身名家、名师、名流的人才会接到学校邀请。秦姝之前在公司的高客分享会上听到过，高净值人群都会有资产传承、资产区隔的需求，而这些正是保险可以解决的。但老戴是肯定不会将自己的人脉介绍给秦姝的。

校庆庆典在学校的多功能大厅举行。按照活动流程，首先是校领导致辞，之后是优秀且热心捐款的校友上台发言。小北和秦姝觉得这个环节和她们没什么关系，两个人索性溜出去散散步。

"送你来的男生是家里给你介绍的男朋友？"秦姝忍不住问。

"嗯，我妈在老家大老远地遥控给我张罗男朋友。"

"做什么的，我看着还不错！"

"在一个事业单位，他们家在我们那儿做生意，我妈觉得我跟了他，就不用这么辛苦了。但其实我不觉得苦。我觉得现在的状态特别好，不管是知识、眼界，还是待人接物方方面面，每天都在进步。我现在自信心爆棚，感觉普通男人都配不上我了。"说完，小北大笑。

"卖保险卖得越来越自恋了！"秦姝打趣说。

"这叫自信，我这个人天生就不知道什么是安全感，所以只能靠自己。对了，秦姝姐，你已经完全适应代理人的身份了吗？说实话，我怎么都没想到你会来卖保险，你又不缺钱。"

"我是不缺钱，但是我缺的东西更可怕，我缺底气。"

转眼到了用餐时间，一般这种聚会刚开始都是共同干杯，第二步是互敬，接下来就是主题酒或者重点酒了，再之后才是自由酒，这最后一部分就是秦姝和小北的发挥重点。她们两个早就商量好了，一共6桌，每人负责维护3桌。

秦姝负责的这3桌，平均年龄在45岁。秦姝平常经常见老戴他们跟客户往来送礼，所以提前定制了几十份原创设计师设计的摆件。这些摆件不同于那些常见的较为俗气的写着"马到成功""恭喜发财"的塑料摆件，而是用新型复合材料制作的北欧简约风格的大股牛。秦姝考虑在座的这些人要么是上市公司老板，自己家就有股票，要么平时会炒股，觉得送这个寓意最好。

"各位师兄师姐，我叫秦姝，现在在启华保险做代理人，服务过一些像在座各位这样成功的高端客户。今天借这个场合给大家准备了一个小礼物，是瑞典回来的一位设计师朋友亲自设计的艺术摆件，希望各位师兄师姐的股票都能一路飙升！"

对于来自年轻、漂亮、热情的小师妹的祝福，大家都很受用。秦姝现场还加了很多人的微信。

小北那边也是收获满满，她虽然没有像秦姝那样提前准备小礼物，但是她有一个老板们极喜欢的天然优势——千杯不倒。不管是单喝白的，还是红的、白的、啤的、洋的掺着喝，对于小北来说，都只是跑几趟厕所的事儿。所以这一轮自由酒喝下来，这几桌没有记不住苏小北这个卖保险的小师妹的。大家都说就冲她这酒量酒品，买保险一定找她。

聚会中，和小北聊得比较久的是一位在新能源汽车行业工作的师姐Lisa。这位师姐很喜欢小北爽快的性格。几杯酒下肚，Lisa和小北更是有种相见恨晚的感觉，她还邀请小北参加她下周末的生日聚会。对于这么私人的生日聚会，小北很乐意参加，一来和师姐的关系会更进一步，二来这样的场合也可以结识更多的新朋友。

自从收到Lisa的生日邀请，小北就在想送什么礼物合适。像Lisa这个年纪的女性，身边的朋友一定也都是各行各业的精英，各种精致、高档的礼物，肯定都会有人送。小北和她认识不久，送太贵重的礼物又不合适，想来想去，就只能在花心思上下功夫了。眼看着还有3天就是师姐Lisa的生日了，小北按照Lisa给她发的地址，往那个会所打了电话，最终确认了会所只提供场地，并没有布置会场的服务。

挂了电话，小北开始在网上寻找专门的派对策划公司。小北想到了生日现场的布置。不论哪个年纪的女人，心里都住着一位小公主。一个唯美浪漫的生日现场，一定可以给过生日的女主留下深刻的印象。

小北很快和策划公司的人敲定了主题、风格、现场的具体布置细节和流程。她还额外加钱，请策划公司帮忙找来跟妆和跟拍。

果然，生日现场的布置让Lisa感到非常意外。宴会厅正对门口的主背景板上方是一个用白色气球做的悬空的大型半月形状，上面还闪烁着星星点点的小灯。背景板上全都是各色鲜花，最中间有一张印刷精美的闪闪发光的背景布，上面写着"月光所至，万事胜意"，旁边的几个气球上都印着Lisa的名字。此外，房间里到处都是鲜花和飘浮着的金属质感的气球，氛围温馨、浪漫。

"小北，这些都是你弄的？"Lisa回过头来，眼眶潮红。

这一刻，小北觉得自己的付出很值得。每位来的朋友都对这个现场和Lisa的装扮赞不绝口，小北还特意叮嘱服务员为每位女士送上一枝包装好的粉色卡罗拉玫瑰。她还特意交代了现场的摄影师，要保证每位客人都有3张左右的个人照片。

席间，Lisa上台讲话。她先是感慨岁月如梭，一转眼已到中年，接着感谢了到场的各位朋友，其中她专门感谢了小北。

"今天，我要特别感谢一位刚刚认识不久的小师妹，苏小北。"Lisa说着，用手指向小北这边。

小北站起来，向大家微笑示意。

"今天的会场还有我的妆面都是小北提前安排的。小北是我的学妹，也是我未来的保险代理人。虽然我们还没正式签单，但第一次见面，我就很喜欢这个女孩儿，她真诚善良，一点儿也不急功近利。小北也是硕士毕业，为了追求自己的梦想，毅然辞掉了CBD^①的白领工作，决心成为一位新时代的保险代理人。她的这种洒脱和魄力让我特别感动。今天就凭她对我这位还没成交的客户如此用心，我有理由相信她定不会辜负每一位客户，所以大家如果有保险需求，都可以放心找她。"

小北并没有想到Lisa会如此隆重地感谢并介绍她，反而有点不好意思了。经Lisa这么一推荐，当天有好几位女士加了她微信，都表示要和她好好咨询一下保险的相关内容。这些都是小北当初没有预想到的，此时她想起了晴姐的一句话："做保险就是要做长期主义，不要在乎一单得失。你对客户付出的每一片真心，早晚都会得到回报。"

Lisa为现场的伙伴面对面建了个群，方便小北为大家发送照片。几乎每位朋友收到照片后都十分兴奋。大家在群里感谢Lisa的精心安排，Lisa顺水推舟说："要感谢小北，这些都是她细心安排的，我建议大家都加下小北的微信，这么贴心的朋友，咱们都值得拥有。"

生日会后，Lisa很快约了小北在公司见面。Lisa的公司在望京一座地标性的写字楼里，从办公室就能看出她公司的级别。

"小北，不好意思，我20分钟后有个很重要的会，咱们长话短说。上次没来得及和你说我的家庭情况。我结婚比较晚，和老公工作都很忙，现在还

---

① CBD：中央商务区，指一个国家或城市里主要商务活动进行的地区。

没要孩子。我这种情况，该怎么规划？"

"师姐，我可能还需要一些更详细的信息，这样可以把规划做得更切合实际。您看我整理个明细发给您，您方便时填一下，好吗？"

小北说的明细主要是指家庭收入、各细项支出，还包括未来退休生活的经济规划。

之后，Lisa送小北到电梯厅，在电梯门即将关闭时说："噢，对了，我老公对理财性质的保险不是很认同，做规划时可以避开这部分。"

小北笑了笑，说："明白，我看情况做。"

Lisa的最后一句话，让小北有点纠结。小北猜测Lisa的先生很可能是从事金融行业的，因为金融行业的客户通常会将注意力集中在保险产品的收益率上。

拾
壹

　　晨会后，大家会互相交流经验。保险这个行业就是这样，老人带新人，当然老人带进来的增员有了业绩，他们也会拿到相应的管理津贴。所以人们经常会看到，一位总监下面有多位主管，主管下面又培育了几十、几百人的团队，这位总监负责管理下面的团队，进行培训及业绩督导，柳晴就是这样一位总监。只是她手下的团队太大了，这些年她自己也积累了很多客户，所以即便她已经有了几位助理，还是专门请来一位叫橘子的大学生帮她做自媒体运营。为了让橘子尽快熟悉业务，柳晴特意让小北带她。柳晴非常鼓励小北这样有理想、有学历、有干劲的年轻人去做增员，并且学着带出自己的队伍。

　　这天的晨会，小北将Lisa家的保险规划提了出来，让大家一起做案例分析。

　　"我猜这家的先生大概率是做金融的。"老徐听了案例后率先开口，他最近频繁和小北这个组互动。

　　"拉长20年、40年看，我们的平均收益很高的。"柳晴组刚来的一位小助理说。

"这件事就不适合专注在收益这个角度看。她先生如果是做金融的，那他就更懂投资中有3个元素很重要：时间、收益，还有安全性，也叫风险。高风险高回报，低风险低回报，这个道理人人都懂。没有哪种投资能将这3个因素都兼顾到。"岳老师说。

"我在做规划时，发现他们夫妻二人收入都不低。他们目前没有孩子，很可能未来也不要孩子，所以他们家除了基础的保障外，最迫切的就是提前布局养老规划。可她老公却说不考虑收益类产品。"小北说。

"他们家这是典型的中产丁克家庭，对于大多数这种家庭来说养老金是标配。"老徐说。

"我认为小北的思路没有问题，就按照养老保障这个思路，养老的钱什么最重要？当然是安全性，既然首要关注安全性，就不要只追求高收益。"岳老师说。

"所以，总结下来，不要盲目地被客户带跑，拿养老金去和银行理财、股票比收益，却忽视了客户最初的需求和最重要的问题，也就是资金的安全性。"小北说。

Lisa家的保险规划思路小北早就想好了，经过大家的头脑风暴，她更加坚信了自己的方案。此外，她按照老徐的建议做了高中低三档保费的方案，便于Lisa选择。

Lisa得知方案做好了，便让小北先将方案用邮件发给她。在发方案这件事上，小北有很多惨痛经验。通常，方案发过去就如同石沉大海，只有小部分客户会说出自己的想法，更多的则是杳无音信。

"客户要方案，不发总归不合适。大家现在都很忙，很多时候没有办法很快安排见面，就想先看看方案，这也无可厚非。这时，代理人不仅要发方案过去，还要写出方案的设计思路。这份设计思路比方案本身还重要，所以要写在方案的最前面，这样客户就知道代理人给出的这版方案是基于怎样的考虑。"老徐声音平和地说。

"老徐，我确定你是我的偶像，这个建议太好了！"秦姝说。

小北也非常认同老徐的想法，所以在给Lisa的方案的最前面，她写出了这份方案的设计思路。

"Lisa学姐、尚未谋面的姐夫，你们好！下面是我制作这份保单方案的几点考虑，供参考：

首先，二位年收入都过百万，家庭收入接近300万，是妥妥的职场精英。但二位的工作节奏都很快，平时也会经常乘坐飞机、高铁出差，万一出现意外，各自父母的晚年恐将无人照顾，所以我为二位配上了千万的意外保障。

其次，你们工作压力大，工作强度高，平常最紧张的就是时间，所以我为你们都配了含门诊的高端医疗险。这样有任何不舒服你们都可以直接去私立医院就医，节省就医时间，提升就医体验。

再次，你们双方父母年事已高，又都在老家独自生活，所以给他们也都配了意外险。

最后也是最重要的，目前您二位没要宝宝，一直以来的生活品质也很高。退休后，仅靠退休收入很难维持现有的生活水平。为了保障退休后高品质养老，我为你们配了三档年缴保费的养老金产品。家庭规划，重在专款专用。这笔养老金最重要的特点是它的确定性，它的收益会清清楚楚地写在合同里，保证需要的时候钱随时都在。"

写完以上这几条，小北附上了三版不同保费的方案，发给了Lisa，并表示如果方便最好当面沟通。

这天秦姝开完早会后回到工位，忐忑不安地说："我已经约好一位宝妈，下午在咖啡厅见面。"

在一旁给客户整理理赔资料的老徐说："去咖啡厅展业，那可是有讲究的。一杯奶茶，下单吧，我带带你。"

"厚乳啵啵奶茶，没问题！"秦姝拿起手机果断下单。

"首先，你要比客户早一点到，早到的目的不只是点好饮品，更重要的是找张安静的桌子。找好座位后，你要坐在面向窗外或走廊的那张椅子上，这样避免客户在听你介绍时被来往的行人打扰。"说起业务的老徐像变了个人。

"师姐，把手伸出来我看看。"坐在工位上的小北也走过来，加入讨论。

"手怎么了？"秦姝掌心朝上伸出手。

"翻过去。"小北说。

秦姝把手背朝上。

"不合格，你这指甲太花哨了，又是珍珠又是钻石的，会影响客户的专注力。要知道，我们都是用iPad上的App给客户展示产品，你这指甲在屏幕上划来划去，客户是看你指甲还是看产品呢？"

"原地崇拜你们5秒钟，看来你们这些业绩大咖，能力真不是盖的！"秦姝说。

"我悟了小10年的经验，小北没来多久全都自悟了！"老徐绝不错过任何向小北表达好感的机会。

下午，秦姝提前半个小时来到公司附近的咖啡厅。按照老徐教的，她仔仔细细打量着咖啡厅里的每一张桌子，心里嘀咕着：老徐这招是不是在公司分享过，怎么安静点的桌子全都被占了。临时更换地点也不合适，于是她只好选个相对安静点的位子坐下。

今天这位宝妈，是和球球一起上羽毛球课的同学糖糖的妈妈。糖糖妈是位单亲妈妈，但是她和秦姝不同，是位女企业家。当约定见面时和其他疏远秦姝的宝妈不同，糖糖妈很爽快地答应赴约。

眼看着就要到点了，糖糖妈才风尘仆仆地走进来。

"也不知道你喜不喜欢喝咖啡，我先要了一壶水果茶。"秦姝说。

"这么客气，你想得真周到。"

"你一个人，又要管糖糖，又要管公司，真不容易！"秦姝先找了话题，这是小北给她的经验，要学会倾听客户，和客户的闲聊可以增进彼此的信任。

"习惯了。对了，你在做保险，在哪家公司？"糖糖妈完全不按秦姝的套路来，直奔主题。

"我在启华保险。"秦姝回答。

"很好的公司啊。对了，你帮我把把关，看看我买的保险对不对，全不全。"说着她从包里拿出了几份保险合同。

这个举动是秦姝没想到的，她原来设计的各种过渡对白全没用上，糖糖妈到底是个精明人，她这是要先看看秦姝的专业度。

秦姝简单地翻了翻，这些保单里有她们母女的意外险、高端医疗险，还有一份是糖糖妈的重疾险。

"这样，我回去做个保单整理，然后发给你一个明细，让你对已有的保障有个了解，之后再看哪里还有风险漏洞。"秦姝明白了糖糖妈的意思，就没打算推荐新产品。就像小北说的那样，她先要让客户看到自己的专业和用心。

回到公司，秦姝为糖糖妈梳理出了一张非常详细的家庭保障明细，包括目前已有的每张保单的保障范围、额度、保费金额、缴费日期、剩余缴费年限、出险时的报案注意事项，如什么情况下需要提前与保险公司备案后再去治疗等。

这些工作都做好了，秦姝主动联系糖糖妈，提出当面帮她做个分析。糖糖妈说先把梳理结果发给她看看，后面再约秦姝。但是一晃好多天过去了，秦姝也没等到糖糖妈主动约她。

小北听说了这事，说："师姐，你还真以为客户说改天约你就真的会约啊？太天真了！保险这个事，属于重要非紧急事项。客户每天忙这忙那，早就想不起来这事了。给你看样东西……"小北说着，拿出了一个小本子。这本子看着小，里面却画着密密麻麻的表格，依次有客户姓名、客户个人情况、客户保障情况、首次邀约时间、二次三次邀约时间、每次面谈情况、客户诉求、首次成交日期、成交明细、二次成交日期、成交明细等各项信息。

小北把每一次邀约见面的信息都记得十分详细，对一直没有见面、没有成交的客户，都按照固定的间隔和频率联系，做到不重不漏，既不会引起客户反感，又能适时提醒客户。

所有的成功都不是看上去的那么简单，而是由无数个外人看不到的努力瞬间积攒起来的。

随后小北从抽屉里拿出一本启华公司的小册子送给秦姝。秦姝翻开本子，写下了第一个客户名字：糖糖妈……

星期五，按照惯例，双周周五老戴和前妻的女儿妮妮要来老戴这里过周末。妮妮今年13岁，在顺义的一所私立中学住校。青春期的女孩子，亲妈都未必待见，更何况爸爸找的新妈妈。不过，妮妮对球球倒是不错，总想着买些好吃的、好玩的送给他。

这周五，老戴叫秦姝去接妮妮。每到放学点儿，学校附近的车位是最难找的。为了能占一个有利的位置，家长们便自发地竞争起来。明明是下午4点放学，可下午3点就有来占位的。秦姝哪懂这行情，等她到时，校门口早已没有空车位了。没办法，她只好把车停在一家咖啡厅前。

远远地，秦姝看见妮妮和一位很漂亮的女孩一起站在校门口，那女孩儿是妮妮最好的朋友——雨桐，她们后面还站着一位年轻女士。

"秦姝阿姨，今天怎么是你接？"妮妮脱口而出。

"司机都有事，你爸爸就叫我来了。"秦姝对妮妮一直都比较客气。

"车在哪儿呢？"妮妮看着校门口两边的车位，平常司机都是把车停在这附近。

"噢，这边没车位了，车停得有点远，在那边的咖啡厅门口。"秦姝略带歉意地说。

"那先坐我们的车吧，我把你们带到咖啡厅那。"站在后边的年轻女士说。

"好啊，走……"还没等秦姝说话，妮妮就直接和雨桐往路边走了。

两个孩子走在前面，秦姝和那位女士笑着打了个招呼。

"你是妮妮的……"年轻女士问。

"我是她……她继母。"秦姝有点不自然。

"那我们一样，呵呵，我叫顾欣，怎么称呼你？"

"我叫秦姝。这么有缘分，可以加个微信吗？"秦姝很不熟练地问。

不主动加别人微信的代理人，不是合格的代理人，这也是秦姝从小北那学来的。

妮妮通常一上车就会戴上耳机沉浸在自己的世界里，一路上也不怎么说话。很快就到家了，秦姝的车缓缓地顺着地库入口往下开，突然迎面冒出个人影，吓得秦姝一把打轮，一阵刺耳的刹车声在地库中回响。由于方向盘打得急，汽车左前侧和地库入口的墙刚蹭到一起，划出一条不小的印痕。坐在车里的妮妮吓得捂住耳朵大声地喊。

冒出来的人影不是别人，是之前秦姝在地库里经常会看到的一位捡纸箱子的婆婆，她背着一摞子纸板正从入口往地库上面走。刚才发生的一切，把这位婆婆吓得整个人贴到墙上不敢动，后背的那摞纸板也散落在地上。秦姝把车停好，赶紧上去找那位婆婆。

"阿姨，您怎么从入口往上面走，这多危险！"秦姝想扶起婆婆退回到地库，可婆婆还执意要拿回那些纸箱子。

"我的纸箱……"说着，她弯下腰，想去把散开的纸板再收到一起。

"我来，我来，这太危险了，咱们得赶紧下去。"秦姝见婆婆舍不得丢下纸板，便只好快速地将纸板拢在一起，随意扎了下，一手托着纸板，一手搀着婆婆往下走。走到地库通向单元门的门禁前，秦姝刷卡进去往电梯厅走。

"我，我的卡不见了，收废品的人每天就这个点来一趟，我就想顺着入口上去。"阿婆委屈地说。

"您以后可不能这么走，这样太危险了。"秦姝说。

"有时坐电梯，他们都嫌弃我。"婆婆说。

见婆婆还是有点惊魂未定，秦姝很不放心，就问："阿姨，您住哪儿？我送您回去。"

"不，不用了，我自己走。"

秦姝怎么劝，婆婆也不肯让她送。秦姝不放心，便在后面偷偷跟着，确保婆婆安全到家。秦姝本以为这位阿姨住在对面的回迁小区，没想到阿姨并没有往小区大门走，而是朝小区里面走去。秦姝跟在后面一路走走停停，来到了4号楼。

这一排每一套房子的总价都在3000万以上。秦姝心里打了个大大的问号。

果然，婆婆走进去了。看着婆婆安全进去，秦姝松了口气，又折返到地库给车划伤的位置拍了几张照片，然后拿包上楼了。

每逢妮妮回来的周末，婆婆就会叫上老戴的大伯、大伯母和小姑姑、姑父以及他们的下一代来家里聚餐。当然了，大好的周五晚上，小辈们总归是不爱来的。

秦姝一进门心里盘算着，妮妮会不会把刚才地库发生的事告诉她奶奶，但她从餐厅里大家一如往常的状态判断应该是没有。大家先是从最近的国际形势热身，紧接着再聊起身边的邻居同事，最后总归是要落到吐槽上，比如吐自家小辈的槽。所以秦姝是识相的，吃了饭就早早地上楼去。妮妮也通常在20分钟内"结束战斗"，回自己的房间。

秦姝知道，婆婆每次都会吐槽她。以前应该是说她花钱大手大脚，或者埋怨她给娘家花钱，估计这阵子，又增加了早出晚归的新槽点。

饭后，秦姝让吴姐洗了些水果，她端到客厅给长辈们吃。样子总归还是要做的，毕竟老戴和婆婆都是要面子的人。

"秦姝呀，听你妈说你找工作啦，具体是做什么呀？"小姑姑忍不住好奇地问。

秦姝知道这八九不离十是婆婆让小姑姑打听的。

"姑姑，我就是找了份兼职的文职工作，不影响照顾家里。"秦姝也不想和他们说得多清楚。

"那一个月大概能赚多少钱？"小姑姑不依不饶。

"这个看业绩，说不好的，多了可能几万，少了可能几千。"秦姝的回答估计又让她们失望了。

"几万块，这么多！我们秦姝厉害了，一下子成了戴家最有出息的儿媳妇，也能往家里拿钱啦。"大伯母一提到钱的话题就不淡定了。

"不一定的，要看业绩。妈、姑姑、大伯母你们吃水果，慢慢聊，我去检查下球球的作业。"秦姝找了个理由就赶紧离开这些"好奇宝宝"。

拾贰

如果是以前，秦姝的车发生了事故，她会想都不想就让老戴安排司机来处理。但这次，秦姝想自己处理。

"我把车划了，怎么办？"微信上，秦姝问大学闺密也是室友思妍。

"太太，您家里不是有现成的各色杂役么，交给他们。"思妍隔着屏幕调侃她。

"我要自己修，平常你的车剐了怎么弄？"

"先打电话报案，然后开去就近的地方定损，把车扔那，修好有人会通知你取车。"

"这么简单？"

"您以为呢，太太，现在是21世纪，服务流程都系统化了。"

秦姝按照思妍说的报好案，决定第二天去定损。定损的地方是一家很大的4S店，有三分之一的办公区属于车险部门。办定损的一排有4个窗口，秦姝把车钥匙、行驶证交给窗口的工作人员，等着工作人员录入信息。

"我这次修完，明年的保费要涨吧？"坐在秦姝旁边的一位女士问工作人员。

"是的，女士。可能会涨15%以上。"

"15%？还以上？这车都要比人贵了。"那女人无奈地摇摇头。

里面的工作人员面无表情，不再回话。办完第一步，定损员就去给车拍照，之后会再和客户就出险情况沟通确认。秦姝和那位女士一起坐在咖啡区等。

"您也是来定损的？"秦姝主动攀谈起来。

"可不是，车技不好，三天两头来。"

"刚才听你们聊天，出过险明年保费就要上涨？"

"是呀，车险保费都是根据上一年的出险情况来定的，我这保费越来越高。"

"这么看，还是人的保险贴心，像医疗险一般5岁区间里费率基本不变。"

"是吗，那还蛮合理的。"

"对，我就是做保险的。"秦姝很自信地说。

这位女士沉默了一会儿，站起来坐到秦姝旁边，压低声音问："那个，我问个问题，可以给婚姻外的孩子买保险吗，保孩子大病那种？"

"您是说，想给非婚生子女买保险，我这样理解对吗？"

"嗯嗯嗯。"这女人小鸡啄米一样使劲地点着头。

"可以，只要有亲子证明或者其他关系证明就可以办理。"

"你是哪家公司的？"女人的表情一下严肃起来。

"启华保险。"

"那你方便给我介绍下这种保险吗？"

秦姝往外面看了看，只见定损员已经拍好了照片，站在车附近在一张单子上写着什么。

"该怎么称呼您？"秦姝问。

"我叫聂菲。"

"您好，我叫秦姝。孩子的保险关乎他的未来，是件很重要的事情。今天时间仓促，您看咱们还是找个专门的时间，我好好给您规划下吧。"

聂菲想了片刻，点了点头。秦姝主动加了聂菲的微信，说好下个月约见面。坐在回去的网约车里，秦姝觉得特别有成就感：平生第一次自己报案修车；无心插柳柳成荫，竟然还遇到了一位潜在客户。

小北为Lisa制订的方案发过去有些日子了，她在微信上问Lisa方案有没有什么问题，Lisa就约了小北一起吃午饭。

小北带上打印好的方案来到Lisa公司附近的一家西餐厅。等了十几分钟，Lisa从对面走过来。今天的Lisa穿了一件水蓝色的V领真丝衬衫，下面搭配一条米白色的鱼尾短裙，干练温婉。

点好餐，Lisa把手机调成了静音，说："不管了，天塌下来我也不管了，好好吃个饭。"

"师姐，你一直都这么忙吗？"

"习惯了，那句话怎么说的，努力是会上瘾的，尤其是当你尝到甜头以后。"Lisa边用湿巾擦手边打趣地说。

"姐夫也像你一样忙吗？"

"他呀，比我有过之而无不及。他也是咱们的校友，下次可以一起约饭、打球。对了，方案我看了，做得很好，但还是那个问题，我老公不想买养老金。"

"是觉得收益率低吗？师姐，养老的钱最重要的是安全性高，高收益的投资风险也高，如果需要用钱时，发生了波动，那影响的是晚年的生活。"

"小北，你说的这些我都懂，但是我拗不过他，他怎么都不同意。"

"没关系，下次有机会见面，我再和姐夫沟通下。"

"好啊，你去影响影响他。不过，你列的其他保险，我们都买，咱们就尽快办吧。小北，我发现你们这个工作真不错，有趣、有钱，最重要的还有闲。"

"哈哈哈，师姐什么时候做腻了，也来加入我们吧。对了，师姐，方便问下你们为什么一直没要孩子，是想做丁克吗？"

"我以前怀过两次。第一次是出差流产了；第二次，孕期都5个月了，发现孩子有点问题不得不引产。"Lisa说得出奇的平静。

"对不起啊，让你想起这些不开心的事。"

"没什么，都过去了，我现在觉得这样也挺好。反正我们两个人都忙，真有孩子，可能为了孩子放弃事业的那个人就得是我。有所失必有所得，到我这个年纪有一份喜欢的工作和一份满意的收入，也是一种幸福。"Lisa叉起一块牛肉放进嘴里。

晚上，小北收到Lisa和她老公以及他们双方父母的投保信息。小北注意到，Lisa的老公叫吴畏，从身份证上的照片看是位仪表堂堂的中年人。

最近，小北经常在短视频平台上看到与保险相关的短视频。听同事说最终成交的比例并不是很高，但可以起到拓客的作用。要想做好保险，拓客是很重要的一环，过去那种只顾在亲戚朋友身上薅羊毛的现象既不可取，也不可持续。

小北也从这件事上受到了启发。大学期间，为了赚外快，她还考了瑜伽教练证。她希望可以通过瑜伽直播，建立自己的个人IP，吸引粉丝进而开拓保险客户。说做就做，小北用尽可能低的成本把出租屋简单地布置了下。她给自己起了个网名叫"追光女孩"，在个性签名那里写下：生活从来不会刻意亏欠谁，它给你一块阴影，必会在不远处洒下阳光。姐妹们，和我一起追光吧！

小北先是录制了一段自我介绍，将自己从小的生活环境，来北京上大学、读研的情况以及毕业后的第一份工作和现在从事保险代理人这些都录了进去，其中有一段是特别讲自己为什么放弃CBD白领的工作选择做一名保险代理人的。在视频的最后，小北告诉网友：以后每周三、周五晚9点，她都会在直播间带大家一起练瑜伽。

令小北感到意外的是，这条视频收到了很多人的点赞和评论。有人评论说："感觉你是位温柔又上进的女生，这样的人一定会吸引到更多优秀的人，比如我。"还有人评论说："梧高凤必至，花香蝶自来，看好你！"小北注意到其中有一条评论和其他评论的风格都不一样："希望这个爱笑的女孩，在迎风而上的旅行里，保持快乐！"小北点开发这条评论的网友的头像，定睛一看居然是老徐。小北礼貌性地回关了他。

这天又是小北直播瑜伽的日子。

"吸气，双手叉腰，将重心放到右脚，慢慢抬起左脚，让左脚脚掌紧贴右侧大腿根部。双手合十胸前呼气。职场久坐的姐妹们，坚持练起来。"随着舒缓的音乐，小北轻柔地教着大家。

"好，大家休息一下，补充点水分。"小北盘腿坐在瑜伽垫上，一边拿毛巾擦汗，一边喝了几口水。这时，屏幕上有人留言："美女，可以问点关于保险的问题吗？"

"樱桃小丸子，有什么保险问题，我们一起探讨。"

"在预算有限的情况下，到底应该先给大人买保险还是先给孩子买？"屏幕上，樱桃小丸子发来消息。

"大家记得每次飞机起飞前的安全演示吗？空姐每次都会提醒我们，请家长先戴好氧气面罩再帮助孩子戴，对吗？"小北说。

这时，屏幕上也有很多人参与这个话题。有的说："肯定是先给孩子买呀！不然孩子得了病，明明有救，却因为没钱眼睁睁地看着孩子治不了。"

还有的说："应该先给大人买，大人是赚钱的。"

"如果一栋楼里着火了，浓烟滚滚，只有您和孩子两个人在家，但是只有一个防毒面具，这个面具我们会选择给谁？是给自己戴，还是给孩子戴？消防员给的正确答案是大人迅速戴上，再带孩子尽快逃离。"一个评论滚动出来。

小北仔细看，发现这个评论来自老徐。

"没错，这位名叫北漂老徐的朋友给我们举了一个很恰当的例子，买保险和戴防毒面具的例子是一样的。大人往往是家里的经济支柱，是孩子最坚固的保障。如果大人出了问题，那孩子不论是生活还是教育，都可能跟着出现问题。所以如果家里预算有限，买保险的顺序我建议是先大人，然后再是孩子和老人。"

"怎么聊着聊着就说上保险了？"屏幕上开始出现质疑的评论。

"终于露馅了，真正的主题来了……"

"刚才提问的樱桃小丸子肯定是托儿……"

"狐狸尾巴露出来了，要开始营销了。"

"我不是托！你们那么喜欢杠，怎么不去打麻将啊？"樱桃小丸子说。

质疑的声音越来越多，虽然樱桃小丸子跳出来澄清，但越描越黑。这种场面是小北完全没想到的，一时间不知所措。

"我只是就着朋友的问题，表达下我作为一名专业保险代理人的建议，练习瑜伽之余，我鼓励大家一起讨论各种感兴趣的话题，不只保险，还有美妆、穿搭、烹饪，一切有意义的话题都可以讨论。"

"杠精可能会迟到，但永远不会缺席。追光女孩，我们支持你！"屏幕上又滚动出现了一条来自老徐的评论。

"对啊，言论自由，随便杠精说什么，咱们分享咱们的。"更多支持小北的声音出现了。

下线后，小北长舒了一口气。

"你还好吧？这些人就是这样，没见过的就是假的，不相信的就是错的，不喜欢的就是垃圾，这是杠精的常态，别因为他们影响心情。"小北手机上收到一条来自老徐的消息。

"我没事，只是事发突然，刚才没缓过神儿来。"小北回复老徐。

"下次再遇到此类情况，可以将毛姆的一段话发给他们：如果你年纪再大点，肯定会懂得，不该多管闲事。如果你把头稍稍向左转，就会看到，那边有一扇门。再见。"

屏幕前的小北看到老徐发来的这段话，"扑哧"一下笑了。

"今晚，谢谢你，当了一晚上忙碌的水军。"

"客气！对了，小北，我看你增员做得风生水起，想约你一起吃个饭，请教下该如何做好增员。"老徐仿佛感觉到了小北此刻放松的心情。

小北想：刚夸你，就趁机约我。本想一口回绝，但人家毕竟刚刚帮自己救了场。想了想，她回复说："好的，我想下时间、地点发你。"

老徐欢呼一声"成了"，"嚯"的一下从出租屋的单人床上跳起。坐在客厅电脑桌前打游戏的室友大陆问他："大晚上的，你抽什么风呢？"

"女神回我了，答应和我单独出来见面了！"老徐捧着手机冲到客厅。

"作为你的好兄弟，我提醒你：女生的内心是分很多区的，比如男神区、心动区、备胎区等。你先搞清楚自己是哪个区的，别给人家当了备胎还沾沾自喜！"大陆摘下耳机，一副过来人的语气。

"我觉得小北不是这样的人。"

"你听说没，现在有那种专门帮助男生撩妹子的服务，你要不要也咨询一下？"大陆一本正经地说。

"知识付费都发展到这个水平了？不过我要用真诚打动小北。"

"就你，一个大直男往那一杵，还真诚呢。鉴于你约女神出来一次这么不容易，要不要哥哥教你几招？"

大陆比老徐小3岁，人却比老徐油滑许多，和老徐合租的几年里，换过4个女朋友。想想大陆的过往表现，老徐觉得听他说说倒也无妨。

"那辛苦大陆老师指点一二。"

"这天儿够热的，咱几天没买冰西瓜了？"大陆说。

"马上下单，一会儿送过来。"老徐说着拿起手机下单。

"我问你，比如你问女神干什么呢，女神回复你和闺密在西单逛街呢。你怎么接？"

"那我就说：'不打扰你们了，好好逛吧。'"

"就说你是直男癌晚期，还不服！"

"那怎么回？"

"你要仔细看女神回复你的关键信息。她说和闺密，那你可以问是和那个学艺术的闺密吗？她说在西单，你可以说西单有家酸辣粉特好吃。她说逛街，你可以说下次我陪你一起逛东单吧，那里有好几家好吃的馆子。"

　　老徐心里还真是有点小佩服大陆，果然是术业有专攻，行行有套路。

拾叁

"小北，晚上有空吗？想请你吃个饭。"周四中午，老徐在微信上问。

"不用了，咱们就晚上7点见吧，地址我发你。"小北秒回。

老徐收到了小北发来的位置信息，是一个写字楼的地址。

按照地址，老徐找到了这个写字楼，上了7层。出电梯一看，一块四四方方的亚克力牌匾，上面写着：小叶子自习室。老徐又仔细看了下手机上小北发来的地址，确实是这个楼层。老徐走进去，几排整齐的隔断书桌，以及一把把白色的办公椅便映入眼帘，偌大的房间里异常安静，老徐仿佛都能听见自己的心跳声。老徐又仔细看了看微信，再次确认是不是看错了地址。

正在老徐诧异的时候，后面有人拍了拍他的肩膀，回头一看是小北。小北勾勾手指，带着他来到了最里面的一排位置。两人坐好，老徐压低声音说："咱俩是要在这儿……在这儿……"想了半天，憋出了一个词儿，"交流？"小北一本正经地点点头："怎么了，这儿不好吗？你是不爱读书，还是不爱学习？"

老徐连忙摇头："不是，不是。这儿真挺不错，空气里都弥漫着书香……全是知识。"

"这有几本书，你看看喜欢哪本。"说完，小北继续看手里的《婚姻家庭继承常见法律问题》，不再理老徐。在老徐看来，这就是他们的第一次约会。但在小北看来，这只不过是给老徐表个态：想追我，没门儿！

那天晚上，老徐手里拿着书，脑子里想的却是十万个为什么。好不容易挨到晚上9点多，小北指指外面，示意老徐收拾东西准备离开。出了自习室，老徐深深地松了一口气。

"你干什么，看会儿书，憋成这样？"小北问。

"没有，我就是换换气。好久没这么沉浸式读书学习了，我爱学习，你下次还可以叫我。"

"既然你喜欢，那我每次都叫你。"小北脸上一脸严肃，心里笑到不行。

"你不是说要请教我增员吗？"小北想起了见面的初衷。

"噢，对。小北，我干了这么久，有好几个客户想要跟着我做保险，但我担心带不好人家。"

"很简单，和其他管理工作一样：定目标，定方法，定流程，复盘结果。"

"听上去比和客户沟通更难。"

"你销售做得那么好，还怕这个？要我说，你就是懒。"

"被你看出来了，不少前辈都劝我一定要做团队，但我就是迟迟下不了这个决心。"

"上赶着找你，你都不增员，耽误了多少人的前途。下次再遇到时，知道该怎么做吗？"

"和他们聊……"

"不对，把他们引荐给我！"

"对！引荐给你，以后我都引荐给你！"老徐说完，从包里掏出一个文件夹。

"小北，最近市面上出了几款新产品，我整理了下，把它们和我们的同类产品做了个比较分析。"说完，老徐便把文件夹递给小北，文件夹里有几页A4纸。

小北接过来打开，发现是整整齐齐的几张表格。

"大表哥，你还真是专业！"这份资料着实让小北眼前一亮，老徐的对比分析做得真是绝，他不只将这类产品的共同点、每家产品的优缺点列出来了，还对每款产品对应的客户画像进行了细分。

如果说这一次见面，老徐本人并没有给小北留下什么特殊印象，这份表格，就让小北从内心对这位在保险行业扎下根来的前辈生出几分敬佩。

老徐先把小北送回家，等自己回去一进门，大陆就冲过来，充满期待地问："怎么样？我教你的思路用上没？"

"用个屁！我们俩在自习室待了一晚上，我大气都不敢喘。"

整晚，大陆看见老徐就笑。

老徐之前没忍住兴奋，把和小北约会的事悄悄告诉了秦姝。第二天，老徐把这次约会的情况又和秦姝说了，秦姝笑得差点背过气去。

"你别光笑，给我分析分析，你这学妹是怎么想的，我想了一宿也没琢磨明白。"以前无论遇上多难搞的客户，老徐都没这么迷茫过。

"既然她答应见你，也不能说一点希望都没有。我觉得下次最好由你来指定约会项目，找轻松、好玩、刺激的。比如去看个脱口秀、玩个剧本杀或者密室逃脱什么的。女人一开心就会放松下来，约会的氛围也就拉满了。"

"秦姝，你比我那个室友靠谱，我怎么就没想到把主动权争取过来。脱口秀，这个好！我现在就去买票。"

"哎，等等！我建议你还是带小北去玩密室逃脱。你想，密室里会有推理部分，你这个学理科的，趁机好好秀一下你智慧的大脑，展现你的才智与谋略，保不齐就在不经意间征服了小北呢？"秦姝说完，给老徐使了个眼色。

城市里，越来越多的"80后""90后"甚至"00后"适应了"996"的工作节奏。为了多赚钱，他们被迫接受了"加班文化"，同时，他们也需要用更刺激、娱乐性更强的方式来减压。

中午，老徐发消息给小北："周六有空吗，朋友推荐了个玩密室逃脱的地方，听说特别好玩儿，要不要去试试？"随着消息老徐分享了这家店在网上的链接。

这家密室逃脱小北听客户说过，在口碑网上人气第一，很难约。小北早就想去看看到底什么是密室逃脱，因为她经常在客户的朋友圈里看到他们分享的照片。

"好啊！"小北这次很爽快地答应了。

他们选的是一个根据恐怖电影改编的本子，玩之前要提前换上服装、鞋子以及戴上枷锁等道具。老徐、小北和另外4个人一起拼着玩了一局。这家店的音效、机关做得都很到位，轰鸣的电机声让人听了就有一种紧张感。墙上恐怖的血书也很有代入感，让人仿佛身临其境。

游戏开始后没多久就是一段推理的桥段。老徐有备而来，在所有人都还没厘清思路的时候，他已经胸有成竹地展开分析，很快就找到了重要线索，拿到了通向下一关的密钥。

密室里光线很暗，玩到中间，小北突然大叫一声："谁？"

"小北？怎么了？"老徐听出是小北，连忙问。

"没，没事儿……"小北小声地说。

又过了一会儿，听见有女孩儿又叫了一下："呀！"这次不是小北。

3个小时过去了，在整个游戏过程中的推理部分，老徐都展现出过人的智慧，有两次通关，得到了小北的表扬。

从密室里出来，小北脸色明显不好，她走到前台，和坐在里面的服务员说："你们这有监控吧？我怀疑里面有色狼揩油。"

"对，也有人摸我！"另一个女生气愤地附和。

正在这时，只见人群中有个男人慢慢地往门口挪。

"抓住他！"小北大喝一声。

这一嗓子出去，猥琐男"嗖"的一下跑出了门。老徐二话不说，也顾不得脱下道具服装就追了出去。那个男人明显对周围的情况比较熟，七拐八拐就进了一条小胡同。老徐以前是校田径队的，追了六七条胡同，终于把猥琐男按倒在地。老徐仗着身高优势，拖拖拽拽一路把这男人带回店里。

"我们找这个人很久了，最近这附近几家店都收到投诉说有流氓，但是一直没抓到。大哥，好身手！"店员说完就打110报警了。

老徐累得上气不接下气，坐在那儿大口大口地喘着粗气。道具帽子也跑飞了一半，样子滑稽极了。小北上去帮老徐把帽子摘下来，又转身从自动贩卖柜里买了瓶饮料递给老徐："没看出来，你还挺能跑。"

虽然老徐安排的这次约会出了点小状况，收场也有点狼狈，但效果还不错。小北对老徐的印象明显好了很多。

"一只手缓缓抬起，用另一只手的指关节按摩我们的腋下经络，从上往下做20次，然后换另一边，重复做两到三组。这样可以帮助我们女性疏通乳腺淋巴。"小北扎着高高的丸子头，化着干净的淡妆，在舒缓的瑜伽音乐中，一边直播带大家做瑜伽，一边给大家讲解女性健康知识。

小北每次直播都会和大家提到自己保险代理人的身份。她告诉粉丝自己不会骚扰大家，但如果大家有任何保险方面的问题，比如买了保险怎么理赔，是不是买对了，都可以来问她。

慢慢地，大家都感受到小北不是急功近利的人，于是经常有人留言向她咨询保险问题。小北从不急于卖给这些咨询者保险产品，而是耐心地回复她们提出的问题。有时，粉丝会主动提出要向小北购买保险，小北就远程为客户办理投保。

直播坚持了两个月，真有几位粉丝在小北这买了保险。虽然单子都很小，但小北却很开心，因为她探索出了一种新的获客方式。

这天晚上，小北直播结束，看到手机上有两条未接语音通话，都是Lisa打来的，小北赶紧回过去。

"师姐，不好意思，我刚才在直播。"小北擦着汗，气喘吁吁地说。

"你在直播，直播什么？"电话那头的Lisa问。

"带大家一起练瑜伽。"

"好家伙，你还是有才艺的！这周六有空吗，一起打球，我老公还叫了他同事白帆。"

小北想起Lisa之前提到过要介绍男朋友给她，就一口答应了。

"那你打扮下。白帆出身书香门第，从小在美国长大，家世还不错。到时候你们看看能不能聊得来。"

当小北听到Lisa说到白帆家世的时候，她的心里"咯噔"一下。小北并不排斥相亲，只是这些年来的相亲经验，多少让小北有些心理阴影。在小北的观念里，门当户对的理论是有道理的，但她觉得门当户对并不简单指财力上的水平相当。山鸡之所以不能配凤凰，是因为在多数情况下，凤凰的认知层面是山鸡无法想象的，因为他们的成长环境、教育和见识都不同，而造成这些不同的原因，一大部分是金钱。

小北把自己的家庭情况看作北漂的动力，她要用自己的努力，证明每一个普通的改变，都将改变普通。

周六，小北化了个精致的淡妆，穿上了提前准备的高尔夫穿搭，来到一家位于郊区的生态庄园。这里有高尔夫球场、马场、欧式风格的酒店，还有越野车赛道等。

这是小北第一次来高尔夫球场打球。白帆身材修长，五官线条分明，眼睛乌黑明亮，鼻梁高挺。看起来帅气斯文。

大家互相做了介绍。

"小北，很高兴认识你。"白帆先向小北打招呼。

小北觉得白帆的微笑很治愈，她第一次觉得男人的微笑也可以这样迷人。

几个人先向练习场走去，Lisa和吴畏走在前面，白帆和小北走在后面。

"小北，你经常打球吗？"白帆率先"破冰"，打破尴尬的局面。

"没有，这是我第一次来，没想到就来了这么高级的球场。"

"小北，这手套给你，让白帆先教你两招，我们俩去那边练练。"Lisa说完，对着小北使了个眼色。

白帆先是带小北简单地认识了球包里的各种球杆，然后取出7号杆，教小北如何握杆。白帆很耐心，说起话来声音温润柔和。

小北是那种很有运动天赋，协调能力和领悟能力都比较强的女生。白帆演示了几次，小北就能轻松地将球打出去很远。

"很不错！"白帆称赞道。

"是白老师教得好，你休息下，我自己试试。"小北说。

打了一会儿，白帆让服务员送来几杯咖啡。小北坐下，将手套摘下来，端起咖啡喝了一口。

"小北，吴总和Lisa姐对你印象都说好，说你有魄力，辞掉了CBD稳定的工作，选择加入保险公司做代理人。"白帆说。

"谈不上魄力，有一本书名叫《你以为的稳定，其实是浪费生命》，我就是想趁年轻，挑战下自己。"

"我觉得在内地，选择做一名保险代理人还是需要勇气的，尤其你这么年轻。"

"其实在北上广深这些一线城市，已经有了很多像我这样的年轻代理人。他们这么做的理由也很简单，时间自由，薪酬体系公平。不过这个职业最打动我的一点是，这是一份随着自身的不断积累，成果可以得到指数级增长的职业。"

"在美国，很多家庭如果父母做保险代理人，子女也会接着做，这种情况很普遍。"

"国内现在也开始有'保二代'出现了。"

"聊什么呢？"吴畏走过来，身后跟着Lisa。Lisa喝了一口咖啡，说："小北真是做一行爱一行的姑娘，上次给我们做的计划书，条理清晰，有理有据，让人一看就明明白白。只可惜，我们吴总就是看不上保险的收益。"Lisa

说完白了吴畏一眼。

"不好意思，小北，我们整天盯着股票，适应起保险的收益有点难。"吴畏看着白帆说。

白帆笑笑没说话。吴畏和白帆下去打球，Lisa和小北坐在椅子上喝咖啡。

"你觉得白帆怎么样？"Lisa低声说。

"很有礼貌，人也很温和。"

"他之前在美国有一个谈了7年的女朋友，本来都要结婚了，后来因为他执意要回国发展，两个人分手了，挺可惜的。"

小北发自内心地觉得白帆不错，但也发自内心地觉得他和自己不是一路人。她和Lisa正聊天，桌上的一部手机振动了，Lisa看了下，是吴畏的，来电显示是一个139的号码。Lisa没接，过了一会儿，这个号码又打过来。Lisa看了看离得很远的吴畏，就接通了电话。没等她说话，电话里传来一个孩子的声音："爸爸……"

"对不起，小朋友，你应该是打错了。"Lisa说完挂了电话。

"不会是保险推销吧？哈哈哈……"小北开玩笑地问。

"还真不是，居然是一个孩子找爸爸。"Lisa说完，大笑。

电话又响了，还是那个号码。

"爸爸，你在哪儿？"电话里还是刚才那个孩子的声音。

"不好意思，你应该是打错了，再重新拨一下电话号码试试吧，拜拜。"Lisa细声细语地说。

"师姐，如果你有孩子，一定会是一位很不错的妈妈！"小北说。

"哈哈，我的一位闺密和我说，当你生下孩子的那一刻，你就不再属于自己，而是活在一个叫妈妈的头衔下。"Lisa不紧不慢地说，她是那种浑身上下散发着通透的女人。

吴畏和白帆远远地走过来。

"吴畏，你什么时候当爸爸了？"Lisa煞有介事地说。

吴畏怔了一下，随即说："胡说什么呢？"

"刚才，有个孩子打来3次电话，说找爸爸。"

"一定是打错了，这玩笑可别随便开。"吴畏白了Lisa一眼。

回去时，白帆主动提出要送送小北。

"小北，我来北京一直没怎么逛过，你什么时候方便，可以带我逛逛北京城吗？"一路上，白帆总是找话题和小北聊天。

"好啊，不过我也不是地道的北京人，只能带你去逛逛外地游客打卡的景点。"

这次见面，小北给白帆留下了很不错的印象。白帆觉得，苏小北是一个漂亮清爽、有主见、接地气的女生，他希望能有更多的机会了解她。

拾肆

晚上，老徐刷到小北的朋友圈："大扫除完毕，就待明天母亲大人检阅。"配图是几张房间的照片。

老徐私信问小北："是阿姨要来吗？我陪你去接站吧？"

"不用了，有人帮忙接，谢谢。"

此刻，老徐的心碎得如同饺子馅一般。

小北妈这次来的目的主要是检查身体。在老家体检时，医生发现她有一项肿瘤标志物的指标偏高。老徐得知后，想到公司奖励代理人的增值就医服务，于是很快就帮小北约了一个专家号，还跑去接小北和小北妈去医院。老徐在医院里忙前忙后，取号、分诊、候诊。

"小徐，我看你对这医院挺熟悉的。"小北妈问。

"阿姨，做我们这行的，带客户来医院检查、复查、复印理赔资料是常有的事。"老徐说。

小北妈先是诧异了下，然后看了看小北，又看向老徐："怎么，你也是做保险的？"

"阿姨，我和小北是同事。"老徐说。

在这段对话之后，小北妈的话明显少了很多。医生给小北妈开了一些检查的单子。老徐让小北陪妈妈去抽血，他则拿着其他检查的预约单向楼梯走去。

"小徐对你有意思？"在排队抽血时，小北妈问小北。

"没有，就是普通朋友。老徐人很热心，这号也是他帮忙挂的。"小北说。

从医院出来，老徐送小北母女回家。小北妈主动邀请老徐上去坐坐。这个小区是一个回迁的塔楼小区，小北租的是一间全朝北的一居室，这是小区里最便宜的一个户型。

现在已是初冬，但小北租住的这个小区由于房龄太老，暖气面积也小，加之又是全朝北，房间里异常阴冷。小北开了空调想让房间暖起来。但空调刚开，她就咳嗽起来。

"小北对尘螨过敏，估计是这空调好久没清洗了。"小北妈说。

老徐心想怪不得小北要去自习室看书。

小北的咳嗽声越来越密。老徐拿起遥控器把空调关了，又拿起手机点了几下。没多久，两位清洗空调的师傅就来敲门。这两个人一高一矮，看起来很年轻。高个子把空调断了电，拆掉挡风条和外壳。矮个子把空调里面的过滤网拿下来用花洒冲了冲，又拿着清洗剂往空调里面喷了一遍。大概二十几分钟，师傅说空调清洗好了。

"我看你们网上写着好多步骤呢，还有什么蒸汽，也没见你们蒸汽消毒啊？"老徐问。

高个的师傅看了同伴一眼，矮个的说："您这个空调不是很脏，不做也可以的。"

"我们家人对尘螨过敏，还是辛苦你们做下蒸汽消毒吧。"老徐客气但坚定地说。

两个师傅对视了下，重新打开工具箱。原来做蒸汽消毒是需要进一步拆机的，较刚才的操作相比，有些麻烦。过了一会儿，蒸汽消毒做完了。矮个师傅说："您这个空调缺氟，该补氟了。空调加氟500元，加上清洗一共是800。"

"800，这么贵？"小北妈高声说。

这时旁边的小北把自己的手机递给老徐，手机上是一个讲解空调是否需要加氟的内容。大意说空调内的冷媒并不是消耗品，如果安装没问题，空调是不会漏氟的，也就是说不需要加。

老徐瞟了一眼手机，说："师傅，忙乎这么半天，坐下来喝点水吧。"

这两位师傅倒也没客气，接过水坐在椅子上喝起来。

"兄弟俩哪儿人呀？"老徐问。

"河北人。"高个子说。

"干这行多久了？"老徐又问。

"没多久，原来的厂子倒闭了，刚开始做这个。"高个子又说。

"我看你们干这个可不少赚，一个月怎么也得过万吧？"

"哪有，一天满北京跑，去了吃饭、租房，剩不下啥。"矮个子说。

"你们这自己接活儿的，也没给自己交个社保吧？"

"我们哪有社保，这要是有个头疼脑热的，都是自己花钱，最怕生病了。"高个子说。

"上次阑尾炎，花了我6000多元，一个月白干。"矮个子说。

"兄弟，如果让你们一年交个三五百块，以后万一生病住院最多能报销100万元，如果是因为意外导致的住院最高报销200万元，你们觉得咋样？"老徐问。

"啥？几百块换100万，有这事儿？"矮个子问。

"对，怎么样？"老徐说。

"那肯定好啊，几百块也就是去一趟医院的钱。大哥，你说的那是啥？"矮个子问。

"'百万医疗险'，你俩今年多大？"老徐问。

"23。"两人异口同声。

"那一年只需要交300多，出了问题在二甲以上的医院住院，都可以报销。这产品简直是为你们俩量身打造的，你们没社保，还一天天满北京跑，又辛苦又不安全。"老徐说。

哥俩互相对视一下，高个子说："咱买一个？"

矮个子点点头，说："上哪儿能买到你说的这个'百万医疗险'？"

"我这就能。"

"哥，搞了半天，你是卖保险的？"矮个子说。

老徐点点头，让他们俩扫了自己的微信，给他们发了投保链接。两个师傅打开链接，准备开始投保时，矮个子突然问："等等，那要是我们这一年都没住院呢？交的钱给退回来不？"

"不退。"老徐说。

"那，这……这要是万一没生病咋办？"高个子问。

"兄弟，没生病说明你身体好，身体好是好事儿！"老徐拍拍高个子肩膀说。

"不退呀，那要是交了好几年都没生病，不是都白交了？"矮个子继续问。

"这就跟你们开车总带着备胎一样，这么说吧，如果你是神仙，提前就知道今天车胎肯定不会坏，那你们还会带备胎吗？"

兄弟俩整齐划一地摇头。

"那你们为什么要带呢？还不是因为你们不是神仙没办法准确预测。风险也一样，如果你们能预料到肯定不会生病，那确实不该买保险。可问题是谁也无法预料自己会不会生病。我帮你们算笔账，假如你交了5年的保费都没住院，5年一共交了1000多块，但是只要住一次院至少要花个几千上万吧，你想想划算不？"老徐说。

两个师傅大眼瞪小眼，你看看我，我看看你，调动全部脑细胞使劲地琢磨。过了几分钟，矮个子说："嗯，是这么个理儿。"

"大哥，你介绍这么好的东西给我们，今天弄空调的费用免了。"高个子说，旁边的矮个子咬着牙看了看他。

老徐拿出手机，执意向两兄弟付清了洗空调的钱。

眼前的这一切，让一旁的小北母女瞠目结舌。

就这样，不仅小北家的空调被免费清洗了，老徐还多了两位医疗险客户。临走时，老徐送两位师傅出门，对他们说："你们这样单干的师傅最需要这个保险，不然就相当于钱袋子下面有个洞，赚再多的钱都可能漏下去。回头，给你们身边干活的兄弟们都讲讲这个保险，有好东西大家一起分享。"

"我今天算是见识了大绩优是怎么展业的！"小北看着老徐，觉得他整个人都在发光。

"一不小心，职业病犯了。在我眼里，就没有不需要保险的人……"老徐有点不好意思。

"说得对，越是低收入人群越是需要配上'百万医疗险'，早晚有一天，这哥俩得感谢你！"小北说。

"咱中国现在的情况恰恰是反过来的，越是中产阶级保险意识越强。好多低收入者意识不到几百块钱的商业医疗险就可以解决上百万的医疗费问题，宁可去网络筹款，筹来筹去就几万块，杯水车薪。"老徐说。

第二天，小北妈妈的CT结果出来了，报告显示的确有些异常，专家诊断是胰腺炎，不是癌。但仍要尽快住院，不然发展下去就不好了。

晚上，秦姝洗完澡出来，看见手机上有条妮妮同学的继母顾欣发来的消息，说是想咨询下保险问题。两个人很快约好了见面时间。

周日下午，秦姝在一家网红甜品店，提前下单了两份儿点心，一份儿让妮妮带回学校，另外一份儿待会儿送给顾欣。这也是老徐传授给她的，见客户尽量不要空手，适当带点小礼物有利于拉近双方关系。

送完妮妮，秦姝和顾欣约在了学校附近的那家咖啡厅见面。这次，秦姝找到了一个绝佳位置，安静且舒适。

"这个网红点心很难买的，秦姝，你太贴心了。"顾欣接过秦姝送的点心说。

"你喝什么咖啡？"秦姝把菜单递给顾欣。

"我怀孕了，不能喝咖啡，来杯果汁吧。"顾欣对服务员说。

"怀孕了？完全看不出来，几个月了？"秦姝惊讶地问。

"还不到两个月……"顾欣有点不好意思。

"恭喜啊，怀孕了身材还这么苗条。"秦姝说。

"其实，我还没做好当妈妈的准备。我和雨桐爸爸才结婚没多久，就发现怀孕了。他比我大17岁，这个孩子一生出来，爸爸就快50岁了。我老公平时工作忙，身体也不是很好。我又不工作了，所以我现在很担忧孩子的未来。我想问问有没有那种可以保孩子生病的保险？我是说如果，万一孩子得了什么严重的病，可以报销医药费的那种。"顾欣忧心忡忡地说。

"有是有，但是这种重疾险或者医疗险都是要孩子出生后才能投保。"秦姝说。

"这样啊！"顾欣叹了一口气。

秦姝喝了一口咖啡，缓缓地放下杯子，对顾欣说："其实，你的担忧不是孩子的医药费没人付，而是孩子未来的生活缺乏足够的保障。孩子生病，最常见的情况下花费不过几十万，这笔钱我相信你们随时都拿得出。对于孩子来说，最大的风险是没有了爸爸的呵护，你们娘俩没人遮风挡雨。"

顾欣听了连连点头，说："我就是怕我老公出什么问题，我们的孩子还小，一想到这些，我整个人就焦虑得不行。"

"放松些，现在提前规划完全来得及。我可以帮你们量身定制一个保险金信托方案，简单说就是趁现在你老公的事业、身体都很好的时候，定期存一笔钱，将来孩子到约定年龄时按月或者按年来领取这个钱。在孩子领取之前，这笔资金一直都由保险公司打理，帮你们保值增值。等孩子该领取的时候，这笔钱比起当年存下的钱会增值很多。"和刚才闲聊时的状态比，秦姝此时像是换了一个人。

"秦姝，我不懂保险，你看这样好不好，你帮我做一个方案，我拿回去和老公商量下。我希望这件事能尽快落地，这样也就不用每天提心吊胆了。"说到这里，顾欣的眼圈都红了。

晚上秦姝根据顾欣预估的缴费方案做好了一版年金计划书，发给了她。周三，顾欣在微信上对秦姝说她老公有些想法，约好这周五在咖啡厅见面再聊。

周五中午，秦姝吃过午饭就早早地从公司出发来到她们上次见面的咖啡厅。刚坐好，还没来得及点单，就收到一条来自顾欣的微信："秦姝，实在不好意思，我不太舒服，医生让卧床。等情况稳定一点，咱们再见面吧。"

秦姝有点失望，但也没太往心里去，只能顺便安慰了两句。

有了之前的教训，秦姝再去接妮妮时便老早就去校门口占车位，这次占了一个极佳的位置，正对着校门口。不一会儿，妮妮从里面慢慢悠悠地走出来了。

妮妮还算是有礼貌的孩子，她虽然不喜欢秦姝，但每次见面都会和秦姝打招呼。今天不知怎么了，她直接开门上车，上车后"啪"的一声重重地关上了车门。

一路上两人一如往常地沉默，车子开到一半时，妮妮先开口了："秦姝阿姨，你是不是在卖保险，而且你还要卖给雨桐她后妈？"

秦姝的心一沉，原来是因为这个。秦姝疏忽了，忘了嘱咐顾欣替她保密。

"妮妮，我是在做保险代理人，雨桐她阿姨刚好有需求，是她主动找我的。"秦姝故作镇定地回答。

"我爸是破产了吗，还是你们吵架他不给你钱了？"

"都没有，我们俩挺好的。"

"那为什么？再说，你想工作干什么不好，非得卖保险？你自己丢人就好了，还丢到我们班同学这来了！那个雨桐她后妈就是想着法儿地骗他们家的钱，你现在就是帮凶！"妮妮把怨气都撒了出来。

"妮妮，第一，保险代理人靠专业赚钱，没什么丢人的；第二，雨桐她阿姨怀孕了，她还年轻，想给自己的孩子买个保险，做妈妈的为自己孩子着想这也没有错。就像你爸妈离婚时，爸爸给了你们房子，也是为了你妈妈能更好地照顾你。"秦姝握着方向盘的手微微发抖。

妮妮没再接话，车里的气氛僵到了极点。地库里，秦姝刚把车停好，妮妮就迫不及待地开门下车。秦姝用近乎祈求的语气说："妮妮，你能先别和家里人说吗，我现在还没准备好……"

妮妮没说话，仍旧重重地关上了车门。

一进家门，秦姝就看见大伯、叔叔、小姑姑一大家子都在。进门前还听见他们聊得热火朝天，她一进门，餐厅立刻安静了。秦姝猜到了，妮妮应该是将她卖保险的事广而告之了。

秦姝没有像往常一样和大家打招呼，而是径直上楼了。一开始，秦姝像做了什么错事一样，坐立不安。果不其然，老戴比平时回来得都早。

"你真的在卖保险？"老戴摘下手表，坐到秦姝旁边。

"没换衣服，别碰床。"秦姝推老戴下床，"对啊，我是在卖保险，怎么，给你们老戴家丢人了？"秦姝合上书，仰着脸，挑衅般地看着老戴。

"没有，我就是确认下。你想工作我知道，我今天和老齐说了，在他们设计院给你找个文职工作……"老戴声音平和。

"实话告诉你，我培训了很久，好不容易通过考试才可以做业务的，我不换！"秦姝压根儿没等老戴说完。

"小点声儿，楼下还有客人呢！你再想想吧，我让吴姐给你送吃的上来。"说完老戴便下楼了。

拾伍

早会后，大家围坐在一张圆桌前，秦姝因为前一天的事情，心情十分低落。

"我心情不好，很不好！"秦姝坐在工位上，自言自语。

"我心情很好，别影响我。"老徐故意将椅子往远处挪了挪。

"徐多金，你这样有点没人性啊！亏我还帮你出主意追我学妹，以后有内部消息也不告诉你。"

"小点声儿，一会儿小北过来了。这样，我用一段刚刚学到的金句安慰你一下：有些事情你现在想不通，别着急，过一段时间你再想，就想不起来了。"老徐对秦姝笑着说。

秦姝给了老徐一个白眼。

"来，说说吧，在哪里跌倒，就在哪里号啕！"

此时的秦姝确实想把肚子里的苦水倒一倒。

"你们说我卖保险，怎么就这么天理难容？"秦姝气愤地说。

"秦姝姐，人家说一个女人实现财务自由，一共有三种方式：第一种是继承；第二种是出嫁；第三种是自我奋斗。你是明明已经踏上了让众多女子羡慕的第二条赛道，结果却中途变道，开启了全新的自虐模式——自我奋斗。自我奋斗您还选了个比较有挑战的项目——做保险代理人。"不知什么时候，小橘子也加入了讨论。

"小橘子，我看你骨子里有不想工作的念头啊。"老徐说。

"我才不会干那么不理智的事。网上说不想工作的女人只要做三件事，包你认清事实，乖乖去搬砖。第一，照照镜子，看看自己有没有倾国倾城的容貌；第二，看看自己银行卡的余额；第三，看看新婚姻法，靠嫁一个'高富帅'脱贫致富的年代早已一去不复返了。"橘子一声哀叹。

"一看橘子就是不了解婚姻的，我用我的经历告诉你，女人前半辈子不好说，但后半辈子拼的绝不是老公，而是坚强乐观的心态、扎实过硬的谋生技能、智慧通透的幸福思维，还有健康的身体。婚姻里的话语权本质上来源于双方各种实力的比拼。"岳老师走过来说。

"你说家人不理解你这事儿，可是你狭隘没见识了。你问问大家，干咱们这行的有几个是得到家人朋友支持的？就说我吧，都干了8年了，到现在，我妈都不知道我在北京卖保险。"老徐一脸平静地说。

在场的同事都惊住了，连老徐这种年收入六七十万的精英代理人，居然都不敢将自己的职业告诉家人……

大家正聊着天时，秦姝的手机铃声响了，是妈妈。

"妈，怎么了？"秦姝接通语音。

"秦姝呀，妈问你，你真的在卖保险？"妈妈试探着问。

"妈，是老戴告诉你的吧？对，我是在卖保险！"秦姝突然提高声音，不耐烦地说，说完才意识到是在公司，同事们都在看她。

秦姝一边往楼道里走，一边压低声音说："妈，卖保险没什么不好……"

"秦姝呀，老戴不给你钱了？他不给，妈给！咱们家可都是老实人，从来没干过那忽悠人的事儿，你可别为了钱……"透过声音，秦姝能感受到妈妈的焦虑。

"妈，你说什么呢？我和老戴好着呢！妈，我读了那么多年的书，难道就要一直在家做全职妈妈吗？"秦姝没等妈妈说完，打断了她，"妈，我还有事儿，先挂了啊，你和爸注意身体。"

秦姝闷闷不乐，下了班也不想回家。她点开闺密思妍的微信对话框。

"我要抑郁了……"秦姝发过去一张"惆怅"的表情图。

"人生苦短，有啥想不开的？"思妍问。

"就是心情不好，晚上喝酒去。"

两个人三言两语，约好了晚上在五道营胡同里的一家意大利餐厅见。这家餐厅最有名的就是热红酒和海鲜比萨。

"状态不对啊，看起来这么沮丧，一点儿都没有阔太的范儿。"思妍风风火火地进来。

"去他大爷的阔太，谁稀罕！"秦姝满腹牢骚。

"哟，这听上去可不像凡尔赛啊！怎么了，你们家不会这么早就上演家族风波了吧？"思妍每次见面，必定要拿"阔太"这个梗开玩笑。

"坐好了你，我要官宣一件大事……"秦姝从沙发里直起身子，一本正经地说。

"别，你等等！让我猜猜，老戴，外边有人了？我说什么来着，不让你找有钱老男人。"思妍身子前倾，来了精神。

"赵总，您念我点儿好行吗？"秦姝白了她一眼，接着说，"我卖保险了，我做保险代理人了。"说完，往后一靠，做好了被奚落的准备。

"嘻！我当什么事儿呢，卖保险怎么了，卖保险挺好啊！我们公司原来那个人力资源总监，现在都成保险总监了，据说一年赚几百万呢！"思妍说。

思妍的反应是秦姝完全没有预料到的，她以为思妍也会像婆婆和妈妈那样，对她来一番上升至灵魂层面的嫌弃和思想教育。

"老戴还有他们一大家子，都嫌弃我卖保险。"

"你听过那句话没，一个人最厉害的能力就是屏蔽力！"

"你说得简单。"

"你管那些阿姑阿婆说什么呢，不要在意别人说的话，他们有嘴，不一定有脑。"思妍说。

"进了保险这一行，才发现我居然是个自卑的人，这么在乎别人的想法。"

"在我看来你这就是无病呻吟！你这再怎么说也是家庭内部矛盾，比起我们这职场宫斗戏简直是幼儿园里的小把戏。"

"可是我的承受能力也没你那么强啊！"

"你这意思是我皮糙肉厚呗！我们这种打工人，时刻把'今天搬砖不狠，明天地位不稳'作为座右铭。一般小毛小病，根本不敢请假，就怕老板发现有你没你都一样。要我说，你这就是矫情，根本不叫事儿！"思妍一边说，一边大口地吃起盘子里的比萨。

"就连我妈也嫌弃我，劝我不要卖保险。"

"你看你，长着一张没被欺负过的脸。毕了业，就被你们家老戴从象牙塔直接接到家里像大熊猫一样保护起来了。不过，既然你选择破茧，那出来混就是早晚都要还的。迟来的生长痛，只能自己克服，除非你选择退回到原来的壳里。"

"今闻赵总一席话，如醍醐灌顶，茅塞顿开。那，你看，赵总要不要支持我下？小女子还一单没开呢！"秦姝摆了个苦脸。

"这熟杀得有点快！巧了，我和我们家老曹还没有医疗险，就你这了！对了，还没问，你在哪家公司？"思妍喝了一口热红酒。

"启华保险。还是赵总仗义，我先干为敬，您随意！"秦姝一口干了酒杯里的酒。

晚上到家，秦姝顾不上洗澡，就先把投保需要的信息梳理成清晰的文档发给了思妍。

"秦老师，我这钱交了，要是今年没住院，这钱也不退的吧？"思妍收到秦姝的文档后在微信上问。

"这款高端医疗险是消费型的，每年缴费，没出险也不会退还保费。"

"那有没有没生病可以返还的？"

"有这样的重疾险。重疾险和医疗险最大的区别是重疾险是按照你购买的额度返还，更多的是补偿因生病带来的收入损失；医疗险是实报实销，解决的是就医体验和具体的就医费用。"

秦姝猜到这些应该都是老曹的疑问。又过了一会儿，思妍将自己的信息补充齐全了，说老曹单位上了补充医疗，不用再买医疗险了。老曹的想法代表了一类人，特别是公务员和单位福利待遇较好的人，他们觉得有社保，还有补充医疗，完全不需要医疗险，却不承想如果人到中年换了工作，那时的身体状况是否还有资格购买商业保险。

经过确认健康告知、人脸识别及签字，思妍的高端医疗险线上投保就完成了。看着App上投保成功的界面，秦姝抱着平板电脑在卧室里转了一个圈，高兴得差点笑出声来。"成单治百病"，秦姝的烦恼一扫而光。就这样，她签下了职业生涯的第一单。

这天，在地产行业工作的同学给小北推荐了两位想了解保险代理人工作的同事，安安和李晶。

"小北姐，保险代理人的收入真有传说的那么高吗？"面谈时，李晶问。

"大家口中提到年薪百万的是少数，保险代理人也是遵循'二八定律'①的。大部分坚持下来的保险代理人是可以赚到钱的，还有相当一部分做着做着就含恨离场了。"小北说。

————————

① "二八定律"：经济学术语，也称帕累托法则或 20/80 定理。它指的是在许多情况下，20%的人或事物往往占有80%的影响力或效果。同时，剩余的80%的人或事物只能占有20%的影响力或效果。

"小北姐，那怎么样能做得很好呢？"安安问。

"首先是掌握专业知识、专业技能，这应该是最简单的了。在这之上要有强烈的目标感和成功的欲望，接下来就是把欲望转化成具体计划，并且高度自律地去执行自己的计划。另外，内心也要足够强大，带着玻璃心①来做保险是走不远的。"

"做销售的哪有内心不强大的。"安安也说。

"我并不觉得保险代理人只是销售，他更像是咨询师或风险规划师。我们帮客户把风险漏洞找到，用合适的产品尽最大可能将漏洞补上，而不只是卖客户一单产品，赚取这一单佣金。所以，好的保险代理人是要一直陪伴客户成长的，看着客户从单身的职场小白转变成妻子、丈夫，成为职场中坚力量，进而成为爸爸妈妈，待客户人到中年时，再为他们和他们的父母做养老规划。你们说，这是一份简单的销售工作吗？"

"小北姐，我有个问题，这份工作是不是不稳定？我们在北京都还租着房子，生怕哪个月没有收入，交不起租金了。"李晶问。

"害怕很正常，我也一直租房子，我懂你说的怕。我原来做助理拿固定工资，每个月收入很稳定，但支出却不稳定，就算没有任何意外，看着收入和支出之间的差额，我也很害怕。现在，我把对缺钱的恐惧转化成拓客的动力，反而不怕了，或者说是顾不上怕了，抓紧一切时间、机会去开发客户才是王道。上个月发完工资，我的账户余额创下了工作以来的最高历史记录。你们俩有理想吗，说来听听。"小北问。

"我希望过上想买什么就买什么的生活，不用管这东西有用没用，比如买我喜欢的机车。"提到机车，安安眼眸闪烁。

"我希望能在北京安家、扎根，有个不用特别大，但可以把爸妈接来一起住的房子。"李晶说。

---

① 玻璃心：网络流行语，指心理素质差，心灵像玻璃一样易碎，很脆弱，经不起批评或指责。

"很好，你们可以把目标定得再具体点，比如第一年想拿到多少收入，第二年、第三年，后面想稳定在多少。这个不需要讲出来，你们在心里想一下。不着急，好好想想。只有加入前彻底想明白了，加入后才能做得好、做得久。可以看看这个，也许对你们了解真实的代理人有帮助。"小北送给她们每人一本记录代理人工作和生活的小册子，这是小北利用闲暇时间写的。

秦姝看着手机提醒，联系了在4S店定损修车时认识的准客户聂菲。聂菲发来了她家的地址。这个小区位于五道口，一个被戏称为"宇宙中心"的地方。在北京，人们都说互联网看海淀，其实教育更要看海淀。聂菲住的这个小区的对口学校就是很多家长心中的理想学校。

秦姝刚进门，从卧室走出来一个男孩，看上去和妮妮差不多大。男孩有点腼腆，和秦姝打了个招呼就又回卧室了。

"我想给儿子买份重大疾病保险。"聂菲给秦姝倒了杯咖啡，直奔主题。

"孩子的风险通常来自两方面，一个是健康，一个是教育。健康险包括重疾险，还有报销型的医疗险。"秦姝一边讲，一边在早已准备好的白纸上画起思维导图。

"重疾险和医疗险主要差别是什么？"

"重疾险是补偿型的，符合条件了就一次性给付，可以用来补偿父母照顾孩子而发生的收入损失；医疗险是按照实际发生的费用报销。对了，平时孩子生病，你们都带他去什么医院？"

"我们都是去新世纪或者和睦家这样的私立医院。"

"那可以选择高端医疗，报销你们在私立医院产生的就医费用。"

"怪不得人家每次都问我们有保险吗。"

"嗯，是您做投保人吗？"

"他爸爸做，不过……"聂菲的眼神忽然黯了下去。

"有出生证明或者亲子证明吧？"秦姝还清楚记得聂菲第一次曾经问过的问题。

"有的有的。"聂菲连连点头。

"那就可以正常投保。"

"那就好，还有刚才说的重疾险，你帮我也做一下方案吧，我和他爸爸商量下。"

"除了健康保障，趁父母年富力强，早点为孩子未来的教育做好规划也很重要。"

"教育规划是指为孩子存钱吗？我在银行买了些理财，也算是给他存钱了。"聂菲说完，开始收拾桌上的纸笔。

"举个例子，比如孩子生病需要大人全身心照顾，家庭收入自然就会相应减少，那孩子的教育储备是不是要被迫中断？这时如果有人说愿意继续代替父母按照计划来为孩子支付教育费用，你觉得怎么样？"

"你开玩笑吧，会有这样的好事？"

"我说的教育金产品就是这样。这个产品本身附带一项可选权利，就是豁免权。"

"但是现在买教育金是不是有点早，我还是想先把刚才说的医疗险和重疾险买了。"

"我也建议你们先把孩子的医疗险和重疾险买好。教育金产品是越早存，后面的收益越高，你们可以考虑下。"

"好，我们商量下。"

"你之前是做哪行的？"每次聊完保险后，如果客户愿意，秦姝都喜欢和客户聊些其他的生活内容来增进彼此的了解。

"我在金融行业做财务工作，说起来咱们也算同行，后来遇到我先生，怀孕了就没再工作。"

"那你先生也一定是位精英，能买下这么高档的房子。"

"还好吧，那个，你的衣服真的很漂亮，回头把店介绍给我。"聂菲似乎不是很愿意提及孩子爸爸，主动岔开了话题。

又聊了会儿，秦姝就离开了。她刚开车出地库，就收到聂菲的微信说请她也做一份教育金方案。

　　听老徐他们讲，最近几年他们时常会碰到像聂菲儿子这样非婚生子女的投保案例。中国的非婚生子女占比和日韩差不多，远低于智利、冰岛这种非婚生子女比例高的国家。秦姝觉得，在中国人的道德体系里，大家不鼓励非婚生育，但非婚女性的生育权和她们独立抚养孩子的意愿是值得尊重的。

拾陆

小北坐在工位上，更新着每周的工作动态，这是小北的一项必做工作。

"小北，帮个忙？"小北正专注地忙碌时，收到一条来自Lisa的微信。

"老板要给她儿子找一位国际象棋家教，我实在是分身乏术，你帮我研究下吧！"

在Lisa心里，小北从不会令她失望。

不过说起找家教，小北确实没有任何经验。她既没有孩子，也不知道这些北京的孩子在学什么。

虽然Lisa在微信上给了孩子的基本信息。稳妥起见，小北还是决定先做个调研。她第一个想到的就是秦姝，秦姝的家庭情况和Lisa老板家的情况很相似。她们两人约好周四晚上一起吃饭。

星期四的上午，秦姝轻车熟路地来到聂菲家，将医疗险、重疾险和教育金的方案逐个给聂菲讲了一遍。

"重疾险里按照轻症、中症、重症和少儿高发的特殊疾病进行了区分，根据你们的情况，我加了轻症豁免、投保人豁免和孩子的意外险这三样附加险。"

"附加意外险我懂，这个豁免是什么意思呢？"

"这两个豁免的附加险，是说如果一旦孩子被确诊轻症，或者投保人发生疾病、身故、全残等合同约定的情况，后面的保费就不需要客户再交了，但是保障却是一直在的。"

"嗯，这些附加险保费贵吗？"

"不贵，加上后总保费7000块左右。"

方案确认好了，秦姝从包里拿出来一张精美的贺卡，递给聂菲说："你想对未来的小宝儿说些什么，写在这里吧，到时候和保单放在一起。以后孩子用到这份保险时，就会看到你们对他的爱。"

聂菲接过贺卡，眼眶有些潮红，嘴上却故作轻松地说："还搞得这么煽情！"

"父母给孩子的话，可不叫煽情。你这简单的几句话，很可能就是未来孩子力量的源泉，说不定能治愈他的心灵呢。"

晚上6点半，秦姝来到餐厅，门童将她带到了小北的位子。

"有什么事儿不能在公司说？"秦姝把包放在旁边的椅子上，拿起桌上的湿巾擦手。

"你就当陪我这个单身狗解解馋不行吗。师姐，我要帮一个客户姐姐的忙，给她老板的儿子找个国际象棋家教，想来想去身边人的家庭情况、孩子年龄差不多的也就是你了。"

"她儿子多大？"

"8岁，在一所国际学校。她平时工作太忙，顾不上。"

"懂了，这种类型的妈妈在职场上叱咤风云，但无暇兼顾家庭、孩子，所以就需要建立起一个无孔不入、强大的支持系统：有管家务的，有负责接送孩子的，有辅导孩子作业的，各个部门分兵作战。"

"你是说这些妈妈人前风光无限、冲锋陷阵，人后是有一个团队来支撑她？"小北惊讶得睁大眼睛。

"可别小看她们的团队。那也是要统筹资源、协调管理的，还要做好人力资源工作，像招聘、激励、人员的储备和梯度培养都是要做的。她说了什么具体的要求吗，比如家教的性别、年龄、家庭情况？"

"给了一些关键词，比如'985''211'，人聪明，学习要好。"

"我给你几个家教中介平台，那上面什么条件的家教都有。但我觉得学习成绩是一方面，另一方面就是家教自身的素养。"

"等等，我还是记一下，这比我想象中的复杂多了。"小北说着开始翻包，想找纸笔。

"我这有纸。"秦姝从包里拿出一打A4纸，往桌上放的时候，其中的一张掉了下来。这张纸是她给聂菲家做的计划书的纸质版。

小北无意间看到投保人姓名一栏赫然写着"吴畏"两个字。

"吴畏？这名字怎么这么耳熟？"小北眉头紧锁。

"是我下午刚见过的客户，这是孩子爸爸，怎么，你认识？"

就在这时，服务员来上菜，秦姝赶紧把计划书收了起来，怕被弄脏。

秦姝提到的每一点，小北都结合自己的理解记了下来。两个人从家教聊到了业务，又聊到了工作，秦姝还有意无意地聊到了老徐。

"你觉得老徐怎么样？"秦姝假装不经意地问。

"人挺好的。我妈看病，他出人出力，还有我每次直播教瑜伽他都负责热场，帮我刷人气，简直是免费的场外助理。"

"没了？就这些？"

"啊，没了，不然怎样？"

"听说你们上次一起去玩密室逃脱了？"

"别提了，还遇到了咸猪手。那次老徐的表现确实惊艳，在胡同里上演了徒手擒拿小流氓的一幕。别说，他还挺英勇的。"

"老徐一直很仗义，咱们组里谁有问题他都鼎力相助。只是作为从业8年又这么成功的老代理人，居然还不敢让父母知道他的职业，有些令人唏嘘。"

"能够真实地做自己应该是很开心的事吧，做自己从来都是这个世界上既孤独又勇敢的事情。为了做自己，干杯！"小北举起杯子。

这天晚上，两个人都很开心，虽然没喝酒，气氛却一直很嗨。

晚上回家，当小北在贴满各种开锁、通下水道小广告的楼道里上楼时，脑子里突然闪出来Lisa老公的脸。吴畏，那不是Lisa的老公吗？但转念一想，这世上姓吴名畏的人多了去了，怎么可能这么巧。

洗过澡，换上松松垮垮的T恤衫，小北拿着手机，四仰八叉地靠在沙发上。这时，电视里一个男孩儿对着伏案工作的爸爸喊："爸爸，你看，我画了一个忍者！"

"爸爸！"小北猛地想起Lisa在高尔夫球场接的那两个电话，再联想晚上看到的秦姝为客户做的保单，暗忖道：这一切该不会都是巧合吧！

"师姐，你有那个客户的微信吗？"小北在微信上问秦姝。

"哪个客户？"

"就今天你计划书上的客户。"

"你说聂菲？有啊，怎么了？"

"师姐，你见过那孩子的爸爸吗？"

"没有，你问这个干什么？"

"你先别管，你快点帮我找找，她朋友圈有没有孩子爸爸的照片。"

"这，不好吧，人家隐私。"

"我又不做什么，就是想确认下是不是我一个客户的老公。"

"什么……"电话那边的秦姝突然沉默了。

几秒钟后，秦姝说："小北，我想，咱们还是别看了，这些都是客户的私事，知道了还不如不知道的好。"

整个晚上，小北虽然手上刷着手机，脑子里想的却一直都是Lisa老公这件事。她回想起当天Lisa开玩笑对吴畏说有人叫他爸爸时，吴畏脸上复杂的表情。

小北开始按照秦妹给她列的网站找家教。经过初筛，有3个人成为她的备选，她来到家教中介，面试这3位候选人。最终，她选了一位叫杨威的男生。这男生喜欢运动，1米83的个子，聊起天来很有趣。

小北和李总约好晚上7点开始上课。晚上8点左右，小北接到了李总的电话，她说杨威可能不适合。

小北立马打了一辆车，奔向李总家。李总家在顺义的一个别墅小区。

"小北，谢谢你帮威廉找家教。"李总示意小北坐下。

"李总，您是觉得这位家教哪里不合适呢？"

"他和我说他复读过，而且是两次。"

"李总，就他复读这件事，我倒觉得这恰恰是他的优点。"

李总抬起头，给了小北一个眼神，让她继续说下去。

"李总，您在外面打拼多年，给威廉创造了一个如此好的成长环境。我猜他从小到大什么事都是一帆风顺，没受过什么挫败。未来他进入社会，谁也不能像您一样呵护他。如果他缺乏面对挫折的经验，那很可能遇到很小的失败就会心态崩塌。杨威的确复读过，但据我核实，他每一次的高考成绩都在600分以上。他复读只是想上更好的大学，他这种面对挫败的心态和劲头，如果能影响到威廉，我相信对孩子来说是比棋艺更有价值的。"

小北说完，李总的眉头舒展开来，沉默片刻后，她说："没想到你想得这么周到，等会儿下课看看威廉感觉怎么样。"

"杨威性格开朗、喜欢运动。之前，我让他给我上了一堂课，发现他能将很枯燥的东西讲得生动有趣。"小北说。

"我就想把威廉培养成会学又会玩的孩子，别像我们这一辈人，除了赚钱，都没有别的爱好，老了很可怜的。"

"我们常对客户说，养老需要提前准备几样东西：财富、健康和兴趣，缺一不可。"小北笑着说。

"对了，Lisa说你是她学妹，现在在做保险代理人。"

"是的，我毕业后，在一家药企工作了3年，后来辞职做了代理人。"

"我真佩服你的勇气，小小年纪，就愿意挑战自己，不像我们公司好多年轻人天天上班就知道摸鱼。等哪天变成深海鱼了，游着游着就会发现压力越来越大，最后只能自己在海里偷着哭。"

正说着，威廉从楼上走下来，杨威背着个斜挎包跟在后面。

"妈妈，大杨老师表扬我了，还奖励了我一个公仔。因为我今天下棋表现很棒！是吧，大杨老师！"威廉回过头对杨威说。

"杨老师，让你费心了，我一直忙于工作，也不了解威廉的具体学习情况。"

"目前他只知道生硬地去套用学过的对局，不会深度思考棋局。今天我带他学习如何做棋局复盘，找问题。"杨威说。

一番交流下来，再加上孩子的积极反馈，李总对杨威很满意。

小北为李总找到了心仪的家庭教师，这件事让Lisa更加觉得小北是一位办事靠谱的年轻人。为了感谢小北，Lisa请小北在一家位于国贸附近的酒吧喝酒。酒吧面积不算大，但是灯光氛围很到位。歌手们唱的歌曲也大都是客人耳熟能详的。Lisa看起来像是这里的常客。舞台上一位浅色短发美女正在深情地演唱："有多少爱可以重来，有多少人可以等待……"

"每次来这里都觉得特暴露年龄，好多老歌儿不由自主地就跟着哼出来了。"Lisa说。

"年龄不过是一个数字，它定义不了女人，再说你看起来年轻极了。"小北说。

"话是这么说，我像你这么大的时候，觉得40岁是猴年马月的事儿。没想到这一转眼，自己都过40了。每个年龄段都有自己的烦恼，35岁那会儿，天天想着怎么能怀上孩子。后来失败了两次，当时感觉天都要塌下来了。还好那会儿有吴畏安慰我，说没孩子就没孩子，只要我们俩好好地在一起就行。"

听Lisa突然说出吴畏这个名字，小北的脸上掠过一丝不安。

"师姐，你们俩的感情这么稳定，好难得。"

"夫妻之间就3个重要问题：一是经济问题，这个在我们俩之间压根儿就不存在，我们俩各自的赚钱能力不相上下；二是性的问题，这个在我们俩之间也马上就不存在了，平时忙得顾不上；三是沟通问题，房子、车子早些年就置办了，自从确定不要孩子以后，我们之间好像也没什么事儿是需要沟通的。你说我们的感情怎么可能不稳定。"

这晚，小北喝了很多酒，在回去的出租车里，她看到手机上有3个未接来电。她将电话回拨过去，是上次赵大爷家居委会的工作人员王琳琳。王琳琳说小区里有位老人家里有些困难，想让小北帮忙看看。

周五晚上，妮妮按规矩隔周来奶奶家。每到这一天秦姝的公公婆婆都格外高兴，仿佛一周里的其他日子都不存在。老两口一大早就去采购，叫来一大家子聚餐。晚饭时，秦姝吃了几口就上楼了。

她刚上楼没一会儿，就有人敲门，开门一看，是大伯家的儿媳苏苏。苏苏平时话不多，秦姝对这个弟媳还是很有好感的。

"嫂子，我听爸妈说你在做保险，我想给戴峰买份保险。"

"好啊，你想给他保什么？"

"嫂子，我自从生了老大就不工作了，现在又怀了老二。戴峰不像大哥那么有本事，所以我有点担心，他要是万一有个什么意外，我们娘仨可怎么办。那个，我向人咨询过，我想买的是寿险，然后把受益人写成孩子。嫂子，你是名牌大学毕业的，我相信你肯定比他们懂，就来找你了……"

"苏苏，你说的寿险还分很多种。如果想保费便宜些，杠杆高些，可以买定期寿险，这是消费型的，保费不返还。还有终身寿险，不管被保险人什么时候怎么去世的，最终都会把保额返还，保费比定期寿险贵。"

"嫂子，你觉得我们家的情况应该买哪种？"

"戴峰还年轻，我觉得可以先买个定期寿险，花较少的钱撬动一个高杠杆。可以买到60岁，或者65岁，在这之后，孩子们都成家立业了，你们赚钱养家的压力也小了，很多疾病的高发期也过去了。"

"嫂子，我自己本来想投终身那个，觉得那个能返本更划算。我怎么没想到杠杆。嫂子，我发现你刚才讲保险时整个人都变得不一样了，特别有精气神儿，真羡慕你。"

这是秦姝和苏苏说话最多的一次。说起来还是因为戴家的每次聚会，都轮不到他们小辈，特别是外姓的小辈插话。

当天晚上，秦姝就为戴峰投保了一份定期寿险，保费是每年7000多，保额300万。苏苏两口子都很满意。

秦姝在之前参加入职培训时，看过一组数据："80后""90后"的保单数量在总保单中占比接近70%。年轻一代的保险意识已经不可阻挡地崛起，而且越是发达地区，年轻人的保险意识越强。

拾柒

周末，秦姝觉得是时候联系下之前为之做过方案的糖糖妈了。她发微信问糖糖妈妈，最近哪天有空。

过了许久，糖糖妈回复说让秦姝第二天下午去公司找她。秦姝本来答应球球那个时间带他去看奥特曼主题展，孩子都盼了几个月了。

晚上秦姝和球球说下周再带他去看展，球球一听就哭了。球球最喜欢奥特曼，这个展又是好不容易才约上的。球球奶奶听见球球哭了，一路小跑着上楼来。

"你这一天天瞎忙什么呢，答应孩子的，怎么说不去就不去了？"球球奶奶心疼地帮球球擦眼泪。

其实秦姝在收到糖糖妈的微信时，第一反应就想说明天要陪孩子看展，但又一想，客户难得有时间，便把打好的字又一个个删掉。

第二天下午，秦姝提前到了糖糖妈的公司。一位高挑的女秘书出来接秦姝，把她带到了糖糖妈的办公室。

约的是3点半，可是等到4点半，秦姝也没见到糖糖妈的人影。快5点的时候，糖糖妈才从会议室走出来，一见到秦姝就拍了下脑门儿说："哟，球球妈妈，不好意思啊，我太忙了，一会儿还要赶去五道口参加个晚宴。要不咱们下次再约？"糖糖妈竟然没有一丝歉意。

"没事儿，你先忙，我们改天再约。"秦姝说完便离开了。

尽管一直在平复情绪，但秦姝的心理落差还是挺大的。以前都是别人等着她，今天她本应该陪孩子开心地看展，却在这里白等了一个下午，而对方丝毫没有歉意。

"被人放鸽子是代理人的常态，我们的'被鸽率'一般是对半开，约10个人，要做好只来5个的心理准备。"

"当客户多了的时候，比如在国贸附近，那就可以搜搜有没有其他客户刚好在附近。有的话，正好约一下，提高效率。"

秦姝想起了大家曾经分享的经验，顿觉一阵温暖。

晚上，老戴的话明显比以往少了。临睡前，秦姝、老戴各看各的书，谁也不说话。

"怎么了，一回来就沉着脸？"

"妈说球球晚饭没怎么吃，一天都闷闷不乐的。说好的去看展，什么重要工作非得今天办？"

"我没守约带孩子去看展，是我不对。明天和球球好好说说，周末带他去游乐园补偿一下。"

"要我说，你就去老齐那儿，人家把岗位都给你留好了。按时上下班，家里有个事儿，你随便走，都是自己人。"

"戴总，我也是重点大学的研究生，就因为嫁给了您，我就要干个谁都能干的闲差？做了这么久的代理人，我确认这是我想做和喜欢做的工作，我会一直坚持下去。至于球球，我会想办法哄好他的。"说完，秦姝拿着枕头、被子去客房了。

秦姝关上灯，却迟迟不能入睡。以前这种时候，老戴很快就会跟着进来哄她回卧室。可是今天，眼看着窗外的天边都冒出了鱼肚白，也不见老戴来叫她。

这天，小北如约来到王琳琳的社区办公室。王琳琳从最里面的房间拿出来一个大塑料袋，里面装着土豆、茄子、豆角等家常蔬菜。

"周大爷家不缺钱，去年批下来一笔拆迁款。他家的房子，除了自己住的这套，还有一套在出租。他们有一个脑瘫的儿子，以前一直是老两口在家里照顾。前年周大爷中风卧床，去年年底周大娘也病倒了——是乳腺癌，现在正在化疗。大娘一病，彻底没人照顾那爷俩了。前段时间，社区帮他们给儿子联系了一个敬老院。"王琳琳和小北边走边聊。

"小区没电梯，平时买个菜，买个药的，特别不方便。老人还不会用手机下单，所以我们就轮流帮他们买菜、送菜。"王琳琳说着话，敲响了周大爷家的门。

等了半天，没见有人来开门。王琳琳从包里拿出一串钥匙，每一把钥匙上面都贴着标签：周大爷、钱大娘、老宋、老齐……

小北跟着王琳琳轻轻地向卧室走去，眼前的一幕令小北十分惊愕。

不大的卧室里并排放着两张床，一张护理床，一张普通的木板床，两张床离得很近。

"大娘，这位是我和您提起过的保险公司的苏小北，上次赵大爷家的问题就是她们做方案帮忙解决的。"

"老赵头总和我们提起你们，说实话，一听保险，我们都不敢沾，怕一沾就被缠上。"大娘性格直率。

"大娘，您放心，苏小北她们不是这样的。"一旁的王琳琳抢过话头。

"大娘，您现在最想解决的问题是什么？"小北问。

"姑娘，我们家总共3口人，都需要照顾。儿子脑瘫在敬老院，老头子中风卧床。我呢，看着能走能动，但你瞧胳膊这还埋着管儿，正在做化疗。现在看着状态还行，可是，我担心往后，我也没力气照顾老头子了。"大娘说到后面的时候，眼眶微微泛红。

"大娘，您是希望有人上门给您提供服务，在家里照顾你们，还是希望和大爷一起入住专业的养老社区？"

"你说的上门是请保姆吗？"

"大娘，我们提供的是一整套居家养老服务，包括对您家进行适老化改造，比如增加一些安全和助力设施，便于您和大爷在家中活动，也包括洗衣、做饭、做家务这种常规的家政服务，还包括上门采血、伤口处理、鼻饲、吸痰以及老人心理疏导等专业医护服务。像您家大爷需要定时按摩、做一些居家的康复训练，再比如您后面可能需要消毒、换药，这些都由专业的医护人员上门帮您做。"

"这也是按月付费？"

"居家养老服务和入住养老社区一样，只要您投保公司相应的产品，满足条件后就可以获取服务资格。"

"还要买东西，才能享受服务？"大娘皱着眉头问。

"大娘，这个买东西不是说您买了吃的、用的，钱花完就没了。这笔钱相当于在保险公司存着，由他们来帮您打理增值，是这个意思吧？"一旁的王琳琳问小北。

小北点点头。

"那你说的养老社区又是啥意思？"大娘继续问。

"养老社区里除了有适老化的硬件环境，配有专门的医护人员，还会有食堂、游泳池、娱乐室、电影院、康复中心等配套设施，就近还会有配套的医院。居家养老不需要您离开熟悉的环境，养老社区能提供更多的养老设施，两种方式各有各的优点，看您更喜欢哪种。"

"那费用呢？"

"大娘，您先不着急算保费，哪天方便我带您去参观体验下，您再决定。"

月底时，周大娘做完第二期化疗一个多星期，身体稍微恢复了些，便主动联系王琳琳，说想去看看小北说的居家养老体验厅。

小北约了一部商务车来接周大娘。

"我得好好录些视频，回去拿给你大爷看。"

"大娘，您和大爷感情很好吧？"王琳琳问。

"嘻，我们这辈人，和你们不一样，我们是见了一面就结婚。"

"您这个才叫浪漫呢，一牵手就是一生。"小北说。

"哪懂什么浪漫，我听说他是瓦工，就同意了，觉得他有手艺，至少饿不着。我们那会儿结婚，也没彩礼，也没嫁妆，两个人就开始搭伙过日子。这一过，就是50多年。"

"大娘，如果时光倒流，您还会选择周大爷吗？"

"会！你周大爷手巧，就是不会炒菜做饭。这辈子的饭几乎都是我做的，不过他倒是一直在厨房陪我，洗菜、切菜，那刀工地道着呢。我以前还常常自己琢磨，要是我先走了，他可怎么吃饭。"大娘突然不说了，身子靠在座位上，闭上双眼。

车里一阵沉寂。这对老两口虽然没有玫瑰钻戒，没有山盟海誓，但彼此不离不弃，相濡以沫了一辈子。执子之手，与子偕老，这大概就是最好的爱情吧。

落地窗前，几千平方米的居家养老示范展厅分区明确，宽敞明亮。展区接待人员先是带小北她们来到了房屋硬件适老化改造区域，样板间的地面铺设的都是应用了特殊材料的防滑瓷砖，遇水后反而会更加防滑；卧室、客厅、厨房、卫生间随处可见老人扶手和助力架；餐厅下面的柜子都是可移动的，能够方便轮椅进出；卫生间里安放好了可折叠浴凳、可折叠马桶、淋浴扶手；全屋地面都可以让轮椅顺畅通行，屋内所有的家具都是圆角。

除了硬件上的适老化改造，智能化适老设备也是一大亮点。工作人员说："每一位老人入住前，我们都会为老人做一个全面测评。这些测评都是基于国内外顶级行业专家的经验，在老人常见的生活场景下，对老人的身体状况进行评估。评估后，公司会根据每一位老人的测评结果，安排管家和家庭医生为老人提供个性化的风险提示和专业建议。

"比如，针对您的情况，医生会结合您的口味给您定制化疗后的配餐，让您尽快增加营养、恢复身体机能。您甚至可以将每餐的饮食拍照上传，系统会对您这顿饭的热量、营养结构进行反馈。"

"可是，大娘不太会用手机，怕是玩不转这些功能。"王琳琳说。

"我们会有管家耐心地教大娘。非常简单，只要您会拍照就都能学会。"工作人员说。

"比如您家周大爷，属于失能老人，我们将嵌入全屋的智能监测系统。为老人监测环境、行为、体征等风险，一旦触达各级风险立即发出警报联系家人和医护人员。"

"姑娘，我打断下，那如果联系子女，子女不方便过来呢？"大娘脸上有掩饰不住的黯然。

"没关系的，大娘，智能设备也会将警报同步传送给监控中心，到时候会有工作人员帮您安排上门救治。"

工作人员说完，又拿出了一个像手表一样的小设备："这是为老人匹配的可穿戴智能设备，它可以配合家庭医用设备来追踪老人的体征数据。医生可以在智能设备上和您对话，为您做出初步诊断。"

"你是说在家里就能看病了？"周大娘问。

"是的，一些常规的问题都可以通过智能终端连线我们后台的在线医生，有些问题通过在线问诊就能解决掉了。我们的家庭医生都是训练有素的全科医生，而且我们还有签约的外部专家团队。有些需要进一步检查的，我们可以帮助您预约挂号，约好了您直接去检查。如果您需要陪诊，也可以联系我们。"

"去医院是我最犯愁的事儿。"

"大娘，以后您可以预订我们的陪诊服务，也可以请专业的护工到家里照顾大爷。我们还能提供很多个性化服务，比如家里临时有事，可以预约我们的短期应急服务包，几天都可以。"

最后，养老社区的工作人员总结了他们提供的服务本质：全年无休、全天候的陪伴和守护。

拾
捌

"他们老两口真可怜。"小北和王琳琳从周大爷家出来，在路上聊天。

"现在的独居老人越来越多，你们当中有的是没子女的，但也有很多是有子女的。小区里有一位独居老人吴大娘，膝下无子，但身体还算硬朗。她经常和院子里的一群老人迎着太阳开启新的一天，在小区打牌聊天。有一天，太阳下山后，她像往常一样和大家打招呼后回家了。谁也没想到，那竟是她人生的最后一次告别。"王琳琳说。

又过了一周，小北和王琳琳带周大娘去参观养老社区，让她对比后再作决定。和普通小区比，养老社区的环境更像是公园，亭台楼阁，绿树成荫，随处可见供老人休息的座椅。

"阿姨，我先带您看看房间，我们有几种不同大小的房型，对应的价格也不一样。您现在居住的大概是多少平方米的房子？"社区接待员小王说。

"我们现在住的房子大概88平方米，全朝南，采光特别好，只可惜没电梯。"

"好，那我先带您看看和您家面积差不多的房型。"

房间设计和普通家里的格局没有太大差别，该有的厨房、餐厅、客厅、卧室一应俱全。不同的是多了很多适老化设计，比如床的高度和床垫是按照老人的身体状况来设计的；全屋无高差地面，可以让轮椅轻松地到达房间内的任何地方。此外，还有很多人性化的设计让周大娘她们大开眼界，如接待员从卫生间的洗手台下面居然变戏法似的拉出来一把椅子。

"这设计别说老人喜欢，我都喜欢。"王琳琳坐在洗手台前的椅子上，对着镜子说。

"我们会根据老人的身体情况安排他们入住不同的分区。"工作人员带她们来到了配备护士站的护理区楼层。

"这个房间配备了生命雷达监测系统，如果老人发生摔倒等意外，就可以触达秒级报警。咱们再看看卧室，这张床是专业的可升降护理床，床边两侧都有紧急呼救拉绳、吸氧装置，配备的智能床垫还能随时监测老人的心率、呼吸率等生命体征。"

"这卫生间看起来很不一样。"周大娘说。

"您看，这是步入式浴缸，更加方便医护人员协助老人洗澡，而且这浴缸出热水也更快，这样可以防止老人受凉感冒。"

小北注意到这个浴缸是把老人围起来的，充分考虑到了老人的尊严。她想起曾经读过一本介绍养老的书，其中有一句话她记忆颇深："老了最先要放下的，可能也是最放不下的，就是尊严。"

"年轻人总嫌弃老人身上有味道，其实谁不知道洗澡舒服，只是我们洗澡太麻烦了，怕摔倒，又怕感冒。"周大娘的话打断了小北的思绪。

"小北，你看这镜子。"王琳琳半蹲下照着镜子说。

"这镜子有一定的倾斜角度，可以保证老人坐在轮椅上能看到自己的全身。"接待员说。

"这个好，人老了也一样要顾及形象，保持一颗爱美的心。"小北说。

参观完了房间，接待员带着小北她们来到了各个公共设施区域。

接下来，小王带周大娘她们来到了健身中心。

"这个也是给老年人的？"王琳琳问。

"对，这是给咱们社区老人准备的健身会所，会所里所有的健身设备都是液压的，能保护老人不受伤害。"小王说。

健身会所里，一位年轻的小伙子正在给老人上私教课。

"嚯，大爷这身板儿看着比好多年轻人还直溜，看那腹肌……"小北说着对大爷竖起了大拇指。

让周大娘最感兴趣的是社区食堂。据接待员说，每天有几十种菜品供老人选择，大娘看了看菜的标价，都很便宜，最重要的是可以针对老人的健康情况定制餐食，这样周大爷的半流食就轻松解决了。

"小北姑娘，来之前我还以为这里像医院，原来这里就像我们的小区，像家一样。"

"大娘，这可比咱小区好多了。您看这绿化，还有这个老人用来休息的场所，人家说这里春夏秋冬都是一样的温度，您再也不用追着太阳满小区跑了。"王琳琳说。

接下来，她们参观了活动室、图书馆和多功能厅。多功能厅里，一位头发花白、精神矍铄的老人正在台上做报告，报告的标题是"带你了解光伏带来的机遇"。老人站在台上侃侃而谈："光伏，与我们每个人的距离都越来越近，现在我们到一些农村，会看到农田和以前大不一样。比如，内蒙古大沙漠上，建了大面积的光伏电站，有农户在光伏电池板下面种庄稼、搞养殖。"

"小北，这哪像养老社区啊，这是哪家公司在开会吧。"王琳琳走出多功能厅低声对小北说。

"这位林叔叔之前就是在光伏行业工作。老人们来到这里，大家都很愿意了解现在的热点话题，不愿意与社会脱轨。所以，大家会就各自擅长的领域互相分享交流。不只这些，前几天，我们这还有新能源、碳中和、碳达峰、元宇宙的讲座，几乎场场爆满。"工作人员说。

"我这没文化的，啥也不会，来了这怕是要被人笑话。"一直没说话的周大娘说。

"大娘，您可别这么想，您平时喜欢养个花种个菜吗？"小王问。

"喜欢，我在小区空地里种了小葱、韭菜，长得可好了，每年都分给邻居们。"

"对呀，这就是个很受欢迎的爱好。您要是来了，大家一准都来和您请教怎么种菜、养花。"

几个小时参观下来，最打动王琳琳的是这里工作人员的状态。通常，北京的家政市场上照顾老人的大都是些50岁左右的文化水平偏低的农村女性，但凡年轻点、有点文化、长相好点的都去做工资更高的月嫂和育儿嫂了。但是养老社区不一样，这里的服务人员经过专业的培训，以年轻人为主。除了日常服务人员，还有专业的医生、社工、管家、护理师、营养师、康复师，相当于有一个团队在为老人们服务。

参观下来，周大娘对社区的一切都很满意。社区的展示墙上张贴着老人们参加各项文娱活动的照片，有模特队、字画展、舞蹈队、芭蕾舞队、桥牌队、门球队等，精彩纷呈。

小北妈妈的病治疗得很顺利，转眼就要回老家了。小北这天上午处理完手头的工作，打算早点去家里接妈妈。她走进电梯，就在电梯门缓缓关上时，听到一个声音传来："等一下……"

原来是老徐。两人到了家，小北拿钥匙正要开门，门就从里面打开了，是齐名。

"小北，你回来了。"齐名说。

"你怎么来了？我妈真是，耽误你工作了吧？"

"没有，我请个假就行了。"

"这是我同事，老徐。这是我老乡，齐名。"小北硬着头皮给老徐和齐名互相介绍了下。然后她来到卧室，冲正在收拾衣服的妈妈皱了下眉。

"小徐来了？"小北妈站起来看向客厅。

"人家知道你今天走，特意来送你。"

"小徐啊，辛苦了，又麻烦你。齐名是公务员，很不好请假，他这假请都请了，就不麻烦你再折腾了。谢谢你啊。"

"阿姨，我买了一些营养品和北京特产放后备厢了，您带上吧。"老徐说。

虽然没能送站，但老徐的心情却没那么糟，他觉得在小北心里，他还是有点位置的。

又到周五了，秦姝下班后回到家。一进门，球球就扑过来，将食指放在嘴上，嘟起小嘴儿说："嘘！妈妈，奶奶生气了，后果很严重！"

"你惹的？"秦姝问。

"这次不是我，是姐姐，姐姐说以后不来咱们家了。"球球说。

秦姝这才注意到，相比平时，今天家里异常安静。秦姝刚换好鞋，婆婆就从厨房走了出来："秦姝，你坐下，我有话和你说……"婆婆这次应该是真动气了，竟忍不住亲自下场了。

"秦姝，你妈妈那边都挺好的吧？"婆婆问。

"挺好的，"秦姝停了停，继续说，"妈，您知道我读了那么多年书，要不是一毕业就怀孕，早就出去工作了……"

"你工作没问题，我们也不是那种不开明的家长。可是你干什么不好，非去卖保险，还卖到妮妮同学那儿去了。你这样，让孩子很没面子。你知道他们那个学校的孩子家庭条件都很好，你这不是让妮妮跟着你丢人现眼吗？"婆婆越说越激动。

本来秦姝做好了心理建设，想和婆婆好好沟通。可是婆婆居然把问题上升到了"丢人现眼"的程度，这让秦姝一下子就压不住火了："妈，我给客户提供专业的保险建议，谁有需求我卖给谁，怎么就丢人现眼了？"

说巧不巧，这时老戴的姑姑开门进来了："怎么了，秦姝，你怎么这么和你妈说话？"又来了一位火上浇油的。

秦姝觉得说不明白，也不想再说，直接拿起包上楼了。

"你看，现在腰杆儿硬了，我还没说什么，就给我甩脸子。"婆婆一脸委屈地说。

在一起生活这么多年，这是秦姝第一次正面和婆婆争执。

晚上，老戴一回来就先去了婆婆的房间。虽然关着门，但秦姝还是能听见婆婆在用哭腔说着什么，偶尔还能听见几句姑姑说话的声音。过了好一会儿，老戴才上楼来。

"咱不卖保险成不成？不是给你介绍老齐的设计院了，为了这么点事儿，把老人、孩子气成那样儿真不值当！"老戴已经有些不耐烦了。

"卖保险怎么了？保险是每个家庭每个人都需要的，你们公司不也给员工上了团险吗？"秦姝毫不示弱。

"可你这业务怎么还开展到妮妮学校了呢？你不知道妮妮要是不回来，妈会受不了吗？"

"那是妮妮同学的妈妈想给未出生的孩子做个保险金信托，这样孩子出生后能有份保障。"秦姝一点没妥协的意思。

老戴长叹一声，他感受到了秦姝未曾有过的坚定。

周日，秦姝踩着妮妮回学校的点儿提前去学校门口等她。

"妮妮，我能和你说几句话吗？"秦姝叫住妮妮。

妮妮不情愿地朝秦姝这边走过来，头侧向一边，问："说什么？"

"妮妮，你知道雨桐爸爸比顾欣阿姨大17岁吗？也就是说顾欣阿姨的孩子一出生，雨桐爸爸就快50岁了，而且雨桐爸爸平时身体不好。顾欣阿姨很担心孩子未来的生活。举个例子吧，比如你爸爸的生意出了问题，公司不再赚钱了，但妈妈可以靠收房租，保证你的生活不会发生太大改变。但是顾欣阿姨没有房子，她什么都没有。再说那孩子也是雨桐的亲弟妹，就像你和球球。"

"雨桐说了，自从这个女人来了，她爸爸心里就没有她了。现在这个女人又怀了一个孩子，以后他们三口是一家人，爸爸就更顾不上她了。"妮妮抬头看着秦姝。

"不管怎么样，一个妈妈对自己孩子的爱是没有错的，就像你妈妈爱你一样。妮妮，你那么聪明，一定能理解我说的。现在你不回家，奶奶就和我们闹。妮妮，这周回家好吗？奶奶看不到你可伤心了。"

妮妮没说话，转身向校门走去，留下秦姝傻傻地愣在那儿……

星期一上午，秦姝的情绪明显不高。开完早会，坐在那里盯着她的客户信息簿发呆。

"这位忧郁的贵妇，都开单了，怎么还愁眉苦脸的？"小北问。

"我们家那个小祖宗……不对，是小祖宗和老祖宗合起伙来对我夹击。"秦姝说了整件事情的经过。

"这还不简单，你让那孩子的妈妈把继女也加到保险金信托计划里，那样小姑娘的心里就舒服多了。"老徐在旁边胸有成竹地说。

"对啊，大神就是大神，我怎么没想到！那样的话说不定顾欣她老公还会多投点。"秦姝激动得一拍桌子。

她立刻给顾欣发消息，问她身体好点了么，方不方便去家里看看她。顾欣还在卧床保胎，听说秦姝要去看她，欣然答应了。

拾玖

顾欣家在位于朝阳区的一个别墅小区。和欧式别墅不同，这栋中式别墅的院子里一池三山，移步异景。

出来开门的是一位很有礼貌的菲佣，一口一个"女士"。秦姝跟着菲佣乘室内电梯来到三楼。

"没什么大问题了，但医生还是不让我随意下床活动。我现在整天躺在床上睡觉、看剧，感觉人都胖了。"顾欣抱怨着。

"对了，秦姝，我老公说只要他在，我们的生活就不用担心，他建议我买那种万一他出事，可以理赔一笔钱的保险。"顾欣主动提起保险。

"你说的是寿险，也是可以对接保险金信托的，让未出生的孩子作为受益人，万一被保险人身故，受益人将继承保额。"

"对，我老公就是这个意思，你帮我算算，买1000万保费多少钱？"

正在这时，听见外面一阵急促的脚步声踏在地板上，接着顾欣卧室的门被一把推开，是雨桐。小姑娘气得满脸涨红，两只眼睛瞪得像铜铃："你们两个坏女人，又在想怎么骗我爸的钱！"

"雨桐，怎么说话呢，秦姝阿姨是我请来的客人。我给孩子买保险是和你爸商量过,他同意的。再说,这孩子也是你的亲弟弟或者妹妹,你怎么一点爱心都没有?"顾欣也生气了。

"谁又给过我爱?自从你来了,我爸眼里就没有我了,时间全都花在你身上了!你不光霸占我爸的时间,现在又想着法儿地骗他的钱,你比电视剧里那些坏女人还要坏一万倍!"小姑娘气得眼泪扑簌簌地流。

看到雨桐这样气愤、难过,秦姝竟也有些心疼,可她一时又不知道该怎么安慰她。

雨桐一扭头哭着跑下了楼。

秦姝赶紧安慰顾欣,劝她冷静。

"顾欣,我在想,这个信托计划里是不是可以加上雨桐?"秦姝试探着问。

"加她?我没想过。"顾欣还在气头上。

"是这样,你看咱们两家的情况很像,老戴之前的女儿和我的关系也很一般,但她和我儿子的关系很好。你想,如果将来孩子们长大了,姐姐发现爸爸只给弟弟或者妹妹留了钱,却没给自己留,她会怎么想?你又让两个孩子如何相处?"

"你让我再想想。"

"如果雨桐爸爸知道你心里还想着他的女儿,也会感激你的。"

两个人又聊了一会儿别的,从生产、月子中心、月嫂聊到以后孩子该学什么才艺。顾欣彻底把秦姝当成了育儿偶像,说以后有育儿问题就来问她。

"今天团队里又来了一位新人安安。安安也是一位'90后',重点大学硕士毕业。以前工作单位的领导、同事都很认可她,工作业绩也不错。但她还是决定挑战自己,发掘自己更多的可能性。来,安安你说两句。"早会后,小北在晨会上向大家介绍安安。

"大家好,我叫安安,是一名天津妹子。虽然以前做的也是销售,但经过这些天的保险专业培训,我发现保险是一个很复杂的行业,保险代理人是一份专业性很强的工作。小北姐告诉我，咱们这里的收入是透明的，能决定收入的，只有自己。就是这一点，吸引了我。我想靠自己的努力，为自己买一辆爸妈认为没用的大玩具——机车！"

星期六，秦姝送球球去上羽毛球课。羽毛球课是球球和糖糖两个孩子一起上的。秦姝他们到那时，看见糖糖独坐在墙边的椅子上，拿着球拍左右摇晃着。

秦姝看看手机，距离上课还有20分钟。看来又是糖糖妈妈有事儿，先把孩子早早地送到了球馆。秦姝一直认为，女人当中，职场单亲妈妈是抗压性最强、最能洞察人性、最能高效利用一切资源的，包括时间和周围的各种人脉、人力的人，也是最能多线条解决问题的精英中的精英。

羽毛球课下了，秦姝给球球换了衣服，准备回家。

"妈妈，我可以邀请糖糖去咱们家玩吗？"当着糖糖的面，球球忽闪着两只大眼睛，期盼地望着妈妈。

秦姝给糖糖妈妈拨通了语音电话。电话响了一声，被按掉了。

"糖糖妈妈，球球想邀请糖糖去家里玩。"秦姝发了条微信。

"好的，我晚点去接她。"糖糖妈妈秒回。

糖糖在秦姝家吃了晚饭，和球球玩到了快晚上9点。秦姝拿起手机给糖糖妈妈发了条微信，问她什么时候来接孩子。

糖糖妈妈没有回复。

"要不我送糖糖回去吧，她说家里有阿姨在。"秦姝又发消息给糖糖妈妈。

随后秦姝就开车带着糖糖来到了她们住的小区，阿姨很热情地邀请秦姝进去。

秦姝在沙发上刚坐下，茶几上的一本保险合同就映入眼帘。她太熟悉这个合同了——是启华保险公司的。这是一份少儿重疾险的保险合同，合同的签订日期是前天……

开车回家的路上，秦姝想起了她之前帮糖糖妈妈梳理保单时，曾提到过孩子缺少一份少儿重疾险。秦姝曾多次想和糖糖妈妈当面沟通，但一直没约成。没想到，她已经买了。只是，秦姝想不通，为什么同样的产品，糖糖妈妈选择了别人。

秦姝自从加入启华那天，就不停地在充电学习。她不光学习保险知识，还自费学习税法、婚姻法、继承法、金融、信托，甚至还有常见的医学知识。朋友圈里，她也坚持发一些实用的保险案例，并穿插着自己获得的荣誉和成绩。但凡没有把她屏蔽的好友，都能看到她的努力和专业。再说关系，球球和糖糖一直玩得很好，自己和糖糖妈妈之前每次上课也是从课前热聊到课后，有时还会一起吃饭。秦姝越想越迷茫……

早会后，秦姝把糖糖妈的事儿分享给了同事。

"师姐，这很正常。要不说，保险有时候能帮我们认清人和人性。"小北说。

"你这是入道还浅，以后就见得多了。"老徐说。

"通常有三大原因：第一是觉得你不够专业，不信任你；第二是不想让你知道自己的隐私；第三也是大多数的情况，是因为不想让你赚了她的钱，同时觉得万一将来理赔有扯皮，熟人之间麻烦。"小北说。

秦姝一条一条地想，她觉得前两条原因在这个案例中，应该都可以被排除，那么就是第三条了。她想起了东野圭吾的一本书《恶意》，里面提到过很多人的一种通病：恨你有，笑你无，嫌你穷，怕你富。

"其实你也可以这么想：也许她还有别的顾虑没告诉你，再或许她就是图个一时方便，顺手买了。我还是劝你，既然有这份关系在，就权当这件事没发生过。总有一天，客户看到你的专业、你的坚持，还有你一如既往的善良，会在你这里成交更大、更多的单子。"岳老师拍拍发呆的秦姝。

又到周六了，一大早糖糖妈妈就发语音给秦姝："球球妈妈，能麻烦你送球球去上课时，顺路把糖糖一起带过去吗？"

"没问题。"秦姝没有片刻的犹豫，回复道。

星期五的办公区里弥漫着咖啡的香气，秦姝面前的电脑屏幕上显示着一行行客户清单。就在秦姝准备离开公司的时候，思妍打来电话说老曹出车祸了，秦姝直接赶到医院。原来老曹下班后走路去地铁口，突然被一位骑着三轮车的大爷从侧面狠狠地撞了一下。大爷没什么大事，但老曹的左膝盖当场就动不了了。来到医院，医生诊断为胫骨粉碎性骨折、膝关节脱位及膝半月板撕裂。秦姝帮着思妍一起办好入院手续。无奈的是，肇事大爷身上的钱一共也没有100元，就医的费用都是思妍他们自己付的。

秦姝从医院里出来时已经快8点了，她想这个点出发到家应该躲过了戴家聚餐的高潮，那样只需要打一声招呼就可以上楼开始自己的轻松星期五。

果不其然，秦姝到家后看到一大家子已经由餐厅转战到了客厅。秦姝过去和长辈逐个打了招呼，转身进了厨房。吴姐给秦姝拿出了留好的饭菜。秦姝正打算开吃的时候，就听婆婆在叫她。

吴姐不慌不忙地拿着抹布走过来，假装擦桌子，低声说："苏苏在你这买保险的事，他们知道了。"

秦姝端着切好的水果来到客厅。

"秦姝，大伯母说你让苏苏买保险了？"婆婆问。

"妈，苏苏是在我这里买了一份保险，但不是我让她买的，是苏苏主动找我买的，她给戴峰买了一份定期寿险。"秦姝说。

"她找你买你就卖给她呀？她一个家庭妇女懂什么，就知道胡乱花钱。你看看我们这些老人哪个有保险，不都好好的吗？"一旁的大伯母接过话。

"大伯母，时代不同了，苏苏考虑的没错。一家四口，就戴峰一个人赚钱，这种家庭是需要买个保障的。"秦姝说。

"你这是什么话？嫂子，你听出来没，秦姝话里话外，都是在咒我们戴峰。保险这个东西，不买没事儿，买了就容易出事儿，很不吉利的。"大伯母越说越来劲儿。

"秦姝，你卖保险不能总盯着自己人，上次是妮妮同学，这次是苏苏。

你这样真像别人说的'牛皮糖'一块啊！"秦姝婆婆向来口不择言，想什么说什么。

简直就是鸡同鸭讲，秦姝恨不得马上停止和她们的对话，可是碍于她们是长辈，表面上还得心平气和地应付着。

"大伯母，哪有您说的咒人那档子事儿，大部分人都是出了事儿没保障的，不然怎么能在朋友圈看到那么多人在网络上筹款？苏苏买的这个保险，性价比和杠杆都很高，这也是苏苏比较后自己做的决定。"秦姝说。

"性价比？我都看到了，大几千块呢，而且是交了也不会回本的。"大伯母向来小气，这几千块在她眼里，确实是一笔不小的支出。秦姝觉得和她们是说不清的，索性扔下一句话："大伯母，您可以告诉苏苏，要是觉得不划算，不想要这个保障，到期后明年不交就可以了。我先去吃点东西，你们聊。"说完径自走回餐厅。

可当她坐回到餐桌前，却胃口全无。回到房间，秦姝突然同情起苏苏来，连给自己丈夫买一份几千块的保险都要受制于人。秦姝在一本书上看过一个词——"五年效应"，意思是说，每个人现在的状态是五年前决定的，现在的状态同样可以决定五年后的状态，想要什么样的自己，就要即刻开始转变。秦姝很庆幸自己勇敢地迈出了这一步。

秦姝这天去海淀区给聂菲送保单，聂菲邀请秦姝共进午餐。秦姝导航到一家进口超市，买了些水果和零食。

四川女人个个天生就是好厨娘，没多久的工夫，聂菲就做好了干烧鱼、麻婆豆腐、清炒时蔬，还有一道汤。秦姝注意到长方形的餐桌一侧紧挨着墙，另外三边各有一把椅子。开饭的时候，聂菲用抹布擦了擦孩子对面的那把椅子。

"好久没坐，都落灰了。"聂菲看了看秦姝，又补了一句，"爸爸工作特别忙。"

吃过午饭，秦姝拿出合同，一份份地给聂菲讲保障内容和注意事项。

"这是高端医疗险的直付卡，你们就医前打客服电话，或者告诉我，和公司做个预授权，之后就可以直接去私立医院签字就医，不需要垫付一分钱。

"这是重疾险，里面的疾病我都做了标注，条款里的病种按照轻症、中症、重症分类，内容有点复杂。我担心时间久了你们会忘记保险内容，就做了一份保单梳理表，这有一份纸质版的，我也把电子版发你留存。"

"秦姝，你真专业。"

"对了，保单上有你上次写给孩子的贺卡，小心别弄掉了。"

就在秦姝马上要出门时，聂菲忽然说："秦姝，以后可以约你一起聊天吗？"

"当然可以，随叫随到。"

秦姝能感觉到，除了孩子，聂菲似乎很少和人沟通。她们虽然住在让很多妈妈羡慕的"宇宙中心"，但秦姝觉得聂菲过得既不轻松，也不惬意，总是忧心忡忡，郁郁寡欢。

从聂菲家出来，已是下午2点，秦姝看见顾欣发来的一条消息，两人约好一个小时后在秦姝的公司见。顾欣最终决定要在方案里加入雨桐。

对于第一次到公司的客户，秦姝都会带他们先参观下公司，顾欣在一面贴满照片的墙前停了下来。

"秦姝，这是你们团队吗，都这么年轻？"顾欣仔细地看着照片上的每一张面孔。

"对，这个站在中间的女孩是我的师妹苏小北，外经贸的硕士，现在是我们团队的领导，就是她引荐我做代理人的。"

"你也是硕士？"

秦姝点点头，说："不过我可比这位师妹差远了，我一毕业就怀孕生娃，在家做了6年的全职妈妈，代理人是我的第一份工作。"

"现在都是这么高学历的人来卖保险，这下我放心了。"

顾欣今天就是来签单的，带着全套的投保资料。

"秦姝，我老公最近在全国范围内扩大店铺，资金有点紧张。他建议我们先少买点，我们先买500万保额的，以后手头松了，再增加吧。"

保额从1000万降到500万，还没等秦姝回应，顾欣接着说："我老公说了，会把家里的一套公寓过户给我，值1000多万呢。有了房子，我心里也踏实了。"

秦姝想再说些什么，但转念又想，每个女人对于拥有一套属于自己的房子似乎都有一种执念，她们认为房子不仅是尊严，更是底气和后路，秦姝又何尝不这样想呢？

贰拾

第二天午饭时，秦姝接到了思妍的电话。

"我问你，交通事故，医保不能报销？"思妍上来就问。

秦姝也突然想起来这一点："在交通事故中，如果是对方全责，医保确实不予报销，但是你们可以追责肇事方。"

"肇事方，你说那个大爷？交警已经判他全责，可大爷说他没钱。"

"你们再好好谈谈呢，他这样你们是可以起诉他的。"

"那大爷比我们底气还足，让我们爱去哪儿告就去哪儿告，就是没钱。这个死老曹，当初让他买保险，偏不。医生说这个手术要十几万，里面的固定支架如果用纯进口钛合金的话要几万块，这些钱都只能我们自己垫付了。"思妍和老曹虽然赚得不少，但也几乎都付了房贷、车贷，日子过得也是精打细算。

很多人都觉得意外离自己很遥远，殊不知人生最大的风险就是自认为没有风险。即便我们经常看到身边的生离死别，却总是乐观地认为那都是别人的故事。最多是感慨几分钟，然后依然觉得下个倒霉的不会是自己。

吃过午饭，大家一起来到公司的培训教室，公司为代理人安排了常见疾病的医学常识课程。说出来可能很多人不信，许多代理人会很早就来占前面的位子。那种情形跟在校园里学霸们早起用外套、书包占座如出一辙。

培训室外有一个铁皮柜，上面有很多信箱一样带锁的小格子，这是给学员们存放手机的地方。大家都很自觉，所有人在门口就将手机调至静音并存好。

"代理人了解医学知识，是为了更好地帮助客户在投保前预判承保情况。下面就讲一个很常见的乳腺相关问题……"台上的核保老师娓娓道来。

整整3个小时的培训，核保老师从心脏，到肺部、胃部、胆囊、子宫等，介绍了客户在投保中一些高发的异常情况。台下的代理人认真地记笔记、提问，大家全神贯注，生怕错过什么。

当秦姝从手机柜里取出手机时，上面显示有十几个未接电话，其中有婆婆和吴姐的，还有老戴的。

"老戴不是在出差回来的路上吗？坏了，该不是球球出什么事了吧？"秦姝一边往楼道走，一边打给老戴。电话响了几声，被按掉了。她又打给吴姐，响了好一会儿，吴姐才接起："球球爷爷在家里晕倒了，被120送到了医院，好像是中风。"

秦姝挂了电话来不及和大家打招呼，直奔地库。此时她想起来下午5点之后，北京的晚高峰就正式开始了。秦姝索性把车扔在写字楼，朝着地铁站跑去。今天培训，她穿了一身正装和一双高跟鞋，刚才下课也没来得及换平底鞋。秦姝这会儿穿着5厘米的高跟鞋，在地铁扶梯的台阶上快速奔跑。不巧，刚一出扶梯，纤细的鞋跟就插在了地面铺设的铁网格里。她一只脚站立，弯腰用手去拔鞋跟，稍一用力，鞋跟就卡在网格里，掉了。她顾不上太多，一脚踩着没跟的鞋子继续往医院跑。

在抢救室这一层，秦姝老远就看见老戴坐在门口的长椅上，两只手紧握在一起，低着头。秦姝一瘸一拐地走到老戴面前。

"爸怎么样了？"秦姝轻声问。

"你去哪了？"老戴头也没抬，声音冰冷。

"下午一直在培训，手机锁在柜子里。"

"培训？你的工作就那么重要吗？妈和吴姐给你打了那么多电话。"老戴猛地甩开秦姝放在他肩膀上的手。

秦姝一时不知该说什么。公公平时身体就不是很好，高血压、高血脂、高血糖，一身的基础病，这次突然中风，估计情况不会乐观。

"妈还好吧？"

"好什么，急得站都站不稳。"

"球球呢，谁去接球球了？"秦姝突然想起孩子，老戴也蒙了。秦姝立马打电话给吴姐，好在吴姐正在接球球回来的路上。

"我先回去看看妈，她一个人在家里。"秦姝说完，转身往电梯走去。

"你的脚怎么了？"老戴问。

"脚没事儿，鞋坏了……"秦姝往电梯走，头也不回地说。

此时，秦姝的心里五味杂陈：疲惫、愧疚、无奈、委屈，原来成年人的世界很多时刻都是无声的。比如此时此刻，她只能一个人崩溃，一个人自愈。在路边停着的一辆辆汽车的后视镜里，秦姝能看到自己一瘸一拐的狼狈样子。她已顾不得一路上行人对她异样的目光了。

家里，球球自己坐在厨房吃面，吴姐在床边看着休息的婆婆。

"妈，对不起，下午我一直在培训，手机不在身边……"

"你爸怎么样，醒了吗？"婆婆挣扎着要坐起来。

"爸，还在抢救。"

"那你回来干什么？"

"我担心您一个人在家里……"

"这会儿你想起担心我们了？你爸3点就摔倒了，我和小吴给你打了半小时电话，救护车来的时候都快4点半了。秦姝，要是你爸有个三长两短，我这辈子都不会原谅你。"婆婆有气无力地说。

秦姝真的很想和婆婆解释，可此时她唯有沉默，太多的委屈一下子拥堵在喉咙里，让她无法发声。秦姝曾经以为委屈时一定会流很多泪，此时她才明白，真正委屈难过时竟然流不出一滴泪。

吴姐给婆婆煮的面，婆婆一口也没吃。

"妈，您多少吃点，不然身体受不了。"秦姝端起面条，递到婆婆面前。

婆婆头一扭，一把推开碗，一碗面差点洒到床上。

"秦姝，你嫁到我们戴家这些年，是少你吃了还是短你喝了，就连你娘家我们都照应着。想着你能在家照顾好老人孩子，可你倒好，不务正业，卖上了保险。一会儿卖到妮妮学校去，一会儿卖到大伯儿媳那去，你还要不要点儿脸面？现在连家里的事情也不管了，答应孩子要看的展你说不去就不去，老人生病了也联系不到你，你这个妈妈、儿媳是怎么做的？"

"妈，今天没接到您的电话，确实是我不对。但是事出有因。妈，家里有吴姐，如果平时需要我做什么，您二老随时和我说。但我有出去工作的权利……"

秦姝还想说什么，吴姐给她使了个眼色。

"妈，您再躺会儿，我去给老戴打个电话问问爸的情况。"秦姝说完从婆婆卧室出来。冷静下来，秦姝又责怪自己刚才没忍住。

一个小时后，老戴拖着疲惫的身子回来了。

"医生怎么说？"秦姝迎上去问。

"算是捡回来一条命，但情况依旧不稳定，得住院观察一段时间。"老戴说完，轻轻推开戴母卧室的门。戴母听见儿子的声音，挣扎着坐起来。

"你爸怎么样？"戴母虚弱地问。

"妈，爸抢救过来了，这会儿在病房里，我收拾几件衣服就去陪他。您吃点东西吧。"

"让秦姝陪你去。"

"她去不方便，还是让她留在家里照顾你和球球吧。"

"你看她什么时候照顾过我们，整天就知道往外边跑。"

"行了，妈。这事过去，我和她说说换个工作。您多少吃点，别到时候老头子回来看见您瘦了，一不高兴，病又严重了。"

还是老戴了解妈妈，他这么一说，老太太便勉强喝了一小碗粥。

老戴出来时，秦姝早已将换洗衣物、洗漱用品、充电器，还有老戴的常用药装好了一个背包。

"你也注意休息，明天白天我过去换你。"

老戴"嗯"了一声走了。秦姝本以为老戴回来会和她大吵一通，逼着她辞职。可他的反应如此平静，反而让秦姝心里没了底。

21号是小北的生日。小北从小家里只庆祝一次生日，不是爸爸的，不是妈妈的，更不是小北的，而是弟弟大福的。

工作后，小北每次生日这天都会睡个饱觉，起来后化个精致的妆，到外面的咖啡厅吃个早午餐，再买上几束花。把买回来的鲜花去叶剪根，再分别插在不同的花瓶里，这对小北来说是一种享受。小北还会为自己买一份小蛋糕，生日牌上写着：祝我快乐，不只生日。

这次生日，小北插好花，点上公司奖励的香薰，躺在沙发上发了一条朋友圈，里面附上自拍照、生日蛋糕和生日牌以及每一束花。

消息发出去，小北打开公司App，给上周见过的客户做建议书。她已经习惯了每天工作，不论周中、周末，还是节日、生日。大概过了一个小时，有人敲门。快递员送来了一个长方形礼盒，里面是33朵香槟玫瑰，卡片上写着：祝贺追光女孩按时长大。

小北刚想会不会是齐名，他最近老是在微信上嘘寒问暖。再一想，"追光女孩"是她在视频平台的名字，这名字知道的人很少。忽然，她想到了老徐。

"是你送的花？"小北在微信上问老徐。

"愿你遍历山河，觉得人间值得。"

小北一直觉得自己对送花、送礼物、送小惊喜这种甜宠剧情不感冒，但拿到这束花时，欣喜还是油然而生。

"晚上有安排吗，能拿个号请小主吃饭否？"

小北想了一会儿，生日当天，她通常都是一个人到面馆随便点一碗面。

"好，不过我下午要见客户，大概5点结束。"

收到小北回复的老徐，一个鲤鱼打挺从床上起来，一把推开门冲到大陆的房间。

"不知道敲门吗？"大陆本来躺在床上，被老徐吓得坐了起来。

"女神答应晚上和我吃饭了，快点，帮我选个浪漫点的地方。"

"三十好几的人了，能不能稳重点？还以为答应做你女朋友了，不就是陪你吃个饭吗。"

"这可不是普通的吃饭，今天是她生日，晚上居然答应和我吃饭，这足以证明我在她心中的位置。"

"这只能说明她是一个朋友很少、很宅、很独、很抠门的人，仅此而已。而且，大概率还很丑。"

"胡说！我不是给你看过她的照片吗，美貌和气质并存。赶紧帮我找个好地儿。"

"卫生间我放了两双球鞋，你，看到了？"

"岂止看到，还闻到……"

"给我刷鞋去！"

"懂！懂！懂！您帮我查，我去刷。"

大陆打开手机，点了两下，看看一旁站着的老徐。

"那双白色的我明天要穿。"

"好，现在就去，你好好找啊，好好找。"老徐转身去了卫生间。

要说大陆在琢磨女孩心思上，还真是有天赋。

老徐在卫生间吭哧吭哧地刷着鞋，没一会儿就听见大陆在卧室打电话。老徐拿着鞋刷子就跑出来："你不好好给我查，和谁闲聊呢？"

大陆示意他别出声。

"必须得在5点前到才能有位子吗？"

"找到了？"老徐问。

"找到了，这是一家超级火爆的网红餐厅，室内外都可以用餐。它白天是咖啡馆，晚上是酒吧，夜景无敌好。后面就是央视大楼，那夜景拍出来，美得不得了，小姑娘肯定受不了的。"

"好好好，就要这种，订上！"

"订什么呀，户外用餐先到先得，人家不给预留的，而且必须得5点前到。"大陆看着老徐。

"那怎么办？我要去接小北，到那怎么也要6点了。"

"要不换一家吧，我再查查。"

"你看你还有啥活儿，我帮你一起都干了？"老徐开始四处打量大陆这屋。

"对，你这床单被褥该换了，你看看，上次啥时候换的呢，我帮你换换。"老徐说着就开始拆被套。大陆一把上来拦住。

"啥意思？"

"你今天反正也休息，要不你去那周围转转？你不是也没看过央视大楼，夜景吗？"

"喂，徐多金，你还真仗义，你俩去浪漫腻歪，要我去跑腿占座，你还是人类吗？"

"你看，你怎么老误会我的好意呢，那怎么是占座呢？你去，想吃什么点什么，我来买单，我这相当于请你吃饭，看夜景。"

"滚！你家5点看夜景？那个啥，我那里还有几件衬衫好久没烫过了。"

"没问题，你找出来，立马给你烫好，包您满意。"

"你说的啊，我想吃什么点什么。"

就这样，大陆先一步出门去占位子了。

生日这天，小北和王琳琳约好一起去周大娘家。

"琳琳，居家养老还是入住养老社区，周大娘想好了吗？"两个人一起往周大娘家走时，小北问。

"小北，你要有点心理准备，大娘好像又纠结了，不想一下子拿出这么一大笔钱。"

到了周大娘家，小北把水果和两罐营养品轻轻放在茶几上。

"小北姑娘，你是个好孩子，大娘看得出来。是这样，我回来把你带我看的养老社区和侄子、外甥女说了，他们俩居然都不同意。他们觉得一下子拿出去那么大一笔钱，万一以后我们老两口再需要钱可怎么办。另外，他们觉得你们费用也太高了。"

"大娘，那您二老之后的生活怎么安排？"小北问。

"外甥女说了，她帮我们在近郊找了一个养老院，说那儿最贵的一档每月也才6000元。像我这种能自理的，少交点床位费、伙食费就行了。"

"大娘，不能光看价钱，找养老的地儿可不是买萝卜白菜，哪儿都差不多。这可关系着您二老的晚年生活，您去看过那个养老院吗？条件、环境，还有护工素质都靠谱吗？"琳琳语气关切，就像为自己父母找敬老院。

"外甥女帮我们看了，还说带我再去看看。"

"大娘，养老关系着您和大爷的晚年是否能过得舒心，所以您亲自去看看，各方面了解清楚了再作决定。至于您说的价格，我们的确要比您外甥女找的贵。大公司医疗水平、服务水平有保障，说得到做得到。无论您最后选哪里都没关系，只要有人能照顾好您二老就行。"小北握着大娘的手说。

琳琳觉得挺对不住小北的，人家前前后后跑了那么多趟，最后却无果而终。小北说这种情况对于代理人来讲再正常不过了。如果说今天大娘立马签了这个单，那才叫稀奇！也是在这一天，小北知道了王琳琳家也是拆迁户，只是她一直不愿意让别人知道。

这让小北想起了一句话：有钱的就怕别人知道他有钱，没钱的就怕别人知道他没钱。

老徐早已按照小北给的位置来到了周大娘家的小区外。

"男朋友接你来了？"琳琳问。

"不是，我同事，要不要一起？"

"你们有约，我就不去当灯泡了。"

"今天我生日，刚好赶上了，一起吧。"小北拉着王琳琳的胳膊往路边走。

老徐见小北又叫了人，心里有几分失落。

小北拉上了琳琳。一来是这段时间接触下来，她真心喜欢琳琳善良简单的性格；二来，她觉得这么特殊的日子，就她和老徐两个人吃饭终归是有点别扭。

大陆订的餐厅位于国贸，老徐他们刚到就看到大陆老远地在朝他们挥手。

"真有朋友来占座？"小北问老徐。

"那是，咱有跑腿的。"老徐说。

大陆见他们走到餐桌前，站了起来，笑着和两位女生打招呼，然后又叫服务生来点菜。

"跑腿的也和我们一起？"小北小声对着老徐说。

老徐顿时哈哈大笑起来。

"我来介绍下，这位叫大陆，是我室友，今天多亏他来帮忙占位。这位是我的领导苏小北，这位是小北的朋友王琳琳。"

"哈哈！你说人家是代跑腿……我还在想这么年轻、斯文、热情的男生，下一步打算把他收编了呢。"

"他说我是代跑腿？那你赶紧付劳务费。"大陆抄起桌子上的纸巾揉成一个团朝老徐扔过去。

"小北，琳琳，你们想吃什么随便点。"老徐叫来了服务员点菜，说完朝大陆使了个眼色，示意他可以走了。谁想大陆根本不看他，也附和着说："我帮你们搜搜，他们家有哪些推荐菜。"说完，就低头摆弄手机了。

"哎哟！"王琳琳突然叫了一声。原来是老徐本想在桌子底下踹大陆一脚，不想踹到了王琳琳。

"对不起，对不起，这桌子有点小。"老徐说。

"你干什么，看见美女就激动？要我说，你就不适合来这种餐厅，定力不够。"小北说。

此时的室外用餐区，70%的客人都是打扮入时的年轻女子。深V领、一字肩、露脐装、超短裤、小蛮腰，关于美女的一切想象在这里都可以眼见为实。整个露台被北欧风格的鲜花绿植包围着，还有远处夜色中的央视大楼做背景，很多人一坐下，就忍不住拿出手机开始拍照。

"你的任务已完成，谢谢！"老徐在微信上给大陆发消息。

大陆拿起手机看了眼，直接把手机扣在桌子上，和小北她们介绍起这个餐厅。

"我帮你们拍拍照吧，你看，那儿，那儿，还有那儿，都特别出片。我在网上看过人家拍的，特别有感觉。"

两个女生开心地跟着大陆拍照去了。菜陆陆续续上来了，老徐看着远处的小北和王琳琳正在大陆的指导下摆着各种造型。大陆在那比画着："头再侧一点，左脚朝我这边伸一点点，手可以摸摸衣服、头发……"

老徐又艳羡又生气。

3个人欢欢喜喜地回来了，大陆说面对面建个群，他把照片发群里，两个女孩子异口同声地答应着。老徐不情不愿地进了群，看着大陆发到群里的照片，还真是让人佩服，选景、构图、人物姿势外加背景光线还真有几分大片的感觉。小北和王琳琳对大陆的拍照技术更是赞不绝口。

"好久没拍过这么好看的照片了，下次我们团建请你来拍照吧？"小北对大陆说。

"我们社区有活动也可以请你来拍吗？"王琳琳拿出手机。

一旁的老徐大口大口地喝着杯子里的柠檬水，觉得今天的柠檬水格外酸涩。

不得不说，大陆真的很会聊天，真诚中透着幽默，幽默中透着机智。一晚上，小北、王琳琳和大陆聊得不亦乐乎，老徐原本期望的二人世界算是彻底泡汤了。

回去的路上，老徐问："陆总，今晚玩得还满意吧？"

"哪顾得上玩，一直忙着帮你暖场。"大陆理直气壮。

"滚蛋！我问你，说好你是去占位的，我们都到了你为什么不离开？"

"我离开合适吗？你个锤子！小北带去了一个女朋友，如果只把她一个人留在那，你说人家尴尬不？但如果我也在，这就没问题了，这就是纯纯的好朋友一起过生日。"

"你还纯纯？"老徐表面很气，但心里也开始觉得大陆说得有几分道理，可能小北把王琳琳拉上也是这个意思，想到这他不由得轻叹一声。

秦姝的公公出院了，但是老人需要卧床休息。医生嘱咐家属要多给老人按摩，防止肌肉萎缩，同时，也要勤翻身，避免久卧带来的肺部感染和褥疮。这样一来，家里的人手一下子变得紧张起来。老戴让秦姝再找一个护工，这样妈妈能轻松些。

秦姝联系家政公司，让他们安排一些候选人集中面试。

"我会按摩，还会做流食、半流食，已经送走七八位老人了……"一位阿姨自我介绍说。秦姝听了很不舒服，心想："什么叫送走七八位了，你是老人终结者吗？"

面试了整整一下午，秦姝和婆婆勉强看上了一位姜阿姨，约好了让她第二天来试工。决定请阿姨前，婆婆要求在房间里装上摄像头，说看多了网上护工虐待老人的视频，没有安全感。

婆婆提醒护工每半小时给公公翻个身，她当时答应得好好的。结果秦姝和婆婆在的时候，护工给公公按时翻身。可她们不在的时候，护工只顾坐在床边的椅子上玩手机。

婆婆哪忍得住，看完监控录像一下子冲到屋里质问护工。没想到，护工振振有词，说她又不是机器人，总有累的时候。还说在上户人家，主人都会让她午睡2个小时。秦姝果断决定换掉她。家政公司服务响应速度还可以，第二天早上又派过来一位。这次，家政老师和秦姝拍着胸脯说这位阿姨人老实又勤快，包秦姝她们满意。

确实，这位刘阿姨比上位强了不少，一来到秦姝家里，就把老爷子身上穿的、盖的，里里外外洗了个遍。阿姨还主动给公公按摩、翻身，婆婆和秦姝都很满意。

为了让阿姨便于照顾公公，婆婆干脆在屋里放了张折叠床。晚上，婆婆和公公睡在大床上，刘阿姨睡在公公那侧的折叠床上。第二天早上，秦姝见婆婆迟迟没出来用早餐。吴姐说婆婆血压高了，还在休息。

"妈，不舒服了？"秦姝轻轻推开门，小声问。

"把门关上。"婆婆无精打采地说。

"怎么了，妈？"秦姝关上门，坐到婆婆床边。

"这个阿姨夜里的呼噜声简直是震天雷，搞得我这一宿也没怎么睡着。"

"那今晚让她去外面睡吧。"

"她去外面睡，你爸夜里去厕所又没人搭把手。你爸现在已经有点黑白颠倒了，夜里经常说想上厕所，没个人帮忙不行。"

"那我们再换个阿姨试试。"秦姝想了一会儿说。

秦姝等刘阿姨吃完饭，就和阿姨说不太合适。这位阿姨倒实诚，说哪做得不好，她可以改。可秦姝想，这打呼噜怎么改？

家政公司回复说这几天店里照顾老人的阿姨太少了，等来了新阿姨再通知秦姝。秦姝以前经常听人家说找位好的育儿嫂、月嫂比找对象还难，今天才发现挑选护理老人的阿姨更是难上加难，竟然连可选的人都没有。

秦姝已经一周没去公司了，这天早会后，小北带了一些营养品来到了秦姝家。

"叔叔好点了吗？"小北在客厅问秦姝。

"还好，但几乎是全卧床了。"

"现在是吴姐在照顾？"

"吴姐主要负责，我和婆婆搭把手。"

"这样也不是办法。"

"家政公司派来了两位护工阿姨，各有各的问题，全家都在头疼这事儿。对了，你有介绍护理老人的阿姨的门路吗？"

"我帮你问问。师姐，你想过送叔叔去养老社区吗？"

秦姝做了个嘘的手势，示意小北小点声。

"我不是没想过送球球爷爷去养老社区，一来担心戴家人会不同意，二来他们对保险特别抵触。"

"可以先让戴总了解下咱们的社区，产品后面再说。毕竟社区有专业的康复师，照顾得也比家政公司的保姆更专业。"

晚上，老戴回来先到母亲的卧室，看到母亲肉眼可见的憔悴了。他上了楼，进门第一句话就问秦姝有新阿姨没。秦姝摇头，说明天再去别的家政公司问问。老戴也给朋友打电话，问他们有没有合适的保姆推荐。结果发现，周围的朋友都在找护理老人的阿姨。

"要不，咱们去看看养老社区或者居家养老服务？"秦姝小心翼翼地说。

"都什么时候了，你还想着保险！"

"你先看看社区嘛，现在的社区不是过去的那种敬老院，社区里有专业的护理人员，他们不光照顾饮食起居，还帮助老人做康复训练。"

"不合适，说出去让人家笑话。大姑、大伯他们会怎么想？"

任凭秦姝怎么说，老戴的头还是像拨浪鼓一样地摇着。

秦姝在网上又找了两家专门做老人照护的家政公司。令秦姝吃惊的是，这些打着专业照护老人旗号的机构里，居然找不到一位有资格证书的阿姨。

小北将自己直播瑜伽教学的视频分享到朋友圈，大家纷纷点赞。白帆点赞后，小窗口问小北周六是否有空一起去故宫看展。这个展集合了全国多省市博物馆的镇馆之宝，一票难求。小北也一直想去，就答应了。

周六，白帆早早地开着一辆奔驰商务车等在小北家门口。

"这么酷的车。"小北上车后说。

"租的，房子、车子我这个外国人暂时都买不了。这车比较舒服，你可以在路上睡一会儿。"虽然很久没见，但白帆招牌式的体贴让小北觉得很亲切。

"小北，你和我在北京认识的很多女孩子都不一样。"

"哪儿不一样？"

"说不上来，就是很真实。"

"你不是说我'中二'吧？"

"'中二'是什么？我这个'真实'是褒义词，就是你一点儿也不做作。"

"我那是懒，懒得做作，哈哈。"

"小北，你旁边的座位上有个文件袋，里面是我堂姐的资料，他们全家想要买国内的高端医疗险，我推荐了你。到时候我把她微信推给你，你直接联系他们投保就好了。"

"不会吧，你帮我直接搞定了个全家保？谢了，一会儿请你吃烤鸭。"

这个展果然名不虚传，展出了很多重量级的文物，有来自三星堆的青铜太阳轮、来自良渚文化的玉琮，还有长信宫灯、金瓯永固杯、藏文《四部医典》等。

白帆是做足了功课才来的，有很多重要展品他都能讲出其背后的故事。

"你看，这是杜虎符，我在陕西历史博物馆见过。它是战国时期至秦朝的文物，这符分为左右两半，右边这半留于朝廷，左边这半交给地方官吏或统兵将帅保管，使用时两半相合，即为'符合'，就表示命令验证可信。"

小北原本对历史不是很感兴趣，但是白帆介绍得绘声绘色，像讲故事一样，很吸引人。两个人从石器时代，一直看到清代，白帆将石器、陶瓷、玉器、青铜器、金银器、书画、古籍善本、印章等展品类目都一一给小北做了介绍。

"看来你是一位资深文博发烧友。"小北称赞白帆。

"这个展把很多镇馆之宝放到了一起。镇馆之宝之所以是镇馆之宝，就在于它们的贵重、稀少。通常我们跑一两个城市也只能看到其中几件，甚至还有一些总是因为各种各样的原因'不在岗'，今天真是大饱眼福。"

从故宫出来，小北带白帆来到了一家胡同里的烤鸭店，白帆对一切老北京的东西都很感兴趣。

白帆说他很喜欢内地，在他以前的认知里，内地女生结婚后多半是在家做全职主妇。但他来之后才发现，身边很多女性朋友、同事都和男生一样出来工作，甚至比男生还拼。

"是啊，最大的变化还包括很多高学历的年轻人愿意来做保险代理人。要知道，卖保险的可是多少年来，大家所瞧不起的一类人。"

"不会了，那个时代已经彻底过去了。一个靠谱的保险代理人是每个家庭都需要的。就像我们在美国的代理人Elan，最早是我爸爸找他爸爸买保险，现在是我们兄弟姐妹找他买。"

　　"这种'保二代'，中国也逐渐开始有了。我给自己的目标就是将业绩、团队都做起来，成为一位名副其实的保险企业家，将来争取让我的孩子主动继承我的事业。"小北说完爽朗地笑起来。

　　白帆看着眼前这个女孩，又一次被她的真实、简单、坚韧、乐观所打动。饭后，白帆把小北送回家。如果说上次见面时，小北还觉得她和白帆不是一个世界的人。那这次的见面，小北似乎又觉得她和白帆之间的距离也没那么遥远了。相反，和白帆在一起，让她体验到了一种久违的喜悦和兴奋。

贰
拾
贰

　　时间对于每个人都是公平的，人人每天都有24个小时，每小时都有60分钟，差别是大家把时间花在了哪儿。几个月的时间里，小北早上和团队小伙伴们开会，下午或见客户或见增员，有时处理理赔。晚上要么上健身课，要么直播教瑜伽。平时的空闲时间，她的耳机里总滚动播放着各种充电课程。

　　秦姝也一样，她白天集中精力处理工作，下午尽量赶上接球球放学辅导功课，晚上等球球睡了，再抽出点时间听听网课。

　　有句话说得好：忙碌是世界上最便宜的良药。人一旦忙起来，负面情绪就少了，没有时间胡思乱想，身心皆受益。

　　如果说刚入行时，小北和秦姝她们还会为一单一人而患得患失，现在的她们都没有那份时间和精力了。

　　"秦姝，我儿子住院了……"这天一大早，秦姝还没到公司，就接到了聂菲的电话，电话里聂菲的声音带着明显的哭腔。

　　"孩子怎么了，问题严重吗？"秦姝问。

　　"还在等结果，但是，好像不太好。"

聂菲的孩子住在北京的一家私立儿童医院。

"医生怎么说？"秦姝来到病房，轻轻放下包。

"医生说，不排除急性白血病的可能。"

"怎么会？看你平时发朋友圈，孩子状态挺好的。"

"他身体以前很好，感冒都很少。就是最近反反复复地发烧，刷牙时经常会牙龈出血，有时候鼻子也会流血。我一开始以为是免疫力低和空气干燥导致的，也没怎么放在心上。"

聂菲和秦姝说着话，一个男人突然推门冲进病房。

"孩子怎么样？"男人进门就问。秦姝知道这应该就是孩子的爸爸，她之前从身份证上见过他的照片，这个人叫吴畏。

"医生怎么说？"吴畏问。

"结果快出来了，医生说得看结果。"

"你怎么搞的，平时也太不细心了，怎么一下子这么严重？"吴畏握着小宝的手，看得出来他很心疼孩子。

这时，护士过来叫家长去下医生办公室。医生说从目前的检查结果看，孩子很可能是急性淋巴细胞白血病，当然还得进一步做其他检查，让聂菲先去办手续，下午安排其他检查。

聂菲和吴畏回到房间谁也不说话，病房的气氛压抑到极点。

"你们别太难过，现在少儿白血病早已不是不治之症，治愈率很高的。而且现在还有很多新的治疗方法，好好配合治疗问题不大。费用方面，孩子的高端医疗保险每年的限额几百万，只要这世界上有办法，咱们就治得起。"

聂菲点点头，眼里噙满了泪水。

"你真是太粗心了，也不带孩子好好去看看，拖到现在。"吴畏说。

"你还好意思怪我？自从孩子出生，你管过他多少？亏他还是你唯一的血脉，我真后悔生下他。"

又过了半小时左右，吴畏在孩子额头上亲了一下，离开了。

聂菲的眼泪大颗大颗地落在衣服上。秦姝也不知道该怎样安慰她，只能轻轻地拍了拍聂菲的肩膀。

"我和他是很多年前在工作中认识的，当时他单身，是我们的甲方。吴畏和其他甲方不一样，他没架子，也从不为难人。每次遇到问题，他总会站在我们的角度商量解决方案。一来二去，我对他有了好感。后来，他来我们武汉的项目驻场，就是在这期间，我们俩好上了。但后来，他回北京，便和我摊牌，觉得我们不合适。原本，我也是想放下了。可就在他新婚两个月后，我发现自己怀孕了。"

"所以你选择独自生下这个孩子？"

"我得知他结婚后，是想要打掉这个孩子的，但手术前又舍不得了。孩子上幼儿园时，我把这件事告诉了吴畏，还做了亲子鉴定。吴畏说很感谢我生下孩子，还说如果我不想带，可以让他父母抚养，不拖累我。秦姝，你也是妈妈，你说我怎么可能舍得？"

"那他有照顾你们的生活吗？"

"这些事情他做得都很好。学区房、车子，还有我们每个月固定的生活费，只要我提的他都大大方方地办。"

看着落寞、悲伤的聂菲，秦姝很想帮她。她收集了一些诊断书、病历等理赔资料，离开了医院。尽快帮助聂菲办理理赔，这也许是秦姝唯一能为聂菲和她的孩子做的。

"聂菲真的太可怜了，一个女人带着重病的孩子，要是换作我，估计早就崩溃了。"秦姝回到公司边整理资料边说。

"办理的理赔越多，就越能看到人性的更多面。要不怎么说，人生没有如果，只有后果和结果。聂菲这也是一步错，步步错。"小北说。

下班的路上，小北满脑子都是师姐Lisa，如果这个吴畏正是Lisa的老公，即便这个孩子是吴畏婚前所生，Lisa很大可能也是被蒙在鼓里。过了会儿，她强迫自己忘掉这件事，她不能成为那个打破Lisa平静生活的人。

"小北，我有件事想咨询你，生了病的孩子还能再买保险吗？"李总打来电话。

"李总，具体要看什么病，是威廉病了吗？"

"对，就是普通的肺炎，但是住院了。我在医院看到人家都有保险，签完字就走人，所以来问问你。"

"李总，普通肺炎，只要孩子痊愈出院后观察一段时间，没有并发症就可以正常投保。"

小北从李总那得知威廉和聂菲家小宝住在同一家医院。她第二天上午便搭秦姝的车一起去医院探望威廉。

聂菲孩子的骨髓检查结果出来了，正如医生判断，是急性淋巴细胞白血病。虽然已经有了一些心理准备，可是当医生确定地说出这个结果时，聂菲还是当场崩溃了。

医生给出了后续的治疗方案，也告诉聂菲这种类型的白血病化疗效果通常很好，不用太悲观。

秦姝刚到病房，聂菲就抱着她泪流不止。

"你别太担心。我们之前培训时，老师给我们讲过少儿白血病跟成人白血病有完全不同的分子生物学特征，治疗的效果也比成人更好。少儿白血病，特别是咱们这个类型的，80%的病人通过化疗就能痊愈。"秦姝安慰聂菲说。

才一天一夜不见，聂菲整个人便憔悴了许多，此时的她面色苍白如纸，眼中布满红丝。

"秦姝，我们真的不需要垫付医药费吗？吴畏刚才电话里问他要不要准备些现金出来。"

"不用，已经和公司报备完成预授权了，你们到时候签字就可以，我们公司和医院直接结算。"

"真不知道该怎么感谢你。吴畏虽然不差钱，但一下子拿出这么大一笔钱，也没那么方便的。"

"费用你们不用管，而且诊断书出来了，我可以帮你们做重疾的理赔，还能赔付50万回来。"

"50万？"

"嗯，你当时给宝贝投的重疾保额是50万，到时理赔款会打到投保人账户，我也会随时和你同步理赔进度。"

"秦姝，真没想到，出了事陪着我的居然是我的保险代理人。"

正说着话，吴畏拉着行李箱，提了个手提电脑包走了进来。秦姝见聂菲他们一家人难得相聚，和吴畏打了个招呼就想离开。但聂菲执意请她留下，说有秦姝在她踏实。

李总的儿子威廉住在11层，小北从病房门的窗户看进去，发现威廉正疲惫地躺在单人小床上，床旁边背对着小北坐着一个男生，正在给威廉读故事。小北敲了敲门，男生转过身，原来是上次小北为威廉找的家教杨威。

往日活泼好动的小男孩此时俨然是一只可怜的小考拉，身上严严实实地盖着被子，只露出一颗小小的头。

"威廉，看阿姨给你带什么了！"小北从包里拿出来一个包装精美的奥特曼卡册。

"奥特曼限定卡册！"威廉的眼睛一亮，刹那间来了一丝精神。就在这时李总回来了，手里拿着一个文件袋和好几张检查的单子。李总看到威廉半坐起来正在兴致勃勃地拆卡。

"咦，你不是刚才还说没劲儿，这会儿都能坐起来玩卡片了？"说完威廉，李总又转身对小北说，"可以啊，你怎么知道威廉喜欢奥特曼卡片？上次生日我送他一套，都没见他这么高兴。"

"李总，您送之前没做功课吧？"

"这还要做功课？"

"李总，您不知道，这奥特曼卡片可讲究了。好多说道呢，是吧，威廉？"

威廉使劲地点头，有点小兴奋地说："我刚刚就拆到一包SSR！"

"小北，我又一次见识到了你的专业，肯下功夫研究客户。要是我们公司的销售像你这样，那我就省心了。小北，威廉保险的事你可得帮我想着，你看，就刚才这么几个检查，就花了1万多。"

李总这么一说，小北不禁仔细打量了下眼前的这间单人病房。病房面积虽然不算大，但布置得很温馨，准确地说一点也不像病房。房间里的东西一应俱全，每一楼层还隔出来一块专门的空地用作儿童活动区，这个区域里有小滑梯、小秋千、儿童书架和绘本，还有几张小桌子上摆着一些益智玩具。

在北上广深这样的一线城市或其他经济发达的准一线城市里，许多家长逐渐认识到医疗保险的杠杆作用。人们常开玩笑说，小有资产的想往上一步难如登天，下滑起来却易如反掌，于是人们每天都是兢兢业业、如履薄冰。他们想让孩子享受更好的医疗条件，但又不想承受私立医院昂贵的医药费，所以就会主动寻找市场上的高端医疗保险。这也是高端医疗保险在中国市场的销售额屡创新高的原因。

威廉该去别的楼层做检查了。要出电梯时，李总的电话响了。见他接电话，小北就牵着威廉的手先走出电梯。

交了单子，小北她们几个人就坐在舒适的等候区候诊。小北牵着威廉刚坐下，就听见有人叫她，往后排沙发一看，是秦姝。她旁边坐着一个女人，这个女人旁边坐着一个男孩——是聂菲母子。小北和秦姝用眼神交流了下，没说话。李总、小北还有威廉坐在前排沙发。小北低头看手机，余光里迎面走过来一个身影，她下意识地抬头，虽然对方戴着口罩，但从来人的身材、打扮、发型和那双眼睛，小北还是轻易地认出那是吴畏。小北赶紧低下头。

很快，聂菲他们一家人进去检查了。此时的小北内心七上八下，看到吴畏和聂菲一家人走进检查区的背影，她突然替那个大大咧咧、风风火火的师姐Lisa难过起来。小北正在恍惚之中，听见李总冲着电梯的方向喊："Lisa，这里！"

小北"呼"地从沙发上站起来，眼睛直直地盯着Lisa，她恨不得冲过去，直接把Lisa推回电梯。可是，转眼间，Lisa已经走到她身边。

"小北，你也在呀？" Lisa坐在小北旁边的沙发上。

小北站在那，半晌，叫了声师姐。

"坐下呀，傻站着干什么，你什么时候来的？" Lisa一边捋着头发一边问小北。

"师姐，要不，要不你去楼上病房等着吧，这也不需要这么多人。" 小北尽量让自己冷静下来，想出应对办法。

"也对，你去楼上吧，去病房里等我们。" 李总说。

"好，我陪师姐上去等你们。" 小北果断站起来，拉着Lisa的胳膊就要离开。

"别啊，我陪你吧，李总，我来就是陪你们检查的，上去等着干什么？" Lisa不肯走。

小北硬是拉着Lisa三步并作两步地往电梯走。按下电梯键，小北心里默念快点开门、快点开门！她早想好了，不管来的电梯是上还是下，只要有电梯开门她就带着Lisa冲进去。那架势就好像这里有一颗定时炸弹，但凡晚点离开就会粉身碎骨。终于，其中的一部电梯门开了，小北来不及看上下也来不及等里面的人全都出来，拉着Lisa就从电梯门的一边溜进去了。

"你干什么，这么着急？" Lisa问。

"没事儿，我，我怕杨威一个人在楼上闷。"

"你不是喜欢上人家了吧？" Lisa若无其事地开着玩笑。

她们进来后发现这部电梯是向下的，电梯到了一层，上来了一些人又上去了。小北按下了威廉病房的11层，就赶紧退到后面。快到刚才的检查区4层时，小北双眼死盯着电梯显示屏，默默祈祷电梯不要停。但是，只听"叮"的一声，电梯停了。是的，它就停在了4层，几位家长和小朋友不紧不慢地走出电梯。就在这时，小北一个箭步冲到Lisa前面，面对着Lisa，用自己的头挡住了Lisa的视线。

"师姐，你这条项链好漂亮，我一直想找一条这样造型的。" 小北摸着Lisa颈上的项链说。

"你说这个？我和吴畏在土耳其买的，你喜欢我找人给你带一条。"说着Lisa低头看向了自己的项链。

就在这时，电梯门缓缓地关上了。小北悬着的一颗心终于暂时放下了。小北和Lisa回到病房没多久，李总带着威廉也回来了。

小北找理由说还有事，问能不能搭Lisa的车一起走。Lisa原本还想陪陪李总，但李总执意让Lisa和小北先回去。小北知道Lisa工作很忙，并没有真打算让Lisa送自己去公司，她随便找了个地铁口附近的地方就下车了。

贰拾叁

"周五聚会，要不要一起去？"早上刚到公司，秦姝就收到思妍的一条微信。

一晃距离上一次同学聚会有小半年了。之前每次的同学聚会，秦姝都不积极，她不喜欢大家总是用阔太的梗来调侃她。除此之外，秦姝在每次聚会时都会发现大家这样那样的变化。而她，却一直是那位被冠以"阔太"之名的全职妈妈。相比之下，秦姝对这次的聚会充满期待，因为她希望可以借此机会向大家介绍一下自己的新身份。

"你没事儿吧，大周五的，穿这么正式。"思妍一坐进秦姝的车就说道。

秦姝特意穿了一身白色的收腰西服西裤套装，配上一双卡其色小方格高跟鞋，职业且时尚。

"我要以全新的身份和精神风貌出现在大家面前。先给你预告下，一会儿我要给同学们介绍下我的新身份！"秦姝美滋滋地说。

"我劝你做好多方面的心理准备。"

"知道我现在的座右铭是什么吗？对人可以真诚，但不寄予厚望！"

"嚯，秦姝今天怎么穿这么漂亮啊！"一进包间，一位眼尖的女同学说。

"是啊，像变了一个人一样……"大家你一言，我一语，焦点都集中在秦姝身上。

秦姝笑而不语。酒喝到一半儿，眼看着桌上的气氛越来越热烈，思妍说："大家静一静，秦姝有话和咱们说……"

"让阔太给咱们开开眼界，给我们这些打工人讲讲豪门风云。"大家开玩笑说。

"想听豪门风云，咱们可以单约！今天，想和大家说的是另外的事儿，我出来工作了，在启华保险做代理人。"

话音刚落，包间里安静了几秒钟。见状，班长率先打破沉寂，说："你这就是传说中的带单入局吧，是不是自己家里有大额保单的需求就去做做玩玩？"

"保险代理人就是卖保险的吧？"

"他们家不是挺有钱的吗？"

秦姝听见周围有同学小声儿嘀咕。

"同学们，秦姝可不是闹着玩的，我在她那里买了高端医疗险。上次住院，秦姝还帮我理赔了好几万呢。"思妍跳出来为秦姝站台。

"家人们，你们的好奇和不解我都看出来了。今天不展开说了，有想免费做个保单'体检'的，或者想给自己家做个风险评估的，再或者想听豪门风云的，随时约起！先谢谢各位老板支持，小女子先干为敬！"秦姝说完，将杯中的红酒一饮而尽。

大家不知怎的，竟然鼓起掌来。

其间，秦姝和思妍去餐厅洗手间里。两人曾经的室友媛媛和另外一名女同学正对着镜子补妆。

"她老公不是特有钱吗，怎么逼得都去卖保险了？"那位女同学说。

"嗐，那都是表面看上去，估计她在家的日子也不好过。现在外边的诱惑多了去了，保不齐她老公在外边又看上更年轻的了。"媛媛说。

"也是，可不能找这种年纪大的，有钱也不行……"两个人说着，向洗手间门口走去。

这时，洗手间两个隔间的门打开了，秦姝和思妍分别从里面走出来。

"别理她们，她们这是赤裸裸的嫉妒。"思妍气愤地说。

"我现在的段位，她们这几句话远远伤不到我。"秦姝淡定地说完，挽着思妍往包房走去。

秦姝的这次聚会可谓硕果累累：有3个同学说要给自己买保险，还有个同学问了很多关于代理人的细节问题。

李总正在为威廉办理出院手续。忽然，李总用余光看到坐在隔壁的一个熟悉的身影——Lisa的老公吴畏。多年的江湖经验让李总并没有贸然上去打招呼。

"先生，孩子治疗的押金已经补交好了，如果后续余额不足，我们会再通知您的太太。"隔壁的财务人员对吴畏说。

李总看着吴畏离开的背影，问刚才为吴畏办理手续的工作人员道："不好意思，请问咱们这边住院一般要交多少押金？"

"这个看孩子病情，如果孩子病情比较严重，交的押金相应就高。"

回到公司，李总以工作为由请Lisa来到她的办公室。

"Lisa，你我都是风风火火看重事业的人，像我们这种人最容易疏忽家庭，你可要以我为戒，多花些心思在家庭和感情上。"

Lisa认为李总是心疼威廉住院而有所感悟，并没有把李总的话太放在心上。不过，她仍然打开手机，想看看现在的年轻人都玩什么。很快，她的视线被一家射击俱乐部的广告吸引了，记得几年前她和吴畏去Club Med度假，当时吴畏就很喜欢玩射击。

周六这天，虽然不上班，但Lisa还是精心化了妆，换上吴畏喜欢的黑色紧身运动衣准备和吴畏去射击。临出门前，吴畏接到了老板打来的电话。

Lisa无聊地坐在沙发上等他，见吴畏早上的电脑没关，就走过去想顺手关掉。就在她刚要点下关机键时，电脑下边的微信消息亮了。Lisa下意识地点开微信，一条消息赫然显示在她眼前："儿子今天状态不错，一直在问爸爸什么时候来，你几点到？"消息显示来自"NF"——Lisa并不知道这是聂菲的首字母。

"我有事陪她出去下，晚点联系你们。"吴畏估计是忘记了他的微信正同步登录在电脑上，在书房用手机回复了微信。

Lisa想顺着这条消息翻看之前的对话记录，但发现前面居然都是空的。

"可以走了。"吴畏从书房出来。

"我，不太舒服，改天再去吧。"Lisa摘下了精心搭配的耳环。

"怎么了，哪里不舒服？"吴畏关切地走到Lisa面前。

Lisa起身躲开了，向卧室走去。Lisa躺在床上，背对着卧室门，她完全听不进吴畏在说什么，只记得他给她倒了杯水就出门了。

Lisa只觉得枕头冰凉，不知什么时候泪水已经打湿了半个枕头。她努力替吴畏找各种理由，若不是吴畏的回复，她也许会选择相信是别人发错了消息。忽然，Lisa想到了小北。

"小北，我问你，发现一方出轨后最明智的决策是什么？"Lisa在电话里有气无力地问。

"师姐，你，你是在说你们俩吗？"这一天还是到了，小北的心一沉。

"你见过的客户多，她们通常都是怎么做的？"

"师姐，我通常会建议客户先不要急于和对方摊牌，只顾自己解气是没用的。先收集证据，如聊天记录、录音、录像、信息等。同时，盘点家里的资产和负债，做到心中有数。师姐，到底发生什么了？"

"我发现微信上有个女人和吴畏说孩子的情况。"

电话那边的小北沉默良久。

"小北，我怀疑吴畏和别人有孩子，你还记得上次我们在高尔夫球场，有个孩子打电话找爸爸吗？"Lisa继续说。

"师姐，你别着急，先弄清楚，也许事情不是你想的那样。"

"小北，你怎么这么平静，你是不是，早就知道？"

又是一阵沉默。

"之前从同事那儿看到过一张儿童保险的单子，投保人是孩子的爸爸，名字写的吴畏，但当时我想会不会是重名而已。直到前几天，我在医院看到了师兄……"

"医院？是谁病了？那个孩子？"

"嗯，孩子被确诊为白血病。"

Lisa没和小北多说，就挂了电话，她突然想起李总前几天对她说过的话，原来大家都知道，只有她被蒙在鼓里。

结婚十几年来，吴畏对Lisa始终如一地尊重、宠爱，每逢各种节日、纪念日，他都会按时换着花样地送上鲜花礼物；父母的生日，吴畏也会提前准备礼物。总之，除了不能经常陪她，吴畏几乎是一位满分老公。

之前向小北咨询过养老服务的周大爷老两口已经住进了外甥女推荐的养老院。这天，银行的等候区里，周大娘的外甥女凤英正在等着叫号。她今天是受周大娘委托，来看看有什么可靠的理财产品可以买。她正低着头刷短视频，一位40多岁的女人一边讲着电话一边坐在了她的前排。

"我正等着叫号。你那儿这次怎么样？又赚了20%？那我还买什么理财呀，有钱大家一起赚，快点拉我进群。"说着这女人就从椅子上站起来，往门口走。

凤英抬起头，目光追随着那女人，突然她叫了声："刘丽华？"

那女人转头看向等候区，盯着凤英看了半天。

"姚凤英？"

刘丽华又转身走回来，坐在凤英旁边。

"上次见还是10年前那次聚会吧？这么多年没见，你都没变，还是那么年轻漂亮。"凤英本不是嘴甜的人，但这会儿也不知怎的竟奉承起了老同学，把刘丽华夸得飘飘然。

"看你，越来越会说话了。你这是干什么来了？"刘丽华问。

"我来看看，买点理财。"

"有钱人呀！"

"哪有，不是我的钱，是我二姨的。"

"你二姨？是那个他们家有个病儿子，和我舅妈家同村那个？"

"没错，就是那个。老两口让我帮着买点稳当的理财，留着这钱养老用。"

"噢，懂了。不过，我和你说，买理财赚不了几个钱。"

"丽华，你刚才在电话里说买什么赚了20%呀？"凤英试探着问。

刘丽华往两边看了看，贴近凤英的耳朵压低声音说："我以前同事的老公，在一家高科技公司，他们公司开发了一套代码，可以预测股票某一时段的走势。"

"你是说他能拿到内部消息？"

"差不多吧，前一段时间有个机会，他们想凑钱搞笔大的。但我当时有点不放心把钱交给他们。这可好了，我们另一个同事一下子赚了20%，一倒手，10万变成了12万。"

"可靠吗？"

"我观察他们好长时间了，身边的人确实都赚了。所以，我也打算入局，你要不要一起试试？"

"我，还是算了吧。关键这不是我的钱，是我二姨他们的养老钱，可不敢乱来。"

凤英和丽华两个人又拉了会儿家常，丽华便离开了。银行的理财经理根据凤英的要求，推荐她买了大额存单。

"上周末去书店看了一些国内外关于瑜伽的书，其中我最喜欢的还是这本帕坦伽利的《瑜伽经》。喜欢的宝宝们可以去看看，今天的直播就到这里，下次再见。"

和直播间的粉丝们道别后，小北退出了直播。刚才在直播期间，小北3次按掉妈妈的来电。不用问，又是照例的每周一催。妈妈不折不挠的催婚，让小北这一夜彻底失眠了。

"这么大的眼袋，小北姐，昨晚没睡好？"第二天，茶水间里，安安问小北。

"我问你，你妈会催婚吗？"

"敢问现在还有不催婚的妈吗？"安安和小北说着话走回了会议室，随后其他人也陆续进来。

"这道劫我确实没经历过。但是从我儿子2岁起，我就面临着催二胎。"秦妹说。

"敢情现在这都是流水线操作，催婚，催生，生完一胎催二胎，二胎完了催三胎。"安安说。

"你们发现没，中国式催婚真的很有意思，父母上学时不允许你早恋，但是却希望你一参加工作就结婚。"小北说。

"最过分的是，我爸今年春节居然和我说，先找个人结了吧，哪怕不合适再离呢，总得找个人试试才知道是不是合适。"安安说。

"所以网友们概括得一点儿没错，父母催婚的重点就是尽快结婚，至于和谁结婚，婚后幸福与否，都不重要，最重要的是把婚先结了。"小北说。

"多金哥，你为啥不说话？作为一个'80后'，直觉告诉我你在这方面是一个有故事、有经验的人。"安安问老徐。

老徐瞟了一眼小北，说："这件事，其实一点都不难办。你们想想，我们常常说和客户相处，要化被动为主动。一样的道理，主动出击才是反催婚的不二法门。"

"别卖关子了，怎么个主动出击法？"安安问。

"每年春节回家，亲戚朋友是不是都会卡在人最多、最全的时候，对你展开灵魂三问：你有对象没？你为啥还没有对象？你到底想啥时候找对象？"

安安看看小北，默认了。

"每到这时，我都会反催她们，作为至亲至爱，你们为啥不给我介绍对象？趁她们一脸蒙的时候，给她们下个KPI①：新的一年每个人都必须给我介绍10个女朋友。"

"然后呢？"安安问。

"然后就没有然后了，她们就会自主岔开话题。"

"我有个表姑父是我们那儿中学的德育校长，他的一项工作就是严防校园早恋。现在退休了，每当提起闺女一直单身，他都会懊恼地说这是自己当年抓早恋的报应。"大家听了笑得前仰后合。

_____

① KPI：Key Performance Indicator，关键绩效指标。

贰拾肆

　　午饭后，大家三三两两地走进写字楼，刚要进电梯时，小北接到了来自Lisa的电话。自从Lisa和小北说发现吴畏出轨后，小北就没有再主动联系过Lisa，她不知道该怎么安慰Lisa。这种事情，最终的也是最佳的解决办法就是当事人之间冷静下来，沟通清楚，做出他们认为对的选择。

　　"小北，都解决了。你这两天什么时候有空，来找我吧。我要买上次你说的养老保险。"电话里的Lisa又恢复了往日的干练利落。

　　她们约好了第二天中午一起吃饭。

　　"小北，又是这么早到。"Lisa人还没到，声音先到。她依旧打扮得体，只是才两周没见，整个人瘦了一圈。

　　"师姐，你瘦了……好多。"小北略带心疼地说。

　　"到了我这个年纪，减肥特别难，我这轻轻松松没受什么罪瘦了十几斤，你说我这是不是因祸得福？"

　　"师姐，你们都说清楚了？"

　　"也没什么清楚不清楚的，情况就是那么个情况，也挺简单的，婚前冲动。"

"你原谅吴师兄了？"

"嗯，这么多年风风雨雨，他虽然欺骗了我，但好在不是婚内出轨。那娘俩也不容易。"

小北沉默了半天，她没想到Lisa会如此大气，更不知道如果换作自己能否这样包容。

"对了，现在我们家拍板的是我了，所以我这个膝下无子的女人决定买一份养老保险。小北，你说现在新闻媒体、各种公众号上都在说养老形势多么严峻，真有这么夸张？"

"我们每天会看很多数据，现在的主要问题是老年人口规模太大，生育率又在持续下降。如果我们的物质财富再积累一些年，就会好很多。这么说吧，从老龄化到深度老龄化这个过程，法国用了126年，英国用了46年，德国用了40年，而我们只用了20多年。"

"不想那么多了，我不想像日本老人那样退而不休，总之多存钱就对了。"Lisa说完，长叹了一口气。

"师姐，提到日本，我想起了曾经读过日本知名学者清家笃写的《老年金融学》。这本书中提到，通常人们想到老龄化时，最先想到的是'健康寿命'，也就是老年人能平安、健康地活到多少岁。但是除了健康，还有一个概念——'资产寿命'，同样值得人们深思，也就是怎么让老年人在活得久、活得健康的同时，还不愁没钱花。"

面对送上门来的大客户，本该高兴的小北却一点也兴奋不起来。她看着坐在对面的Lisa良久，说："师姐，你想哭、想骂、想发泄，随时找我。我知道有个地方专门给人发泄情绪的，在那可以随便砸酒瓶、打假人偶，还可以在呐喊屋里嘶吼。"

"真有这样的地方？"Lisa笑了。

随后，小北打开公司的App录入Lisa的资料，人脸识别、签字，帮Lisa按照之前做过的方案投保了一份养老年金。

"所以，从我60岁起，就可以每年领取10万元作为养老金补充了，对吗？" Lisa一边将身份证、银行卡收起，一边说。

"是的。如果未来需要调整领取时间、领取金额、领取频次，可以随时修改。对了，师姐，如果未来考虑我们的养老服务，比如居家养老或者入住养老社区，都可以用这款产品来对接。"

"养老服务？我现在想这个，太早了吧？"

"我回头把资料发给你，权当提前了解下吧。"

又过了会儿，她们就分开了。

小北坐在地铁里回想着Lisa的状态。她惊讶于这个时代都市独立女性的通透、自信、理智、果敢，拿得起放得下。你见不到她们哭哭啼啼、死缠烂打、怨天尤人，一件在上个年代的人看起来是天塌了的事情，就这样平静、体面地解决了。

因为接连开了年金的大单，公司奖励秦姝，给她划拨了"孤儿单"客户。所谓"孤儿单"客户，就是那些已经购买了保险，但因原代理人离职而被遗留下来的保单客户。新的代理人接了这些单子，是没有佣金可拿的，但如果未来能开发出新的保单的话，就会有对应的佣金收入。

秦姝对着"孤儿单"的投保人电话一个个地拨过去，拨通的客户秦姝会提出互加微信，便于今后联系。大概有一半的客户，一听保险两个字，压根儿不把后面的听完，就直接挂掉了。这时，秦姝便发个短信过去，并备注好微信号。

"喂，您好，是林先生吗？"秦姝拨通了名单上的一个电话。

"哪位？"电话那边是一个中年男人富有磁性的声音。

"您好，我是启华保险的代理人秦姝。之前服务您的代理人离职了，您的保单现在转到我这，今后由我为您提供保单服务……"

"知道了。"没等秦姝说完，那边林先生就将电话挂断了。

秦姝又拨过去。

"又怎么了？"电话里的声音有些不耐烦。

"林先生，我是想提醒您，您儿子的意外险已经过了续保期，建议您尽快为他续保。另外，您……"秦姝没说完，电话又被挂断了。

这种被人强行挂断电话的滋味很不好受，特别是明明为了对方好，自己不求回报，却得不到应有的尊重。秦姝想起了以前，自己又何尝不是经常挂断别人电话。平复了一会儿，秦姝还是编辑了一条短信，内容大致是提醒林先生给孩子续保，同时留下了自己的微信号。和其他所有发出去的短信一样，这条信息也如石沉大海，杳无回音。

"摆正心态，打不打给他们是咱们的事，加不加我们微信是他们的事。"这是小北告诉秦姝的电话沟通经验。

隔天，秦姝正在开早会，她的手机突然响起，是一个139的号码来电。

"你好，是那个保险代理人吗？我想给孩子续保。"电话里一位先生说。

"对，我是启华保险秦姝。您是林先生吧？"秦姝一向对声音很敏感。

秦姝很庆幸自己发了那条短信，不然客户怎么找得到她？就像小北说的，信息还是要发的，万一客户联系了呢！

林先生家住在东四环边的一个以山水园林出名的高档小区。秦姝按下门铃，门一开，秦姝愣住了，开门的居然是妮妮的妈妈，老戴的前妻——吴蓓蓓。

"秦姝？"吴蓓蓓满脸诧异。

"蓓蓓姐？"秦姝脸上挂着同款表情，"这里是林先生的家吧？"

"是，你是来——"吴蓓蓓说。

"我是来给林先生的孩子续保的。"秦姝说。

吴蓓蓓请秦姝进去。秦姝注意到，此时的吴蓓蓓穿着一件性感的淡紫色蕾丝睡衣。

林先生的家位于小区的楼王位置，从客厅宽敞的落地窗看出去是小区几千平方米的人工湖。林先生出来递给秦姝自己的身份证，说："还需要其他资料吗？"

"还有孩子的身份证和银行卡。"秦姝说着打开了投保用的App。

林先生取银行卡时，吴蓓蓓倒了一杯水给秦姝，然后坐在了秦姝旁边的沙发上。

　　"妮妮说了你在做保险，没想到这么巧……"吴蓓蓓略显尴尬。

　　此时的吴蓓蓓在睡衣外面披上了一件开衫。

　　"是很巧，我也没想到会在这里遇见蓓蓓姐，咱们也好久没见了。"秦姝故作自然地说。

　　"怎么，你们认识？"林先生把银行卡递给秦姝。

　　"秦姝是老戴现在的老婆。"这话说起来，还真有点绕。

　　"那真的是太巧了吧！"林先生没忍住，笑了。

　　吴蓓蓓和老戴同岁，不过她保养得很好，看上去比老戴年轻得多。

　　只是一个少儿意外险的续保，很快就办完了。投保后，秦姝给林先生说了下保单的保障范围，便起身离开。

　　秦姝从林家出来，心里想吴蓓蓓和林先生还蛮般配。没走几步听见后面有人叫她名字，回头看是吴蓓蓓。

　　"秦姝，你也看出来了，我和老林在交往。妮妮还不知道这件事。这些年，妮妮一直觉得是爸爸不要我们了。如果，我告诉她我有男朋友或者要再婚，怕她会钻牛角尖，一时接受不了。"

　　"蓓蓓姐，你放心，我不会和妮妮说的。噢，谁也不会说。"秦姝说完笑笑。

　　"谢谢你。走吧，我送送你。"

　　"你在戴家怎么样，和妮妮奶奶他们相处得还愉快吗？"

　　"还可以，反正我现在做保险，天天往外面跑，和他们相处的机会也不多。"

　　"你怎么想着干这个了？妮妮和我说的时候，我都没信，后来她说了雨桐的事儿。"

　　"蓓蓓姐，这个问题我被问过上百遍。实话是，刚开始是因为没有别的工作要我。但是做了一段时间，我发现自己爱上这个工作了。多付出、多努力就能得到更多回报，还比较自由，不用面对老戴那种叽叽歪歪的领导。"说完两个人大笑。

秦姝第一次觉得吴蓓蓓没戴家人嘴里说得那么讨厌，相反，她很有女人味。

隔天，秦姝在微信上给林先生发了条微信，并再次将保单的保障范围、出险后的就医说明编辑清楚发过去。通常这种微信，秦姝都默认为客户不会回复。但这次隔了半小时，林先生回复："秦小姐，能请你明天来下我公司吗，有些保险问题想向你咨询。"

第二天上午10点，秦姝按照林先生发的地址来到了金宝街的一座写字楼。前台带秦姝去了林先生的办公室，办公室里没人。秦姝坐在沙发上，环顾四周，这间办公室不大，但放了很多高高低低、错落有致的植物。上午的阳光正好，盈盈的绿意与倾洒的阳光让人觉得宁静、惬意。

"秦小姐，很准时嘛！今天请你来，是有个问题想咨询。我现在打算再婚，噢，对，那天你也见到了我女朋友，听说你们还认识。"林先生一进门笑着说。

"这世界也真是小。"秦姝说完低头浅笑。

"我不想婚后有这样或者那样的问题。法务建议我在婚前把资产以保险形式给到孩子，所以，想请你帮忙设计个方案。"

秦姝先是有点惊愕，但马上恢复了自然。

"林先生，您的要求可以通过终身寿险或年金险来实现，二者的最大差别是终身寿险解决的是身后传承，年金解决的是身前传承。"

"秦小姐，我希望我不在时能把钱留给我儿子。"

"那我重点介绍下增额终身寿险，它的保障责任是身故和全残，保障期间是终身。之所以叫增额终身寿险，是因为它的身故保额随着时间增长会按照一定的利率增长。"

"那一旦投保了，是不是这笔钱就没办法再动了？我现在最大的顾虑是，万一生意上需要周转资金……"

"您可以通过部分减保的形式取出对应的现金价值，这也是我为您推荐增额终身寿险的原因。"

"这种减保操作，会收取额外的费用吗?

"部分减保不会收取费用。"

"OK，最后，你说说它有什么缺点吧，一款产品不可能只有优点没有缺点。"

"您说得对，相比定额寿险来说，增额终身寿险的费率较高，也就是说保费会贵一些。"

"秦小姐，我很喜欢你这样坦诚的代理人，你先做个计划，我看看。"

"林先生，您希望以什么样的缴费形式投保，趸交^①或者几年缴，总保费大概多少，我帮您设计一下。"

"这个我想一想再微信发你。另外你把需要的投保资料提前发我看看，我可能也需要准备下。对了，秦小姐，这件事还请你暂时不要告诉别人，你懂的。"

"林先生，这点您放心，我们对客户的信息都是保密的。"秦姝知道他说的"别人"是谁。

男人，二婚老男人! 秦姝转头一想，和这个林先生比起来，老戴光明磊落多了。

按照林先生发来的要求，秦姝为林先生设计的是一款增额终身寿险的方案。这个方案既保证了资产的保值增值，又可以部分领取兼顾灵活性。

像大多数客户一样，林先生也是先把方案要了去，然后就没了回音。这种情况的原因通常有两个：一是客户不能完全看懂建议书，就放在一边

---

① 趸交：指一次性付清保费。

淡忘了；二是客户拿到建议书后，会去比价，哪家便宜选哪家，殊不知买保险需要注意的点异常纷杂，几字之差，就可能导致客户的理赔诉求遭到拒绝。

后来秦姝又给林先生发过两次微信，他也都没回。

贰拾伍

"先将我们的焦点花，就是花头较大的花插到花篮的一侧。接下来再分层次加入我们的配花，如洋桔梗、玫瑰，还可以用小飞燕、翠珠来调整高度。花篮要注意有高有低、有主有次、有大有小、有进有出。我们就是要营造一种大自然中高高低低、错落有致的感觉。"

启华保险公司的大会议室里，一名专业的花艺老师正在教十几位不同年龄的女士制作手提花篮。这是小北他们本月的客户活动，组里每位代理人都邀请了自己对花艺感兴趣的客户以及她们的朋友来免费参加插花沙龙。

保险这种商品很特殊，许多人买了之后也许很久都用不到。为了增强客户黏性，小北他们会很用心地组织一些受欢迎的客户活动。活动的费用通常都是团队领导小北来承担。她会想办法让活动尽量高端精致一些，让客户们愿意带自己的朋友过来。因为转介绍来的客户，客户和代理人彼此之间很容易建立信任。即便每次活动都要花费一笔不小的支出，但从活动效果来看，一切都是值得的。

这天小北刚送走参加活动的客户，从电梯间往回走，就接到了白帆打来的电话，邀请她周六一起参加一个同事的婚礼。

小北想了下，便答应了。于公于私，她都会答应。于公，婚礼这种场合，是认识新客户的好机会；于私，她内心对和白帆的再次约会充满期待。

婚礼安排在一家五星级酒店的宴会厅。一对新人走到白帆这桌敬酒时，新郎对白帆说："帆总，这么快就有女朋友了。"新娘也是位好奇宝宝，问小北在哪家公司高就。小北就等这句呢，于是自信满满地说自己是启华保险的代理人。这句话说出去，旁边的人都看向了小北，新娘也愣了几秒钟，而后才笑着说："那以后我们宝宝出生就找你买保险了。"

这一桌几乎都是白帆的同事、同行，一对新人敬过酒，大家便随意聊起来。当然，聊得最多的是近期一级市场、二级市场如何，哪家机构又做了什么新项目，等等。

"是不是很无聊？"白帆低声问小北。

"不会，就是听不太懂。"小北笑笑。

"不怪你，他们故意的。"两个人对视一笑。

席间，大家抱怨经济大环境不好，市场太难做。白帆就着这个话头说："经济越是不好，就越得把保险买足。向大家隆重推荐我身边这位年轻的保险代理人苏小北小姐，贸大硕士，现在是启华保险的资深经理，下面带着一个几百人的团队。"白帆这番介绍说完，原本这张桌旁一张张骄傲的脸上瞬间换了一种表情。有几位女生主动加了小北的微信，还有一位备孕的女生问起了生育保险。

简单吃了几口，白帆就提议离开。小北说稍等下，便径直走向新娘。白帆远远地看到她们俩互加了微信，小北含笑而归。

"想到了参加婚礼会很无聊，但没想到会这么无聊，连累你也跟着我无聊一上午。"

"我还好，没白来。不过你刚才说我有一个几百人的团队，太夸张了。"

"我这也是刚刚学会的，不这样说，没人会重视你。就像我们申报项目时，要是不把这个项目说得高端大气上档次，很可能就拿不到任何资源。"

白帆对女生的体贴是那种流淌在血液里的，不只是拉椅子、开车门、递纸巾这样简单的动作，还包括他会很自然地照顾到女生的情绪。小北每次和他在一起都如沐春风，她越来越确信自己喜欢上了白帆。

白帆说自己刚才没吃饱，问小北哪里有好吃的小吃。小北想了想，直接定位好目的地带白帆上了一辆网约车。

车子在三里屯的一条马路边停了下来。小北带白帆来到了一家看起来萧条得马上就要倒闭的商场，他们此行的目的地就藏在商场的五层。和周围没什么人气的商铺相比，这家店里几乎是满座。服务员安排他们和别人拼桌坐好。小北熟练地扫码点菜。这家店上菜的速度快得让人怀疑人生。

酸萝卜牛肉、鲜椒鸡、茄汁肉末豆腐，还有店家招牌"随便一碗面"，每一道菜，白帆都赞不绝口，看那吃相仿佛是挨了几天的饿。

"你平时喜欢吃什么？"小北问。

"我印象里姥姥做的文昌鸡最好吃，用中文描述就是肉质嫩滑、油而不腻、皮薄骨酥，老远就能闻到那股香味。只是姥姥四年前患上了阿尔兹海默病，有一次，她非要给我做文昌鸡，但是怎么找也找不到那只鸡。几天后，家里保姆闻到臭味，才发现那只鸡在姥姥的衣柜里……"

"我的客户中也有患阿尔兹海默病的老人，他们在养老社区里被专业的护工当成小朋友一样照顾，倒也蛮开心。"

"你是说中国有这种专门护理阿尔兹海默病病人的地方吗？"

"对，我们的养老社区就有专门针对失智老人的护理区，有空带你去看看。"

看着桌上的菜，小北又说回了文昌鸡，她问白帆在北京有没有找到正宗的文昌鸡。

"还没找到那么正宗的，不过感觉自己马上就要变成四川胃了。"

饭后，白帆想起这附近有家书店很不错，问小北是否愿意去看看。

这是一家很有名气的连锁书店，各个门类的书都很全，店里的饮品消费区几乎坐满了正在看书的人。小北站在专业书籍前，翻开了一本讲桥本甲状腺炎的书。白帆则示意小北选好书后去消费区找他。

两杯苏打水，两人相对而坐。一会儿，白帆把自己手里的书转向小北。小北看了看，笑了。

"若要一天不得安，请客；若要一年不得安，盖房；若要一辈子不得安，娶姨太太。"书里如是写。

稍坐了一会儿，小北去前台结账买下了那本讲桥本甲状腺炎的书，然后两个人顺着书店前面的步行街散着步。

"为什么买这本书，你有甲状腺方面的问题吗？"白帆问。

"这是一位美国的医学博士写的，她用自己的食疗方案治愈了很多患有桥本甲状腺炎的患者。我的很多客户都因为甲状腺问题被延期、除外或者拒保，所以我想对这类疾病多了解一点，也许能给他们一点实用的改善建议。"

"小北，你一点不像打工的人，倒像是我爸爸那种自己做生意的人。"

"没错啊，做保险代理人可不就是自己做生意吗。我的终极理想就是做一位年轻的保险企业家。"

"那到时候我给你打工吧？"

"行啊，你也算有几分姿色的，姐姐们应该会比较喜欢。"

这次的约会，让他们彼此之间更放松、更自在了。这次之后，白帆经常在下班后约小北一起吃饭、看电影。

凤英的同学刘丽华在朋友圈发了一组带父母乘邮轮去澳门旅游的照片，这条消息被很多人点赞。

"丽华，我看你带父母出去玩，你是赚钱了吧？"凤英私信给丽华。

丽华二话没说，直接发给凤英一个二维码："你感兴趣可以先进群，做不做全看自己。"凤英不带一丝犹豫，就像大海中饿久了的鱼看到鱼饵一样，顺着这条进群邀请进到了一个有十几个群成员的名叫"众乐乐"的搞钱群。

群里很是热闹，基本分为两派，吐槽派和炫耀派。吐槽派说今年买的基金已经赔得拦腰斩，说现在的银行理财真没意思，收益率搞来搞去还跑不过房贷；炫耀派简单粗暴地甩出自己的账户收益截图，里面大红的六位数收益赫然映入凤英眼中。这样的场景每天都要上演几次，刚开始凤英只是抱着看热闹的心态，但是看着看着，她就越发不淡定了。

"他们的收益都是真的吗，真这么容易就能赚钱？"凤英在微信上问丽华。

"是真的，我都跟着赚了4万多了。这公司有高手可以在平台植入代码，精准地知道个股未来走势。只可惜我的本金太少了，不然我真想投笔大的。"

"那他们为啥要把这好事儿给外人做？"

"他们当然不想了，但是他们需要集合大家的资金一起做，这样一来能做大规模，扩大盈利，二来人多分散才不容易被发现。"

虽然凤英并不懂丽华说的，但至少她的疑问都被一一回应了。她告诉丽华决定先拿一点点钱试试。随后，有位昵称为一号客服的人加了凤英，给了她一个私人银行账号，告诉凤英把钱打到这个账户。

凤英平时在家附近的公园里做户外巡护员，一个月工资大概4000多元，她想了又想打过去了500元。之后客服告诉凤英买涨、买跌，几分钟后，账户显示盈利了300多元。凤英顾不得仔细看具体盈利金额，她只想立刻连本带利提现出来。一顿操作结束，凤英一头一脸的汗，直到看到提现金额到账了，悬着的一颗心才算放下。

第二天，凤英打算多充点钱进去，就打了3000元到客服的账户。丽华告诉她，这几天行情会比较好，群里的人貌似也知道这个消息，都积极地晒充值金额。经过和上次差不多的一番操作，这次盈利4000多元，凤英还是第一时间提现。看着账户里两天时间就已经翻番的余额，凤英的内心不再平静了。

很自然地，她想到了周大娘的拆迁款。如果能把这笔钱投进来，赚了钱再按照银行理财的收益还回去，中间的盈利足够自己买套小房子了。刚开始，凤英把这个念头告诉了老公老罗，老罗一百个不同意，骂凤英得寸进尺，狗胆包天。

凤英本也放弃了这个念想，但就这样每天看着群里的人欣喜若狂地晒收益，再看看马上就要上大学的儿子和紧巴巴的日子，她终究还是没忍住。凤英来到银行，不顾理财经理说违约会拿不到任何收益的提醒，毅然决然地将周大娘的钱取了50万出来。一切如她所料，这次她赚了二十几万，50万就这样变戏法儿一样变成了七十几万。她按捺不住地将这次的"变钱戏法儿"告诉了老罗，老罗同样是又惊又喜。

正在两口子商量着把50万连本带利息还回去，见好就收时。没几天丽华找了过来，告诉凤英公司这样带着他们做单风险很大，打算再做最后一笔大的就收手了。这次只针对关系比较近的几个人，凤英不在名单之上。

凤英央求丽华，说能不能用她的名额帮自己赚一笔，还说会拿出利润的百分之十分给丽华。其实丽华之所以跑过来告诉凤英，目的便是想借鸡生蛋，所以她一口应下。过了这村没这店，这回凤英两口子的意见出奇的一致：把周大娘买理财的400万全都提前赎回来，赚一笔大的。

说实话，丽华没想到凤英能一下子拿出这么大一笔钱。投进去的当晚，账户显示盈利130多万，凤英、老罗和丽华在凤英40多平方米的家里兴奋得手舞足蹈。

"快提现，快提现！"老罗盯着账户，催促着丽华。提现的流程，丽华熟得不能再熟，可是今天接连试了几次都失败了，手机上显示一行代码。她问客服，客服说这行代码的意思是钱被冻结了，需要充值才能激活账户，而且充值的金额不能少于账户余额的百分之十。

"怎么还有这样的事儿，以前从来没遇到过。"丽华说。

"会不会是骗局？"老罗神情严肃。

"不会的，如果是骗局，那还让我们盈利干什么，直接吞了我们的本金就行了。再说，这家公司就是我同事老公的公司，大家都很熟的。"丽华说。

"对，那你打电话问问你同事，看能不能通融下。"凤英说。

丽华打电话给她那位同事，电话一直占线，发微信也不回复。老罗急了，让丽华带着他们去同事家问问。可丽华和这位同事也很久没见过面了，一直都是微信联系，压根儿就不知道这位同事住哪儿。

这一夜，凤英和老罗彻夜不眠，纠结这笔钱如何才能取出来，同时迟疑要不要筹钱激活账户，如果、万一……他们不敢想下去。

老子的《道德经》说："祸莫大于不知足，咎莫大于欲得。"现在人说："填饱肚子容易，填满人心却不易。"人在巨大的利益面前，很难有能淡然处之、守得住底线的。

第二天，老罗让丽华转告客服，必须将这笔钱解冻，否则报警。这么大一笔钱，丽华也不敢怠慢，可这句话刚转发过去，再发消息就显示对方已将她拉黑。事情发展到现在，老罗觉得不能再拖了，要立刻报警。

周大娘的养老院那边联系凤英给老人续费，迟迟不见凤英动静，便把电话打到了第二联系人王琳琳那里。养老院说再不续费，床位就不再保留了，到期就得把两位老人接走。按说养老院的费用对周大娘他们来说并不高，王琳琳觉得很诧异，电话联系凤英没人接，就决定来凤英家看看。

凤英躺在床上，脸上一点血色也没有。老罗坐在脱了皮的沙发上，只顾低头抽烟。王琳琳一进来就被呛得咳嗽。

"琳琳，你怎么来了？"凤英挣扎着坐起来。

"养老院那边联系我，说再不续费就要把老人送出来了。"

凤英看看老罗，泪珠大颗大颗地落在衣领上。她知道事情瞒不住了，就一五一十地告诉了王琳琳。琳琳听完，直接从椅子上站起，骂他们两口子利欲熏心，贪得无厌。从凤英家出来，王琳琳想来想去，还是决定找小北当面商量下周大娘家的事。

贰
拾
陆

　　"上当从来都不是因为对手太狡猾，而是因为自己太贪婪，这很明显是一个杀猪盘。"老徐听了周大娘的事说道。

　　"我担心的是老两口后面怎么办，那点租金肯定不够支付养老院的费用，也不知道那笔钱什么时候追得回，还追不追得回。"小北说。

　　"早知道凤英这么不靠谱，真该当时劝大娘把钱存到你们那，享受你们的养老服务，又安全，照顾得还好。"王琳琳说。

　　"这就是制度比人性靠谱的真实写照。"小北说。

　　"那些骗子已经知道凤英报警了吗？"老徐问。

　　王琳琳摇摇头说应该还不知道，因为凤英担心刘丽华和他们是一伙的，报警的事连刘丽华也没告诉。民警按照打款的银行卡查，但对方留在银行的电话打不通，地址也是假的。

　　"现在只能试试引蛇出洞。"老徐说。

　　老徐让王琳琳拉了一个反杀猪盘群，群里有凤英两口子和他们几个，琳琳还拉了社区的一位民警。

　　小北按照凤英给的微信号添加了客服，前两次都没有被添加。后来小北留言说自己急需用钱，想搞笔大的，还愿意将利润分一成给他们。没多久，客服通过了她的好友邀请。

　　小北问客服如何操作，说第一次先打5000元试试。和凤英当初一样，5000元很快就变成了8000元，并且顺利提现。小北将这一切全都录屏，留作证据交给民警。民警顺藤摸瓜，根据新的打款银行卡和小北提供的证据，很快找到了三名窝藏在郊区民宅中的犯罪嫌疑人。遗憾的是，周大娘的400万早已被他们通过非法途径转到了国外的账户上，一时半会儿怕是无法追回。警察在公司账上只追缴到了3万元，算是把周大娘他们俩下一个阶段的费用垫上了。小北和琳琳商量暂时不要将这件事告诉老人，她们寄希望于警察能在下次交费前追回那笔钱。

　　这段时间，白帆经常在下班后找小北一起吃饭、看电影，周末也至少会有一天安排见面，还会邀请小北去家里吃西餐。两个人的关系明显更亲近了，不再像以前那样客气拘束。但每每谈到男女关系的话题时，白帆都会及时转移话题。他处理得是那样游刃有余，既躲避了确认彼此关系，又不会让小北感到一丝一毫的不舒服。

　　小北从上大学开始就一直忙于赚钱养自己、养妈妈、养弟弟，她的感情经历很少，这是她第一次这么确定地对一个男生有好感。白帆每次来接小北下班，老徐都知道。安安也见过白帆几次，她总是在公司里对白帆赞不绝口。

　　"小北姐，那位Alex白就是传说中的完美T形身材，还有他的衣品是我见过的你们这个年纪的男人中最好的。"

　　"注意措辞，什么叫我们这个年纪，打击面有点广。"小北提醒她。

　　也难怪，在安安眼里，岳老师的年纪比她妈妈还大，小北被她认定是前辈大姐，秦姝、老徐则是不容置疑的中年人。

　　老徐这段时间心情很低落，回到家也不怎么讲话。

"怎么都不给我带外卖了？"大陆问老徐。

"惯出毛病来了，想吃自己买去，我最近都不吃晚饭。"老徐这段时间基本上一回家就躺在沙发上刷手机。

"最近也不操练新菜系了？"

"嗯，接下来一段时间你应该都蹭不到饭了，尽早提前规划吧。"

"怎么了，女神出状况了？说出来听听，大陆老师帮你解决。"

老徐白了他一眼。大陆知道自己说中了，等他再想说什么，老徐已经回房间了。

秦姝觉得既然顾欣和雨桐的事情都解决了，还是应该找机会缓和下她和妮妮的关系。周三下午，秦姝拨通了妮妮的电话。

"怎么了？"电话那边，妮妮不耐烦地问。

"妮妮，雨桐和你说了吗，她爸爸最后给她和没出生的小宝宝都买了保险，将来他们两个会一起领钱。"秦姝说。

妮妮那边半天没出声儿，良久说了句："噢，知道了，还有事儿吗？"

"那个，奶奶实在太想你了，这个周五我去接你吧，周末我带你和球球一起去环球影城玩。"

又过了半天，妮妮嘴里挤出来个"嗯"字。挂了电话，秦姝如释重负。

周六，秦姝一大早开着车带两个孩子来到了位于通州的环球影城。刚停车，两个小家伙就睡意全无，兴奋起来。妮妮如此兴高采烈的样子，是秦姝从没见过的。影城里，小黄人乐园、哈利·波特的魔法世界、功夫熊猫盖世之地、变形金刚基地、侏罗纪世界和未来水世界，随便哪个项目都很吸引人。

秦姝准备了很多吃的喝的，两个孩子负责玩，她就负责给他们递水、递零食，还给孩子们拍照。13岁的女孩，已然开始有美的概念了，秦姝把平时在网上学到的拍照技巧都使了出来，帮妮妮拍出了很多漂亮的照片。

中午在餐厅吃过饭，妮妮说肚子疼，去了两次厕所还是没缓解。妮妮一起身，秦姝发现妮妮裤子上有血迹，应该是来月经了，这是妮妮的第一次。秦姝连忙脱下上衣，围系在妮妮腰间。

"你干什么？"妮妮起身想躲。

"你来月经了，裤子有点脏，围一下。"秦姝轻声说。

秦姝让妮妮带球球吃饭，自己去找买卫生巾的地方。秦姝找了好一会儿才回来，还带回了一杯热巧克力。她在桌子下面给妮妮演示怎么用，然后就叫妮妮去厕所换上。

"肚子还疼吗？"秦姝问从卫生间出来的妮妮。

妮妮点点头。

"球球，姐姐不舒服，我们先回家吧，下次妈妈再带你们来，好吗？"秦姝转身对正在吃热狗的球球说。

"我不，还没去买魔杖呢。"球球使劲儿晃着小脑袋。

"下周末咱们再来，姐姐不舒服得回去休息。"秦姝说着已经开始收拾东西了。

收拾完，秦姝背起背包，拉着球球就走。球球抓着椅子不松手，嘴里还哭闹着："不回，不回家……"

秦姝见球球自己不走，便把他硬抱起来走，没走几步，秦姝感觉背包在往下坠，回头一看，是妮妮，她示意秦姝她来背包。

球球闹归闹，但上车没一会儿就睡着了。秦姝对妮妮说："把那杯热巧克力喝了吧，会好点。"

刚说完，一个剥好皮的香蕉递了过来，秦姝心里一暖。

回到家里，秦姝让吴姐煮了红糖水。她送妮妮回房躺下，嘱咐她喝了红糖水，好好睡一会儿。正当秦姝准备离开妮妮房间的时候，妮妮说："秦姝阿姨，谢谢你。"

孩子的本性大多是单纯的，喜欢就笑，不喜欢就闹，比起那些深藏不露、喜怒不形于色的大人，他们反而更好相处。

秦姝觉得自己的方案考虑得很周全，然而几次约吴蓓蓓的男友林先生面谈，都迟迟未收到对方的回复。

这个周日，秦姝在家看书。吴姐上来说楼下有人找。秦姝出了楼道，就看见吴蓓蓓站在单元门对面。

"蓓蓓姐，怎么不上去？"秦姝朝吴蓓蓓走去。

"秦姝，是你出的主意让老林在婚前给他儿子买个保险吗？"吴蓓蓓问。

"你知道了？"秦姝问。

"秦姝，你是多缺钱，见个客户就抓住不放，不挖个大单不罢休？"吴蓓蓓声音大了起来。

"蓓蓓姐，你冷静下，主意不是我出的，是林总公司的法务建议的。只是林总找到我，让我帮忙做方案。"

"那你至少应该告诉我下吧！我们马上就要领证了！秦姝，我一直觉得你是个不错的姑娘，还让妮妮和你好好相处。现在发现，你就是两面三刀，当面一套，背后一套！"吴蓓蓓越来越控制不住自己的情绪。

"林总的投保情况，那是客户隐私，我们做代理人的不能随便告诉别人，蓓蓓姐，请你理解。"

"你少在这装清高！以前妮妮就说你，给雨桐她后妈支招骗她爸爸的钱，现在又给老林出招，你就是一个笑里藏刀、口蜜腹剑的蛇蝎女人。"

还没等秦姝说话，就听身后"啪"的一声。秦姝回过头去，是妮妮。刚才的声音是妮妮手里喝了一半的奶茶掉在了地上。

"妮妮！"秦姝和吴蓓蓓几乎同时喊出。

妮妮转身跑进了楼道。再看吴蓓蓓，她先是愣在那儿，然后跟着跑进楼道。秦姝也追了进去。吴蓓蓓顾不上和妮妮的爷爷奶奶打招呼，直接跑上二楼妮妮的卧室。

二楼的卧室里，刚开始很安静，随后传出一阵争吵声，再后来又转而安静。

妮妮一动不动地坐在飘窗上，脑袋低垂，双手抱膝，如同石像一般。

"那个林叔叔，你见过的。妈妈有考虑和他结婚，但结婚前妈妈是会和你商量的。林叔叔很喜欢你，我们结婚后，你还是跟着我，一切都和现在一样，只是多了一个人爱你。"吴蓓蓓说。

"和我商量？你是通知我吧！你们大人根本就不会征求我的意见，爸爸结婚了，现在你也要结婚，你们都有自己的家！"妮妮说完摔门而去，下楼的脚步声如同击鼓。

妮妮跑出了家门，秦姝紧跟着追了出去，吴蓓蓓也从楼上急匆匆地下来，跑出门去。

秦姝拉住妮妮，说："要不我先送你回学校吧？"秦姝上楼取了妮妮的书包和洗好的衣服。

回学校的路上，妮妮靠在车后座，两眼直直地盯着窗外，沉默不语。秦姝看着后视镜里的妮妮，感觉莫名的难受。她很想安慰妮妮，可又不知道该说些什么，也许现在的妮妮最需要的是安静。

下车后，妮妮接过秦姝递过去的书包和装衣服的纸袋打算转身就走。秦姝拉了下书包，说："妮妮，我太了解你爸爸有多爱你了，早在我们结婚前，他就把你今后的学业规划好了。妈妈也是，还有爷爷奶奶，球球，他们都很爱你。"

妮妮没说话，提了提肩上的背包走进学校，留下一个孤独、无助的背影……

送完妮妮，秦姝明白了为什么林先生一直没有给她回复，看来是保险的事情被吴蓓蓓知道了，两个人之间发生了分歧。在所有重组家庭中，这种双方都有子女的重组家庭关系最为复杂。很多这样的家庭的结局都是自己和自己的孩子结盟来对付另一方，最后的夫妻关系可想而知。

这天秦姝收到吴蓓蓓发来的微信，约她下午喝咖啡。

"我去学校找了妮妮两回，她都不肯见我，想来想去，也只有麻烦你替我先劝劝她了，等她消气了我再和她解释。对了，我和老林分手了。"吴蓓蓓放下手里的勺子说。

"是因为保险的事儿，还是因为妮妮？"

"都有，不过主要还是保险吧。按说他用自己赚的钱给他的儿子买保险也没什么，可我就是感觉他和我隔着心，每当想起这个事儿，我就觉得特别不舒服。"

"蓓蓓姐，其实你可以这样想，如果对方条件没有你好，换作你，是不是也担心他会分走老戴留给你们的房子？会不会也想为自己的孩子保住已有的资产？比如，我刚和老戴在一起时，就知道他有一笔钱是专门留给妮妮的。将心比心，天下的父母都是一样的。"秦姝说。

"没想到你这么年轻就活得这么通透。"

"我也远没到通透的境界，就是做了保险代理人以后，见到了人性的更多面，慢慢就开窍了，学会了不跟自己较劲。"

贰拾柒

自从秦姝出去工作，几乎每天都是吴姐来学校接孩子。这天，球球看见是妈妈来接，一下子扑到了秦姝身上："妈妈，今天怎么是你接？"

"妈妈来接你开心吗？"

"开心，我想妈妈以后每天都来接我。"球球一蹦一跳地说。

"那可不行。球球要上学，妈妈要上班。每个人都有自己该做的事情，球球的任务是学习好，妈妈的任务是工作好。咱们俩都各自做好自己的事儿，好不好？"

"嗯！"球球点点头。

"妈妈，那你的工作是卖保险吗？保险是什么？"

"保险呀，是一种看不见的产品。举个例子，你花100块买了一个新篮球，你非常喜欢它。但是你很担心篮球会坏，因为坏了你就还得再花100块买一个新的篮球。这时，你可以选择花10块钱买份保险，如果篮球坏了，保险公司就赔你一个新篮球。但是如果篮球没坏，你已经支付的10元钱也不会还给你了。这就是保险，懂了吗？"

"10块钱换一个100块的篮球，小的换大的。那……那为什么奶奶说卖保险不好，是丢人的呢？还不让我和别人说妈妈在卖保险。"

秦姝放慢脚步，转身看着球球说："以前有些卖保险的人，没学好什么是保险就把它卖给不需要的人，这样大家买的都不是自己所需要的，就会感觉被骗了。但是你看妈妈每天都在学习，然后把最合适的产品卖给最需要的人，这就不是骗，是在帮别人。"秦姝一字一句地讲，她觉得球球能够理解。

球球大眼睛眨了眨，一副若有所思的样子。

周末，林先生发来语音消息："秦小姐，上次说的保险，我们当面聊下吧。"

林先生和秦姝约了周二下午在秦姝公司附近的咖啡厅见。秦姝觉得应该把这个消息告诉吴蓓蓓，如果他们还有缓和的余地，说不定可以利用这次机会制造一次邂逅。

"蓓蓓姐，周二老林约我见面，他还是想聊聊保险的事儿。你看要不要来个偶遇，说不定大家把话讲清楚了，你们俩还能再续前缘。"

吴蓓蓓犹豫了片刻，回复说"好的"，然后问了具体的时间、地点。

爱情这东西，任何地域、任何年龄、任何条件的女人都渴望，中年女人也不例外。而她们渴望的爱情不再是甜言蜜语、你侬我侬，而是能够化解内心孤独，聊到一起的伴侣。吴蓓蓓和老林两个人看上去很般配，不论是年龄、样貌、阅历，还是品位。

周二，秦姝提前打印了上次做好的方案和备用方案，早早地来到咖啡厅"抢占有利地形"。这家咖啡厅几乎一半的生意都是启华保险代理人带来的。有时候，咖啡上的拉花甚至可以选择公司的logo，营销创意让人佩服。

快到下午两点半的时候，秦姝看见老林推门而入。她刚要招手，就见老林后面还跟了一位妙龄女子，这女孩子穿了一身纯白色连体裤，愈发衬托出了身材的高挑；一头栗色及腰长发，鼻梁上架着一副大墨镜。

"秦小姐，好久不见。"林先生坐下说。

"林先生……"秦姝缓了缓神儿。

服务员拿着菜单走过来。

"来一杯冰美式，给她来一杯水果茶吧，谢谢。"林先生说。

"噢，对了，秦小姐，我来介绍一下。这位是我的女朋友，莎莎。"

这时女孩摘下墨镜，对着秦姝笑了笑。秦姝不需要怎么观察这个女孩儿便一眼记住了她：一双戴着美瞳却依然吊着眼白的大眼睛，一个恨天高的鼻子，外加一对馒头一样的苹果肌。最熟悉的陌生人，满大街都是的那种。

秦姝理了理思绪，和女孩打了个招呼。

"秦小姐，上次的方案里，我看你还提到了两种备选产品，我也想都了解下。"林先生说。

"林先生，对于像您这种有资产传承需求的客户，可以买寿险，也可以买年金险。寿险简单说就是被保险人去世后把资产指定给受益人，它解决的是身后传承问题；年金险通俗点说就是投保人投保后，被保险人按照约定期限定期领钱。如果暂时不想领，这笔钱会在附加的账户里由保险公司代为投资保值增值，收益可以给自己，也可以给其他指定的受益人，它解决的是身前传承。"

"我觉得还是你推荐的那款增额终身寿险吧，但是有一个地方可能要调一下，要在方案里加上我们的新Baby。"说完林先生摸了摸莎莎的小腹，两个人甜蜜地相视而笑。

这么快就怀上了？才分手多久呀？秦姝脑子里打出了一连串的问号，但脸上依然镇定。

"恭喜，林先生。因为孩子现在未出生，正常的终身寿险没办法添加，我们可以结合信托做一个保险金信托，这样就可以加上小宝贝了。"秦姝说。

"好的，那辛苦你设计一下吧。"林先生说。

这时，莎莎起身说要去厕所。

"孕妇就是爱去厕所。小心点，需要我陪你吗？"林先生温柔地说。

莎莎娇嗔地说不用。

"林先生，想不到您这么快就找到新的幸福了。"秦姝实在忍不住调侃了一下。

"嘻，难得遇上个好姑娘，就别犹豫了。我告诉你啊，这年轻女孩儿，就是事儿少、单纯，没那么多这啊那啊的顾虑。你怎么说，她怎么听，少了很多麻烦。"

说到这，秦姝突然想起来要赶紧通知下吴蓓蓓才好，不然接下来的场面就不可控了。秦姝拿起手机发了条微信给吴蓓蓓："蓓蓓姐，临时有变，先别来了，回头说。"

说巧不巧，就在信息刚刚发出去的一瞬，咖啡厅门开了，走进来的正是吴蓓蓓。

简直就是情景再现。和莎莎一样，吴蓓蓓戴着一副大墨镜走进咖啡厅，摘下墨镜径直朝秦姝这桌走过来。

"秦姝，这么巧？"吴蓓蓓佯装偶遇。

"蓓蓓？"林先生像做了亏心事一样，站了起来。

"你也在？"吴蓓蓓说完不等别人让，直接在林先生旁边的沙发上坐了下来。

"你们还是在聊那个保险吗？其实我后来想了想，父母确实应该给孩子买一份。"说完，吴蓓蓓拿起桌上原本给莎莎的水果茶喝掉一半。

此时的秦姝和老林都仿佛被点了死穴一样，呆若木鸡，不知该说什么、做什么。

"蓓蓓姐，林先生今天确实是来沟通保险方案的，但是……"不等秦姝把话说完，莎莎撩着头发从洗手间一步一扭地走过来了，站在老林旁边，瞪大那双铜铃般的眼睛，问："这位是？"

吴蓓蓓也扭过头来，说："你是谁？"

秦姝和老林几乎同时低下头。过了几秒钟，老林站起来说："我来介绍……"

莎莎和蓓蓓一起看向老林……

秦姝实在看不下去了，站起来挽着吴蓓蓓的胳膊说："莎莎，蓓蓓是我的亲戚，我们还有事先走了，方案回头我发给林先生。你们再坐一会儿，慢慢聊。"

说完秦姝拿起包，拉着吴蓓蓓的胳膊就往外走。吴蓓蓓还没缓过神儿，使劲儿地看着莎莎。

"什么情况呀？那个网红脸[1]和老林什么关系呀？"刚一走出咖啡厅吴蓓蓓就忍不住大声地问。

"蓓蓓姐，不好意思，怪我，怪我！我也没想到，这个老林，和你才分手多久就找了个网红脸，而且还……"秦姝不知道该说不该说。

"新女朋友？就那个翻白眼的？还什么？"吴蓓蓓近乎咆哮。

"那女孩儿怀上老林的孩子了，今天就是要我在方案里加上这个新孩子。"秦姝说。

吴蓓蓓听了差点没背过气去："这个渣男，我要问个清楚。"说完又要冲回咖啡厅。

秦姝拼尽全力一把抱住她："蓓蓓姐，你别这样，他不值。"

吴蓓蓓气得就地蹲下大哭起来，也顾不上形象了。

"这个渣男！秦姝你不要给他做方案。"转瞬又说，"不对，要做，做个最差的方案给他。"

"放心吧，等我赚到他的钱咱们吃大餐，疯狂购。蓓蓓姐，分手就分手，下一个更长久，他找他的丑八怪，你找你的高富帅。"

秦姝刚说完，吴蓓蓓一下子上来抱住了她，像个孩子样又开始一把鼻涕一把泪地哭起来。

"大家注意呼气时双肩放松，吸气时小臂推地，人面狮身式可以帮助我

---

[1] 网红脸：网络流行词，指整容或天生就长成类似明星的脸，一般具有尖下巴、韩式半永久眉、欧式大双眼皮、高鼻梁等特征。

们放松上背部，伸展身体前侧。身材到位，衣服只是点缀，颜值到位，穿什么都是顶配，保持自律，你想要的都会有的。好啦，宝宝们，今天的课程就到这里，下次再见。"

小北的直播间人数越来越多，现在已经三位数了。对待直播，小北是认真的，每周她都会把课程计划提前发出来，包括每节课锻炼的重点部位和所要改善的问题。

这天直播后，小北照例打开粉丝发来的私信，其中有一条引起了小北的注意。信息来自一位名为"栗子夫人"的北京粉丝，她私信里对小北说，想了解下保险代理人，最好能当面聊聊，两人很快约好了隔天在小北公司见面。

这天上午，小北在电梯厅等"栗子夫人"。电梯门开了，一位中等身材、戴着一副黑框眼镜、梳着三七分头的男士走了出来。

"是苏小北吗？"

"我是，您是？"

"栗子夫人……"

"您是栗子夫人？"小北惊诧得提高了声音。

"栗子夫人——的老公。你好，苏小姐，我叫范海东。"

小北忍不住笑了。

"你们这行都是女的？"范海东坐下来，环顾四周。

"女性会多一些，但也有很多男性。尤其是最近几年，有很多男性加入，而且大多都做得很好。"小北给范海东端来一杯咖啡。

"跟着你练瑜伽的是我太太，但想了解保险代理人的是我。那我开门见山，简单介绍下我的情况。我研究生毕业后进入一家世界500强公司，十几年拼到了部门老总。3年前，事业发展遇到了瓶颈，考虑再三决定和前同事辞职创业。刚开始公司运转得还不错，但去年年底项目出了问题，原有的投资人不想再追加投资了。今年开春，公司账面上的钱都花光了，彻底关门。"

"范先生，以您的资历想再找份高薪的工作应该很容易吧？"

"我尝试过找工作。小公司许的职位高得离谱，但风险也高，有今天没明天；大公司，好部门、好职位轻易不会空出来，就算不挑职位，进去后一把年纪，领导都是比我小的年轻人。我觉得他们不成熟，他们觉得我思想保守，磨合起来也不容易。"范海东推了推眼镜。

"中年人的职场尴尬。"

"小北，你知道塔勒布吗？"

"嗯，读过他的《黑天鹅》《反脆弱》。"

"他的一个观点，我非常认同：不管多大年龄的人，一定要做自己能掌控的工作，这也是我今天来到这里的原因。"

"范先生，我丝毫不怀疑您的能力和态度，但——还有一个问题。"

"我为什么选择来找你？"

小北笑笑，心想和聪明人对话就是简单。

"坦白讲，朋友圈里不知道怎么加进来的保险代理人不少，启华的也有。但我觉得你和他们不一样。我老婆跟着你练了很久的瑜伽，这是我认识她快20年里，她坚持最久的一件事。刚开始我很好奇，你和别人有什么不同。她上课时，我就坐在一旁看你的直播。"

听到这里，坐在对面的小北有点不好意思。

"你的课不枯燥，虽然是完全免费的，却有体系。大家跟着你练，能清晰地知道这节课会改善什么，下节课练哪儿会解决身体什么问题。几十个周末，从来没有一次临时放鸽子。对待这样一个没任何收入的课程和一群不认识的陌生学员你都能如此负责，我相信你做代理人、做团队领导也不会差。"

"我没问题了，一位老师说过：干保险的，要么是走投无路，要么是身怀绝技，毫无疑问您是后者。欢迎您的加入。"小北伸出手和范海东握手。

这是小北经历的最痛快的一次增员，范海东当天下午就把面试的资料全部准备好，面试通过后准备参加最近的一期入职培训。后来听范海东回来讲，他那一期一共51位入训的小伙伴，其中有14位是男性，14位里有8位都是他这个年纪。所谓中年危机可以用一句话来总结：职场上，当不上领导尴尬；家庭上，当上领导顾不上家。

贰
拾
捌

小北最近总是有事没事地在视频网站上看与烹饪相关的内容。

"要跨界做美食博主？"秦姝看小北在浏览烧菜视频便随口问道。

"你知道粤菜的精髓是什么吗？"小北扭头问秦姝。

"你问她一个从象牙塔直接跨入豪门的女人？"岳老师说。

"也对，我的错。"小北说。

"做菜你得问徐多金，南北八大菜系，他都有研究。"岳老师说。

小北也知道老徐擅长烹饪，但一想到这菜是为白帆而学就觉得问老徐不合适。上次白帆提到文昌鸡时的表情，小北记忆颇深，她从心底里有股子冲动想为白帆做这道菜。

可是被小北做失败的文昌鸡不下10只，有的被扔掉了，有的自己凑合着改为红烧了。后来，小北请教了公司里一位广东的同事，人家说，小北记，就跟平时培训一样认真。

一天中午，小北给白帆发微信，邀请他晚上来家里吃饭。白帆一口答应。于是小北当天特意没安排任何客户约访，早早地回家开始做准备。她买了鲜花，把小家的客厅、卧室、卫生间都摆上鲜花。

按照同事教的，小北把宰杀干净的鸡放入沸水中煮熟，然后凉凉去骨。为了卖相好看，她将鸡肉斜切成长日字形，还将鸡肝片、火腿片切成与鸡肉一样的薄片，间隔开摆成鱼鳞状，连同鸡头、鸡翅摆成鸡的原型，再入蒸锅小火蒸。之后用中火烧热油锅，下油，加入正宗的绍兴黄酒，再用上汤、味精、湿淀粉勾个匀芡，最后加入麻油、猪油一起淋在鸡肉上。

　　除了文昌鸡，小北还做了其他几样菜，足足忙乎了一下午。到下午5点时，小北想将这一桌亲手做的饭菜拍照发给白帆，这才看到白帆早些时候发来的微信说他不能过来了，身体不太舒服加上还有工作，要早点回家赶报告。

　　喜欢一个人就会不自觉地惦念他，尤其是小北这种从小习惯了照顾别人的女生。她顾不上失落，看了看距离晚饭还有时间，就找来饭盒打包，打了车去白帆家。

　　小北按了半天门铃，没人开门，白帆应该是还没回来。小北便提着饭盒在门口等。做文昌鸡在厨房站了一下午，这会儿实在是疲惫了，她便坐在楼梯上等。不知道什么时候，楼梯上的小北竟然睡着了，在梦里白帆心疼地把她扶起，嗔怪她为什么不提前告诉他，还对她做的文昌鸡赞不绝口，就在白帆想要牵起小北的手时，梦醒了。

　　小北被电梯里传来的说话声吵醒，声音未落，正对着小北的电梯门开了。一个打扮前卫的女生挽着一个男生的胳膊，男生推着拉杆箱。小北揉揉眼睛，眼前的这个男生不是别人，正是白帆。

　　"小北，你怎么来了？"白帆抽出被挽着的胳膊。

　　小北想站起来，可是坐得太久腿早就麻了，她身子一软，差点儿摔倒。白帆一个箭步想过来扶她，被小北推开了。

　　"我刚好在附近见客户……"小北编不下去了。

　　"你来多久了？要不要进去休息休息？"白帆有点不自然地说。

　　"不用，我来告诉你，你堂姐的合同都签好了。"

　　"白帆，你还没介绍这位是——"一旁的女孩，操着一口台湾腔。

"这是苏小北，是吴总太太的好朋友，我们……"

"苏小北，启华保险代理人。"她不想再听白帆说下去。

"Alisa，刚从波士顿过来，苏小姐，很高兴认识你。"Alisa说着伸出手想和小北握手，这时她注意到小北的两只手里都提着饭盒。

"苏小姐，你还没吃饭？"Alisa问道。

"吃过了，这是打包给家里猫咪的。"小北已经忘了手里攥得紧紧的两个饭盒。

"你对小宠物好有爱心啊。"

"我还有事，先走了，拜拜。"此时的小北脑子里唯一的念头就是赶紧离开这里。

白帆站在电梯门外看着电梯里的小北，小北一直将眼神固定在电梯的楼层显示屏上——这个当人们不知道将目光安放在何处时，通常会停留的地方。终于，电梯门缓缓地关上了，仿佛比平时慢一万倍。

走出单元楼，小北一股脑地将两个饭盒全都扔到垃圾箱里。她觉得，那里面装的不是文昌鸡，不是糖醋咕咾肉，更不是老火靓汤，而是她的尊严。

第二天，小北第一次没来参加早会。秦姝、安安、岳老师不约而同地私信她。小北在群里说今天约了客户，让老徐带大家开会。

"小北不会出什么事吧，她可从来没像今天这样不来开早会的。"秦姝说。

"小北姐是不是和Alex白出去玩了？"安安说。

"不会，小北做不出这样的事儿。"岳老师说。

一旁的老徐一直沉默。

"喂，我在医院，刚发现甲状腺有个结节，从诊断情况看，医生建议手术做掉，上次买的那个保险，可以用吗？"思妍在电话里着急地问秦姝。

"还好你投保时没有这类问题。放心吧，可以理赔，后面的事情交给我吧!"

秦姝帮思妍联系了公司的客服,公司有专员和医院对接,对所需医药费进行预授权,通常无须客户垫付。秦姝一忙完就直奔医院。

"怎么样,伤口疼不疼?"秦姝问躺在病床上的思妍。

"秦姝,我和你说,这简直是在度假。"思妍用从嗓子眼挤出来的声音说。

"一副没见过世面的样子。"秦姝说。

"这哪里是医院啊,简直是星级酒店,所有人都那么和善,医生、护士都好温柔,彻底颠覆了我三十几年来对医院的认知。"思妍说。

"少说点话吧。"秦姝帮思妍倒了杯水。

"你知道吗,他们说这里的费用是普通病房的三倍。但还是,物超所值。"

这几天小北吃饭时、走路时,甚至在洗澡时,都会情不自禁地回想起自己那天提着饭盒在白帆家门口等他的一幕。但每次刚想个开头她就强迫自己不要再想下去了,那种悔恨掺杂着羞愧、愤怒掺杂着厌恶的感觉糟透了,她觉得自己真是丢人丢到太平洋了。

白帆是她这些年来遇到的第一个喜欢的男生,直到那天之前她都觉得白帆也是喜欢她的,只是表白的时机未到。当小北鼓足勇气努力去争取时,却发现王子和公主早已在舞场翩翩起舞,而自己连灰姑娘都算不上。

这天,小北发的一条与工作相关的朋友圈被白帆点了赞,她恨不得立刻、马上将白帆从好友中删掉,但她想起了那句话:拉黑删除是使性子闹脾气,真正的离开是悄无声息。

最近,小北疯狂地学习和工作,把自己的时间填满,她不容许自己浪费时间在黯然神伤上。虽然这样很难。

小北妈妈照例每三天一催,先是象征性地问吃了没,累不累,忙不忙,转而步入正题——男朋友找得怎么样了？

周一早上，小北比平时来得都早，还给每个人买了咖啡、牛角包。

"对了，小北姐，你是不是和Alex白约会去了？"

"什么Alex白，我和他没关系，就是普通朋友。"

今早的分享是老徐给大家讲标普图。

"标普图是我们展业过程中常常用到的，用来帮助客户梳理家庭资产配置的四象限坐标图，其包括流动资金占比10%、杠杆账户占比20%、投资账户占比30%和保本升值占比40%。按照这个建议比例配置资产，更有利于达到抵御风险和让资产稳健增长的目的。

"相信在座的各位都会按照培训资料那样讲解，但是对于很多女性客户来说，她们很难保持高度的注意力听你用枯燥的专业术语讲30分钟，别说30分钟，可能10分钟都难。

"所以我建议大家用简单通俗的词语去替换各个账户的名称，先说说我是怎么做的：比如流动资金账户，我叫它花钱账户，这个账户里的钱随时可能被花掉；杠杆账户我叫它生钱账户，先存进去一小部分钱，没病的话这笔钱可以取回来，生病时就用它覆盖远高于这笔钱的医药费；投资账户我叫它风险账户，高收益常常伴随着高风险；保本升值账户我叫保底账户，这个账户是用来保证客户和家人的最低生活标准的。这样讲给客户，就容易理解多了。"

老徐在上面讲，大家在下面记，还有人用录音笔录。大家都意识到：将复杂的保险产品用最通俗形象的语言或者故事讲出来，是保险代理人很重要的一项能力。

晚上一回家，婆婆就把秦姝叫到了楼上。

"秦姝，再给你爸找个新护工吧。"

"妈，怎么了，这个护工干得不好？"

"她活干得还行，可就是，老借钱。刚开始是300、500、1000元地借，我看钱也不多，就没和你们说。"

"那她会还吗？"

"还，都还了。但是上周，她说要给大儿子盖房子娶媳妇，问我借5万。我当时就拒绝了，但自从那以后，她干活就带着情绪，也不像以前那么有耐心了。"

经历了几位不太合适的护工，秦姝想既然老戴不接受把公公送去养老社区，那可以让公公试试居家养老服务。

临睡前，秦姝问老戴要不要申请居家养老服务，并告诉他只需要购买相应保额的保险就能够享受这项服务。令她意外的是，这回老戴看了居家服务手册，居然答应了。秦姝这边投保了相关保险，提交了居家服务申请。很快，公司的医护人员就上门为秦姝的公公测评身体情况，根据测评结果确定了老人需要的医护等级，制订了一份照护方案。其中不仅包括老人需要的日常服务，如喂饭、翻身、洗澡等，还有按摩、康复训练等专业医护服务。

与传统家政公司的护工相比，居家养老模式下的照护人员更加专业，服务意识和态度也更好，这主要是因为不论是自建还是与供应商合作，保险公司对服务水平都有要求和考核，从而确保护工提供的服务统一且符合标准。

老戴对居家养老的服务也很满意，但还是希望秦姝能留在家里帮忙，秦姝用沉默回复了老戴，两个人就这样别扭着，互不让步。

秦姝本以为只要她坚持，就可以继续在启华工作，却不想婆婆又有了新想法。

星期二的早上，秦姝像往常一样打算出门上班，刚穿上高跟鞋，婆婆就叫住了她："秦姝，我的腰病犯了，不敢吃力，你留在家里帮吴姐搭把手吧。"

"妈，要不要我送你去医院看看？"秦姝放下包问。

"不用，老毛病，我心里有数，要慢慢养。"

"妈，家里有新护工照顾爸，吴姐照顾您……"

"可吴姐还得出去买菜、送洗衣服、接送球球，这万一开个药，出去带你爸做个检查，家里人手就不够了，我看你还是暂时在家帮把手吧。"

秦姝知道婆婆一直不想她卖保险，她看了看坐在沙发上的老戴，老戴并没看她。秦姝放下包和车钥匙，换回拖鞋，她的心里在翻江倒海。如果她像以前一样一直在家里做全职妈妈，眼下家里有难处多做点事情，她不怕辛苦。但她出去工作过，而且工作刚刚步入正轨，再让她做回家庭主妇，她的心里自然是无法接受的。

秦姝这周接连几天都没能去公司，约好的客户拜访也都取消了。

复古的吊灯下昏暗而柔和的光芒，点亮了酒吧的每个角落。李总和Lisa在酒吧喝酒，Lisa打电话给小北。

"小北，我代表李总邀请你，速来三里屯。"小北听Lisa的声音就知道她喝嗨了。

小北都快认不出Lisa来了，和之前那个温婉优雅的Lisa相比，酒吧里的她简直是一个全身潮牌的少女。一字领黑色紧身T恤，下面一条白色束腿裤，一双厚底运动鞋。头发也从原来的披肩卷发变成栗色短发，整个人看起来清爽有活力。

"师姐，你怎么越来越生机勃勃了？"

"她呀，就跟重获新生了一样，还开始撸铁了。"一旁的李总说。

Lisa配合地张开手臂，秀了秀她手臂上的肌肉。

李总和小北碰杯，说谢谢小北介绍杨威给她，让威廉的成绩有了显著提高。几杯酒下肚，在周围酷炫灯光、动感音乐的渲染下，几个不同年龄的女人进入了微醺状态。

"小北，你和白帆怎么样了，有戏没？听吴畏说他对你印象很好。"Lisa问。

"他有女朋友了。"小北说。

"女朋友？我怎么不知道。"

"叫Alisa。"

"那是他前女友！"

小北愣了几秒。

"翻篇了，他，在我苏小北这儿翻篇了。"小北将大家喝空了的杯子一一倒满。

"我看出来了，你喜欢他。既然你们俩互有好感，为什么不往前发展，尝试一下？"

"我可能不是他的菜。他，一直都在躲闪。"小北说。

"躲闪？小北，你不会遇到海王①了吧？这类人就喜欢搞暧昧，其实就是不想负责任，害怕表白后你给他压力。"李总说。

"小北，恭喜你，一下场就遇到情场老手，他们会让你迅速成长，之后你就可以练就火眼金睛了。"Lisa说。

这晚3个人都没少喝，两个姐姐给小北传授了不少的情场经验。

"我当年就是天真没经验，发现出轨直接冲过去摊牌，想着他既然承认，那让他净身出户是板上钉钉的。结果，法院最后只判了精神赔偿金。姐妹们，血淋淋的经验告诉咱们，在结果出来之前千万不要打草惊蛇。"李总说。

"谁都天真过，我和吴畏在一起十几年，大事小情几乎都从他的角度考虑，从结婚到备孕、从怀孕到流产，再到放弃要孩子，所有的决定都是他来做，到头来得到的却是他有个儿子的'惊喜'。"

听着眼前这两位在婚姻中受到伤害的小姐姐的豪言壮语，小北不免有些心痛。不过在她看来，婚姻中男女是完全平等的，也应该共同分担家庭责任，小到家务，大到儿女教育。女人如果有能力，完全可以担负养家重任，妻子也不应因此瞧不起丈夫。

临分手时，李总拜托小北帮她物色一位照顾她妈妈的保姆，小北答应了。

---

① 海王：网络流行语，指有众多暧昧对象、花心的人。

贰
拾
玖

　　第二天，小北一起床就看见了王琳琳发来的微信：周大爷去世了。小北到公司开完早会，就急匆匆地赶过去。老徐也拿起包跟着进了电梯。

　　听王琳琳说周大爷去敬老院以后状况一直不是很好，昏睡的时间明显变长。最近一周，周大爷开始便血。敬老院的护工们夜里每隔3小时检查一回老人的情况，昨天凌晨3点，护工发现周大爷去世了。

　　小北他们赶到时，周大爷的儿子也被接回来了，同来的还有一些亲戚。周大娘的精神状态非常差，大半天的时间没说几句话。

　　葬礼结束后，小北问琳琳周大娘是否知道那笔钱的事儿。琳琳点点头，说周大娘知道后居然一句话没说，也许正是验证了那句话：极度的伤心是无声的。这之后，周大娘也从郊区的敬老院搬出来了。

　　周大娘的儿子又被送回了敬老院，大娘后面还要面临几个疗程的化疗，自顾不暇，哪有精力照顾成年脑瘫的儿子？如果那笔钱还在，大娘要么可以舒心地入住养老社区，享受专业的医护服务和丰富多彩的晚年生活，身心皆愉悦；要么可以和儿子一起，预约专业的居家养老照护服务。可是现在，每到化疗时，都是社区工作人员或者大娘的侄子轮流陪着去，一想到她独自一人面临化疗后的药物反应，小北和琳琳都觉得心痛。

"人心不可信，凤英居然做出这样的事，生生地毁了老人的晚年。"王琳琳坐在老徐的车上喃喃道。

"贪婪是人的本性，没办法避免，但可以用制度、契约、流程来规避人性的弱点，只是现在说什么都晚了。"小北说。

小北很后悔，自己当初应该再积极点，让周大娘做出正确的决策，这样便不会有今天的这场悲剧。

这天，秦姝出去给公公买东西，顺路来公司一趟。

"我现在终于能体会到，上班像度假的感觉了。家里太压抑，走进写字楼，感觉这里的空气都那么新鲜、充满活力。"秦姝说。

"你终于来了，我们都以为你要做回阔太了。"小北说。

"我也是身在曹营心在汉……"秦姝的话说了一半，妈妈打来了电话。

"秦姝，你不在家照顾公婆，又跑出来了？"电话那边，传来妈妈焦急的声音，"秦姝，你懂点事，球球爷爷病得这么重，家里需要人手。人家养了你这么多年，现在遇到麻烦了，你也得多理解理解他们。"

"妈，怎么叫养我？我在家也带孩子了。怎么，我婆婆给你打电话了？"

"你婆婆说的没毛病，卖保险又不是什么正经工作，说不定哪天就干不下去了。为了这么个不着调的工作，还真要把家、把孩子、把老公都弄丢了？"

妈妈根本不给秦姝说话的机会，劈头盖脸地一顿教育。妈妈说完，爸爸又来。

"闺女呀，这次爸爸不能再护着你了。怎么说你也是人家的媳妇，照顾家里是应该的。人生呀，有时候就是要做出取舍，女人还是要以家庭为重。老戴的事业做得也不错，你就帮他照顾好大后方，让他在外面打拼。"

挂断电话后，秦姝长吁短叹，本来还想和同事们一起吃个午饭，现在被爸妈骂得没了心情，便直接开车回家了。到家后，她给思妍打电话。

"老曹的医药费要回来了吗？"秦姝之前帮思妍介绍过律师，想着过去很久了便问问结果。

"要什么呀，还白白花了我3万多律师费。"

"胜诉了也没有办法要回来吗？"

"那大爷名下就没什么资产，你能拿他怎么办？我们俩现在都自认倒霉了，只当是买个教训。对了，老曹让你帮他把什么医疗险、意外险，还有那种'挂'了能赔钱的险都安排上。"

"老曹这回算是彻底醒悟了，意外险和寿险可以现在就投，医疗险的话估计要对这次事故可能出现的后遗症、并发症做除外了。"

"你业务熟，就听你的。"

"熟也没用了，现在全家都在怪我出来工作，我就不理解，为什么他们就盯着我不放。"

"你是说老戴和你婆婆又说你了？"

"岂止他们俩，还有我爸妈，这些人轮番上阵说教，我感觉自己就快要窒息了……"

"家里有病人，他们都焦虑，你要不给他们点面子，先等等？"

"可是，我这刚开始的业务，一旦停滞，我的资格就保不住了，前面做的客户都白做了。"

"不然怎么样，你厉害，你厉害你和他们决断，你养家？你是不当家不知柴米贵。你算算，你赚的钱是能付得起球球的学费，还是能付得起你们家的生活费、保姆费？秦姝，你别赚了几天钱，就真以为自己掌控全局了，你现在赚的钱不过是锦上添花。你还过贷款吗，你知道每个月工资还没发，各种固定支出已经摆在那儿的感觉吗？"

思妍仿佛把对肇事大爷的气全都发泄出来了，她说的每一句话对于秦姝而言都像一盆凉水，当头泼下。

因为是否辞职的事，秦姝和老戴已经冷战多日，这是他们结婚以来闹得最久的一次。她知道，自己触碰到老戴的底线了。如果她一味坚持，很可能面临和老戴闹僵的风险。这么想想，她忽然觉得自己距离小北、安安这些年轻的北漂竟然如此之近。她从来没有经历过独自一人在北京租房、坐地铁、坐公交、掰着手指算计生活费的日子。她不敢想象，该如何面对那样的生活，特别是现在还有了球球。想到这些，她在心底作了决定。

"小北，我可能没法再做下去了，对不起。"秦姝把车停在路边，呆坐在车里，反反复复地将这条消息打了删，删了打，最终点了发送。

"师姐，你不用道歉，我理解。不管你做出怎样的决定，我都支持你，只是有些舍不得你。"小北回复。

隔天，秦姝来公司收拾东西，大家谁都没有外出展业，而是等着和秦姝道别。可能因为代理人这个职业的特殊性，它更像是背靠平台的个人创业，大家各自学好专业知识，凭能力去拓展客户。同事之间相互扶持、无私分享，彼此之间的感情更真挚。

开车回家的路上，滚烫的泪珠一颗颗从秦姝的脸上落下……

秦姝又恢复了全职太太的生活节奏，要不是朋友圈里会见到同事、客户发的消息，她有时会恍惚地觉得自己从来没出去工作过。和当初鼓足勇气踏入职场相比，如今的回归也好，退缩也罢，显得是这般容易。

秦姝现在每天的工作就是接送球球、去超市购物、协助护工照顾公公。现在的她，令全家都很满意：老戴、婆婆、自己爸妈，还有最高兴的球球。只是好像没有人在乎她是不是高兴。

全职妈妈的生活少了很多业绩的压力，但也少了生活的目标。每天临睡前，秦姝都会认真地翻看同事们的朋友圈，看他们围坐在熟悉的长桌前开会，看他们像小学生一样认真地听培训、记笔记，看他们一起外出嗨吃嗨玩搞团建。那种心情很像小时候看见校长家的女儿穿着三层公主裙抱着电视里才有的芭比娃娃，暗自羡慕的同时又知道这一切不属于自己。

全职妈妈的日子过得格外快，就好像老天吃定了她们不看日历暗中捉弄她们一样。这天，秦姝刚从超市回来，拎着大包小包一进门，就看到坐在沙发上的吴蓓蓓。

"蓓蓓姐？"秦姝的目光中透露出掩饰不住的诧异。

"嗯，我来……来看看妮妮爷爷。"吴蓓蓓的表情也极不自然。

吴蓓蓓的来访让秦姝分外惊讶。秦姝接过吴姐洗好的水果，放到茶几上，然后坐到吴蓓蓓旁边的沙发上。四目相对的刹那，吴蓓蓓向秦姝使了个眼色。秦姝将她带到球球的房间。

"秦姝，其实，我是来找你的。我想让你帮我也做一份像老林那样的保险。"吴蓓蓓迫不及待地说。

秦姝瞪大眼睛注视着吴蓓蓓。

"我去公司找你，她们说你家里有事，不去公司了。我想有些事还是当面说好，就来了。那个，我又交了个男朋友……"吴蓓蓓顿了下，有点不好意思。

"蓓蓓姐，你这速度也不比老林差啊。"秦姝开玩笑地说。

"你就别开我玩笑了。秦姝，还真被你说中了，当对方条件不如我时，我竟然也担心起财产来。"

"哈哈哈，原来我长了一张开过光的嘴。怎么，你现在体会到林总的心情了？"

这时，吴蓓蓓的电话响了，她冲秦姝做了个"嘘"的手势，便嗲声嗲气地接起来。

"喂，小成成，怎么啦？"

这句话一出，秦姝差点将刚喝进去的水喷出来。秦姝做梦也没想到，吴蓓蓓这个年纪的女人恋爱起来也可以这般娇滴滴。吴蓓蓓和电话里的人甜腻腻地聊了几句无关紧要的话，便挂断了电话。

"我们俩还没发展到谈婚论嫁，但你也听到了，按照现在的发展速度应该也快了。说不定哪天他一激动，向我求婚，到那时我再来处理这些事，不是伤他的心吗。"

"蓓蓓姐，你也是要买给妮妮吧？"

"对，你帮我规划规划，只要别让老戴留下的这些财产被别人分走就行。"

"林先生买的是寿险，解决的是他离开以后的资产传承问题，你可以买那个，也可以给妮妮买份年金险，约定什么时候可以领取。不论哪种，都需要指定受益人为妮妮。这两种方案本质上都是为妮妮留了一笔钱。"

"秦姝，这保险买上后就不能退了吧？我是担心万一有事想用这笔钱。听说一旦退保，保险公司会扣掉很多钱。"

"前期退保是会损失一部分现金价值，但是需要用钱，可以通过保单贷款的形式腾挪资金出来，不需要退保。"

"贷款？保单还能贷款？那要付利息吗？"

"对，只要是有现金价值的保单都可以贷款，最高可以贷出保单现价的80%，利息的话会比银行6个月贷款的利率略高。保单贷款办理的速度也很快，数额不大的当天就能放款。蓓蓓姐，除了买保险，我建议你把婚前资产单独存在一个账户里，不要和你们未来的钱混用。"

"秦姝，你们卖保险还得懂法律？"

"平时公司会安排法律培训，也是希望我们帮客户做方案时能考虑得更全面。"

"我现在也想开了，都这个岁数了，日子嘛，怎么开心怎么来，我想让妮妮上大学时就可以按时领钱，这样，不论我怎样，她的生活都是安稳的。"

"蓓蓓姐，那可以买年金，现在给妮妮买年金，在收益增长的年限和费率上都比较划算。附加了万能账户以后，收益在账户里复利滚动，存得越久，收益越高。将来妮妮不仅可以用这笔钱读书，还可以用这笔钱买房、结婚、创业，就好像你一直陪在她身边一样。"

"这样好，就算我不在了，她每次领钱也会想起我。对了，你怎么样？好好的工作，就这么放弃了？"

"我也不想……蓓蓓姐，你准备好了资料，我们可以线上投保。"秦姝好不容易让自己暂时忘却这桩烦心事，现在不想再提，便赶紧转移了话题。

秦姝送吴蓓蓓出门，分开前，吴蓓蓓说："秦姝，我并不觉得女人必须工作，但是你不一样，你是那种聪明有干劲的女人。有时看着朋友圈里的你，真让人羡慕。"

"蓓蓓姐，不知道有多少女人羡慕你才对，不用工作，收着租金，还有小鲜肉可以热恋。"

"我的生活看起来潇洒，其实没什么意思。我倒希望妮妮将来能像你一样，有幸福的家庭，有自己的事业。"

也许是出于母爱，又或许是出于对自己财产的守护，吴蓓蓓恨不能把自己手边的钱都给妮妮买上保险，很快她就在秦姝这里远程投保了一份趸交240万元的年金险。

这天，秦姝从市场上买了虾和棒骨。

"晚上没事儿早点回来吃饭吧，我做椒盐虾，还买了棒骨给爸炖骨头汤。"秦姝从市场出来后，发微信给老戴。老戴光速回复"好的"，这些日子他们俩的感情又恢复如初。秦姝还在附近的稻香村买了几样公公婆婆爱吃的点心，然后去学校接球球。

球球一蹦一跳地跟着妈妈回了家，一进屋秦姝就看见了老戴的鞋。球球拎着点心去了爷爷房间，秦姝上楼换衣服时经过书房，听到里面婆婆说话的声音。

"借着这次你爸生病，就彻底断了她出去上班的念头。从球球3岁时就催你们，这回你不能再纵容她了。当初找她一个外地姑娘，还不是看上她年轻。趁着你现在还可以，抓紧生，能生一个算一个，你爸这身体兴许还能看见。"

秦姝原本轻快的步伐变得异常沉重，重得仿佛抬不起脚，她不知道自己是怎么挪到卧室的。

秦姝已经做出了妥协，重新将生活重心调整回家庭。可是婆婆今天的这番话，让她心如死灰。她瘫软在床上，任凭吴姐站在门外一遍遍问她虾怎么做，她都没回应。一会儿，老戴推门而进。

"不是要做椒盐虾吗？"

秦姝没反应，连眼睛都没眨一下。

"怎么了，不舒服？"老戴比平时更温柔。

秦姝猛地坐起，盯着老戴，眼前这位与自己同床七年的枕边人此刻竟如此陌生，这还是曾经让她死心塌地全身心依靠的丈夫吗？

"我不会辞职的，明天我要回去上班。"

"秦姝，你是不是疯了？我还以为你想通了，你是不打算要这个家了吗？"老戴先是错愕，继而愤怒。

"你想好了，你到底是要继续干你的保险还是要这个家。"他丢下一句话，摔门而出。

秦姝一跃从床上下来，拿出行李箱开始收拾自己的衣物，收拾完了自己的又冲进球球的房间收拾。一会儿工夫，一个大号行李箱就装得满满当当。她用尽力气抬着箱子下楼，拎起沙发上球球的书包，然后拉起球球的胳膊就往外走。

婆婆上来拉球球。

"秦姝，你要干什么？你走可以，把孩子留下。"婆婆见秦姝要带走球球，急了。

"我是他妈妈，我有权带他走。"

"让他们走，让她也知道一下大多数人的日子是怎么过的。"老戴从沙发上站起来，对妈妈说。

婆婆松开了手，哭起来。球球看见奶奶哭，又被妈妈的样子吓到了，也哭了，嘴里还叫着："妈妈，我不走，我不走。"

秦姝背着球球的书包，一手拉着箱子，一手使劲拉着球球，走出了戴家的门。她开着车漫无目的地上了三环，顾不上球球说什么问什么，脑海里快速地盘算着此刻可以去哪。片刻后，她定位了一家球球学校附近的酒店。

办好入住后，秦姝给球球点了晚餐，陪他做了作业，然后洗澡睡觉。

"妈妈，我们为什么不在自己家睡觉？"临睡前，球球问妈妈。

"爸爸不想让妈妈工作，但是妈妈喜欢这份工作，所以爸爸和妈妈先分开一段时间，等我们都想明白了，再回去。"

"噢，就像我和糖糖，因为抢球拍生气谁也不理谁。后来回家看看动画片、吃点好吃的就好了，下次再重新一起打球。"

秦姝亲了亲球球。

叁拾

一大早，大家正如往常一样准备开早会，秦姝走进来了，还给大家带了咖啡。

"师姐？"小北本以为秦姝不会再来了。

"我来上班！还好我的考核早就过了，现在资格还在。来，大家自己拿咖啡。之前家里出了点事儿，让我有了要放弃这份工作的想法。不过现在，我想明白了，要一直和大家在一起，把代理人做到底。"

秦姝又回来了，大家都很开心。小北索性将今天的分享主题临时改为认识代理人。

代理人是一个脱落率很高的职业，有一组数据表明：美国个险代理人平均在职6年，从业经历5年以上的代理人占比接近一半；而我国个险代理人平均在职年限只有1.65年。对很多代理人而言，一年的时间是个坎儿。

究其原因，主要是新人阶段收入过低导致高脱落率。在以前传统保险代理人的"金字塔模式"中，代理人被划分为4至5个级别，层级越高意味着收入越高，而层级越低则收入越低，这对于在"塔底"的"新人"而言很不友好。

"我带着球球从家里搬出来了。"午饭时，秦姝语气平和地对小北说。

"我说你怎么突然回来上班了，和戴总吵架了？"

"他想让我留在家里，不同意我出来工作。本来我也已经妥协了，因为我也怕过无人依靠的日子。"

"万一，我是说万一戴总真的不接你们回去……"

"后来我才知道，他们家之所以找我这个外地年轻媳妇，是因为想让我为他们家开枝散叶，要我生二胎甚至三胎。"

"都什么年代了，怎么还有这样的思想？师姐，这到底是戴总的想法还是你婆婆的？"

"是他妈妈说的，但也没见老戴反驳。我回去阶段性地照顾家里可以，但我读了那么多年书，凭什么就给他们家当个传宗接代的工具？"

"对了，你们现在住哪儿，后面怎么打算？"

"我和球球住在学校附近的一家酒店，我在想要不要干脆租个房子。"

"要不你们搬来和我一起住，就是我那儿比不了你们的大房子，不知道你家少爷能不能住得惯。"

"谢谢你，小北，我还是租房子吧。你那儿离球球的学校远，来回上学放学也不方便。我现在算是体会到什么叫出来混早晚都要还的，该吃的苦年轻时没吃，总要补上的。就是可怜了我儿子，这么小就要陪着妈妈体验北漂生活。"

小北给秦姝推荐了自己合作多年的房产中介小邱。说起来也蛮有意思的，小北和小邱两个年龄相仿的外地北漂女孩儿，在不同的行业里同样努力地奋斗着。有时小北会给小邱介绍客户，小邱也会时不时地给小北推荐客户。就这么一来二去，两个人竟然成了彼此人脉圈里的重要人物。

秦姝带着球球在酒店里住了5天，依然没见老戴有任何动静。她知道，这回老戴是来真的了。很快，秦姝就签下了小邱为他们找的一处距离学校不远的房子。房子在3层，没有电梯，房龄算起来和秦姝的年龄不相上下，是个50多平方米的两室一厅。

这段时间老徐不知道在忙什么，很多时候午饭后就不见了人影。秦姝在网上采购了很多简易的软装材料，请小北、安安帮忙一起布置。她们将原来泛黄的墙面刷成了淡淡的蓝色，还将客厅电视墙刷成了奶黄色以作分区。为了体现出童趣，秦姝把球球的房间贴上了他最喜欢的迪迦奥特曼墙贴，又买了些收纳隔板、绿植、文艺的布帘和挂画。她还给儿子准备了一个小帐篷，希望能通过这些小物件儿让孩子不至于太失落。

"妈妈，我们为什么不坐电梯？"球球和妈妈走在逼仄且贴满小广告的楼道里，问妈妈。

"这是以前的老楼，没有电梯。"

进了房间，球球就被机器人图案的小帐篷吸引了。他放下书包钻到帐篷里，躺在里面看那些星星形状的小灯。

"妈妈，我太喜欢这儿了。"

听见儿子这么说，秦姝忐忑的心总算落了地。

第二天，岳老师说老戴向她打听秦姝娘俩的情况，还说听声音感觉老戴情绪不高。

小北带着两瓶肠道营养素和一些菜肉来周大娘家，开门的是王琳琳。

"小北呀，你上次买的还没吃完，怎么又买了？"大娘说。

"我买的？"小北感到诧异。

"啊，冰箱里那些有机蔬菜、水果还有肉，那不是你买了让小徐送来的吗？要说这小伙子真不错，我上次和他念叨说化疗后口味变了，现在就馋南方那种泡菜。这不，他在网上给我买来好几样，真有心了。"

"老徐这个人，真够意思。他和大娘说你是领导，平时工作忙，他时间自由，可以随叫随到。别说，他还真就大晚上的给大娘送来抗过敏的药。"王琳琳说。

小北这才恍然大悟，怪不得老徐最近经常往外面跑。

李总发给小北一张表格，小北打开一看，心生佩服。这是一张详细的护工应聘登记表，里面列明了各种细节问题。从籍贯、年龄这些基本信息到是否有宗教信仰，是否有亲属在北京务工，亲属就职地点，吃东西是否有忌口，睡觉是否打鼾和咬牙，是否有狐臭、脚臭等一应俱全。

秦姝看了这个表，觉得很有借鉴意义。

"看来李总一家也是被无数位护工伤害过。"秦姝说。

"真有这么夸张？"小北问。

"谁用谁知道。"

老徐之前帮客户找过住家护工，就推给小北几个公众号。

"这几家我之前也了解过，在这个行业里都算大公司了，但是里面有资质的护工真不多。上次帮我公公找护工，前前后后面试了不下50人，就没碰到一个有证的。她们文化水平普遍偏低，没有一年半载的培训，要想考下资格证不太现实。"秦姝说。

"现在护工的实际情况就是这样'三低三高'：社会地位低、收入待遇低、学历水平低；流动性高、劳动强度高、平均年龄高。她们主要是些农村进城务工的女人，多数都是出来赚钱养家但又找不到其他工作的。"老徐说。

"你们别怪我肤浅啊，现在一提到护工，我就会自然地和'端屎端尿'联想到一起，但如果全社会都能扭转观念，把护工变成老人的'陪伴者'，给他们穿上漂亮的制服，让他们感受到职业荣誉感。你们想象下，老人们看到穿着干练的护工每天在眼前晃来晃去，整个人是不是心旷神怡？"安安说。

"应该不只是心旷神怡吧，搞不好焕发第二春也是可能的。"秦姝笑着说。

"你们说，如果这些护工老了，谁来接替他们？未来我们由谁照顾呢？"小北说。

"政府已经看到了其中的问题，也在想办法解决。比如，北京从2021年开始增加了对护工的入职和岗位补贴，还在很多学校开设了养老服务专业，希望能吸引更多年轻人加入养老服务行业。不过这些都得有个过程，等行业好了，自然就能吸引更多的人进来了。"老徐说。

"还有国家推出的个人养老金计划，只要个人有意愿就可以参保，有税收优惠，还可以作为养老补充，算是从某种程度上分担了未来的养老支出。"岳老师说。

小北按照李总的要求找了6位候选护工，集中安排在周日下午到李总家面试。面试开始后不到一小时，小北就接到了李总的电话。

"小北，还有没有其他护工？"

"这几位都不合适吗？"

"有一个看着还可以，可是眼看着就60岁了，我担心她干不了多久就又得换人。每换一个护工，老人都得重新适应，我是真不想来来回回折腾老太太了。"

"李总，能占用您两个小时的时间吗？"

"什么时候？"

"现在，立刻，马上。"

"我倒是有时间，你想干什么？"

小北说让李总等她，便挂了电话。

"咱们这是去哪儿？"李总一坐上小北叫的网约车便问。

"去个好地方，世外桃源，也许能解决您的烦恼。"

"还和我玩神秘……我这穿着运动服就出来了，去太正式的场合可不行。"

司机在小北的导航下，一路疾驰来到了公司的养老社区。小北和李总下了车。

"这是哪儿？"李总问。

"一会儿您就知道了。"

前面几十米，"启华之家"几个醒目的大字映入眼帘。

"李总，这是我们启华保险的养老社区，您别多想，我就是带您看看这种养老方式，也许能多给您一种选择。"

李总在小北和工作人员的陪同下，参观了社区的各个区域。

社区有几个餐厅，还有流食、半流食这样的特需餐；各种娱乐、学习、休闲设施也很齐全，老人还可以根据自己的爱好组织兴趣小组；社区每年还会组织老人去全国各地旅游，遇上节假日也会举办各种文娱活动。总之，只要愿意参与，住在这里的老人不会再觉得孤独。社区有专门的线上线下医护团队，有适合不同身体状况的护理区。如果是失能老人，还提供24小时的专业陪护。

整个过程李总听得、看得都很认真，她在老人们的活动展示墙前驻足了很久。

"小北，这里真是'世外桃源'，来到这儿，护理问题、陪伴问题、孤独问题，都解决了。我妈以前是书法教师，还会拉二胡，我想她会喜欢这儿的。"

李总又让小北给她讲了对接养老社区的产品。

"人终有一老，到时候何处可倚呢？我看这儿不错，不知道老太太怎么想。小北，我可以住吗？"

"可以，您作为投保人，您和父母都享有优先入住权。"

李总说回家和妈妈商量下，让小北先把保险方案发给她看看。

这几个月里，岳老师、安安、秦姝还有其他一些伙伴都陆续发展了各自的增员，就连最怕管人的老徐也开始接受增员了。小北自己直辖的团队也发展得很快：房东阿姨介绍了自己的侄女、邻居；小邱介绍了自己辞职的同事；吴蓓蓓介绍了从老家来找工作的堂妹；还有小北的几位客户也都成了她的增员。转眼间，小北的团队总人数已过百人。但是在所有的小伙伴里，小北最没想到的是郑叔的女儿丫丫居然也加入了。

那天，小北接到妈妈的电话，说是丫丫来北京玩儿，让小北帮忙找个住处。

小北纠结了很久，要不要帮这个忙，最后她还是主动联系了丫丫。

小北将丫丫带到自己的住处，让她先住下来。原来，刚结婚不久丫丫就发现老公整天打游戏，仗着郑叔家有些家底不想出去工作。更过分的是，他居然在游戏里认识了一名女网友，还出钱给这位网友买了几万元的装备。丫丫一气之下，便离家出走来北京了。

"小北姐，我真羡慕你，有能力在外面见世面，自己打拼，为自己的生活做主。"

"我要是有个郑叔这样的爸，也许就不这样了。丫丫，你为什么不回娘家，非要跑这么远？"

"我爸、我哥，还有几个老邻居，当初都劝我不要嫁给他，说他人品不好。可我那时谁的话都听不进去。结果这才结婚多久，就闹上了。现在实在没脸回娘家。"

"你来这儿郑叔不知道？"

"他知道，但他以为我是来玩的。"

"难道你不是来玩的？"

"小北姐，你帮我找个工作吧，我也想留在北京，像你一样。"

看着丫丫那对扑闪扑闪的大眼睛，小北都不知道该怎么回答她。听妈妈说，丫丫高中毕业后上了个民办大学，勉强混了个毕业证。毕业后也没找过工作，就直接回老家了。她虽然和小北差不多大，但还天真得像个孩子。小北有时还挺羡慕她这股和年龄极不匹配的孩子气，因为这股子孩子气透着被宠溺的痕迹。

"小北姐，你这儿怎么有这么多纸箱子？"丫丫指着立在墙边的几排纸板说。

"我要搬家了，搬到离公司近一点的地方。"

论收入，小北早就可以搬家了。但是每次一想到搬家，她就会不自主地在心里盘算多出来的差价能给弟弟报多久的钢琴班，然后就又默默地付了下一季度的租金。这次，小北决定对自己好一点，换一个公司附近的酒店式公寓，她觉得自己值得这份奖励。但她并没有把搬家的事告诉妈妈。

小北让丫丫下载了几个找工作的App，让她自己找。可是找了一个星期，愿意录取丫丫的不是餐厅就是超市，她都看不上。

"小北姐，你这个工作我能干吗？我看你每天聊聊微信、打打电话、在电脑上做做文件，就能赚钱。"

"我这个工作？想听实话吗？你干不了。"

"为啥？"

"这个工作首先要学习，要爱学习，而且大多是自学，学明白了再自己去找客户，这两样，你觉得你哪个行？"

"小北姐，我觉得没你说得那么难。"

小北懒得再和她讲，早早进了自己的卧室。第二天，小北打算出门上班，没想到丫丫穿戴整齐地出现在门口，非要和小北一起去上班。小北想也好，让她看看大家的工作状态然后再自己选择放弃。

叁
拾
壹

要说丫丫的学习能力可能是差点儿，但她的社交和沟通能力是真强。一个上午的工夫，就和老徐、安安、秦姝、小齐他们几个年轻人打得火热。大家主动带她去吃午饭，饭后居然都一致认为丫丫简直就是为保险事业而生的。

"小北姐，你真小瞧这妹子了，就她，妥妥的社牛。这破冰能力、沟通能力，做代理人简直是天赋异禀。"安安说。

"但她一直就不爱学习，不钻研产品再社牛有什么用，搞不好还起反作用，乱说一通。"小北说。

"我看她倒也不是不爱学习，刚才她还管徐哥借产品手册呢。要不你让她跟着我们一起培训、开会试试？"

小北看着坐在老徐边上的丫丫，看资料、记笔记，看起来有模有样，就没继续反对。

第二天，小北出门前，丫丫又要跟着去公司。小北就让她跟着大家一起开会、培训，没想到，丫丫记了十几页的笔记。

"培训内容听得懂吗？"小北问丫丫。

"听得懂，我还记下来了，回去慢慢背。"

"那听得进去吗？让你每天和客户讲这些，你愿意干吗？"

"愿意，我真愿意。"

"还有客户，客户你要自己找，公司不会分客户给你。"

"小北姐，找客户我最不怕了，我就是怕学得慢，只要我学会了，放眼望去皆是客户。"

不知怎的，小北觉得眼前的丫丫和自己印象里的她还真有点不一样了。

也许是觉得麻烦了小北，郑叔这天打电话过来说感谢小北收留并照顾丫丫，还说把厂子卖了，考虑将卖厂子的钱在小北这儿买上保险，算是留给丫丫的遗产。

"郑叔来电话了，说想把卖厂子的钱买上保险，将来留给你。对了，你和王涛的关系怎么样了？"午饭时，小北对丫丫说。

"不怎么样，离是肯定要离的，我现在整天看徐大哥和组里那么多上进的男生，想起他那副不着调的样子就烦。"

"既然决定要离那就尽快。"

"小北姐，我知道你是为了我好，可是我好不容易才学进去点东西，我怕一回去，又忘了。等我拿了证、开了单再回去，到时也让我爸高兴高兴。我这辈子还没给他脸上长过光呢！"

郑叔的厂子卖了，他想用200万在小北这里投保一份保额近500万的终身寿险，受益人是丫丫。因为行业监管对代理人的自保件有规定，所以小北也没劝郑叔找丫丫投保。所谓的自保件即销售人员作为投保人、被保险人或受益人的一年期以上的人身保险合同。

"郑叔，这回投保您和前妻商量过了吗，她同意吗？"鉴于上次的教训，小北觉得有必要再确认下。

"别提上次了，丫丫妈妈肠子都悔青了。要是在你这买了保险，王涛哪能天天惦记着那些金条。"郑叔悔不当初。

小北带着丫丫一起为郑叔办理了远程投保。

这些日子看着丫丫，小北觉得有时候长大就是一瞬间的事。小北帮丫丫预约了面试，通过后又送去培训了。可能是人在末路时会迸发出想象不到的潜能，丫丫每天回去后都很用心地学习，结训时成绩居然是班上的前几名。正如大家预料的那样，丫丫拿到代理资格证的第一天就开了单。

小北暗自佩服丫丫的沟通能力，第二天早会时还请她上台给大家分享，这样一来丫丫干得更起劲儿了。果然，像大家说的那样，丫丫的业绩一路长虹。公司楼下早餐店的一家四口、咖啡厅店长小吴、负责小区取送外卖的快递小哥、水果摊的老两口都成了丫丫的客户。

有一天，小北妈妈打电话说郑叔特别感激小北，把丫丫带上了正道。有了稳定收入，丫丫很快就找小邱独自租了房，由小镇躺平女青年成为一名正式北漂。

拿了号，开了单，小北劝丫丫尽快回去办离婚，也算了却了父母一桩心事，可丫丫却懒得回去面对王涛。

几周后的一天，丫丫给小北带了好多她爱吃的老家特产，说是郑叔带来的。

"我爸说最近老梦到我，不放心连夜开着车就来了。小北姐，我离开了家才体会到爸妈的好。我爸帮我付了一年的租金，还带我办了张卡，把上次卖厂子剩下的钱都打到里面了。说这个钱专门用来在北京租房子安家，这样他一想到我住在他租的房子里，就踏实。"丫丫说到这的时候，眼泪在眼圈里打着转。

这天，安安来找小北，说小齐不想干了。安安的这句话点醒了小北，不光是小齐，其他人也都有不少新增员脱落的现象。增员越来越多，难免有些人会掉队。很多人像小齐一样，刚开始开了几单，之后就有点排斥培训、开会，开始混日子。他们的引荐人有些是有心无力，一心忙于个人业绩；有些是真不知道该如何激励增员。

面对这些情况，小北开始思考建立分工明晰、目标明确的管理系统。她把这个想法和老徐说了，老徐很赞同。于是他俩一起研究：请岳老师负责产品培训，老徐负责业绩推动及客户关系运维，秦姝和安安负责组织发展等模块。如此系统化的管理模式既可以解决主管们招人、育人的难题，又能降低团队的新人脱落率，确保新人获得代理人资格后，可以按部就班地完成学习、成长计划。

　　"销售推动的管理办法还是得更细一点，最好把各个节点以及对应的标准操作列出来，可以的话把案例模板发下去，让大家酌情修改。"小北和老徐在工位上沟通管理办法的升级。

　　"小北越来越像老板了。"秦姝看着小北说。

　　"小北就是老板，管理的企业规模还不小，100多号人呢。"岳老师说。

　　"我这个老板是空的，硬核部分都在大家身上。"小北说得没错，像老徐他们这些骨干在团队的系统化运行里发挥着重要作用，是他们的工作让这个团队得以健康发展，不再出现新人增加的速度比不上老人掉队的速度的情况。

　　秦姝现在每天要负责接送球球、买菜做饭外加辅导孩子功课，这是她第一次体会到什么叫作单亲妈妈。晚上，她正和球球一起打卡背诵古诗词，顾欣打来了电话。

　　"秦姝，你能来一下吗，我好害怕……"电话里，顾欣的声音在颤抖。

　　"顾欣，出什么事了？"秦姝放下手里的书，走到阳台边。

　　"秦姝，我老公不在了……"顾欣放开声音哭了起来。

　　"你在家吗，我来找你。"

　　顾欣给了秦姝一家酒店的地址。秦姝把球球送到婆婆家，就赶去酒店找顾欣。她敲了半天，门才被缓缓打开。秦姝一进去，顾欣就赶紧关上门。

　　"出什么事了？"秦姝问。

　　"我老公，他……他上周在公司开会时突然觉得胸口疼，送到医院不到两个小时就不行了，医生说是缺血性心脏病。"顾欣泣不成声。

"怎么会这样？那你为什么不住在家里？"

"我不敢待在家里。不知道怎么回事，自从老郑走了，每天都有人来家里逼债。我问公司的人，他们说公司的确欠了一些债，一部分还是以老郑个人签名借下的。秦姝，我不知道现在该怎么办，也不敢把孩子从娘家接回来……"

"顾欣，你别急，你先生之前在我们公司投保的寿险，是可以理赔的，这笔钱足够你们娘俩生活了。"

"秦姝，那你帮我们尽快理赔吧，越快越好！"

第二天一早，秦姝就帮顾欣报了案，着手启动理赔流程：立案，准备资料，公司核查。

秦姝和顾欣约好在别墅见面，请顾欣在几个理赔文件上签字。原本装修考究的别墅此刻变得凌乱不堪。秦姝去时，顾欣正在打包，说房子马上就要被人收走了。

签了字，秦姝把文件放在茶几上，帮着顾欣一起收拾孩子的东西。

"对了，老郑的女儿雨桐怎么样？"秦姝问。

"被她妈妈接走了，这小姑娘心挺善的，昨天还打电话问弟弟怎么样。"

"毕竟血浓于水，孩子的世界很简单的。对了，你后面打算怎么办？"

"老郑走得突然，还没来得及把之前说的那套公寓过户给我，我想尽快把房子过户办好，然后带着孩子搬进去。"

"如果需要律师，就告诉我。"过往的经验告诉秦姝，这件事没顾欣想得那么简单。

"房子正常过户还需要律师吗？"

"老郑如果在，过户就很简单，但是现在他不在了，房子作为遗产，就多了些继承手续。"

顾欣放下了手里的衣服，长叹了一口气。

"别太难过了，生活坏到一定程度，就会好起来。"秦姝握住顾欣的手，安慰道。

"'因为它无法更坏，努力过后才知道，许多事情坚持坚持就过来了。'原来你也喜欢宫崎骏。"顾欣苦笑着说。

正当秦姝和顾欣聊天时，一阵急促的门铃声响起。秦姝警惕地看了看顾欣。

"房子都要被收走了，还怕什么。"顾欣冲过去开门。

"还没收拾完？你这房子已经是我们的了，知道吧？"一个矮矮胖胖、蓄着小胡子的中年男人大踏步地走进客厅。

"我们正在打包，收拾好了就走。"秦姝说完这句话，突然留意到茶几上的保单，她正想绕过去收起来，只见小胡子一个箭步抢先拿到了文件。

"这是什么？理赔款，500万，你们这不是有钱吗？"小胡子满眼放光。

"你给我，这是给孩子的理赔款。"顾欣扑过来，想抢回资料。

"明明有钱，还装穷？你是干什么的，卖保险的？"小胡子转过脸对秦姝说。

"我是他们的代理人，这份保单是郑先生生前投保的，还做了保险金信托，这笔钱是不能用来偿还债务的。"

"你少蒙我，我要把这个交给法院。"

"你可以拍照提交法院，看法院怎么说，但是请你把原件还给我，不然我可以告你。"秦姝在气势上毫不示弱。

小胡子犹豫了下，让身边的年轻人拍好照，又将单子摔在茶几上便离开了。

秦姝为郑先生做的这份信托方案中，投保人和受益人已经变更为信托公司，所以这笔理赔款是受法律保护的。

虽然后面再也没有人就这笔理赔款来找顾欣的麻烦。不过，秦姝担忧的事情还是发生了。

虽然顾欣很早就让老郑写下过书面证明，表示愿将之前说好的那处公寓过户给她，但老郑突然去世，他们还没来得及办过户手续。当顾欣拿着这张证明去办过户时，被告知需要先到公证处办理房屋继承的公证手续，也就是办理继承权公证，而这需要老郑所有继承人的签字配合。老郑的父母早已不在，他的继承人除了顾欣母子，还有前妻的女儿雨桐。顾欣没有多想，立刻找到了老郑的前妻魏兰。当顾欣说明来意时，魏兰一口答应了，毕竟她和老郑离婚时，老郑已经把家里大部分的房产、存款还有股票都给了她们娘俩。

到了约好的办理公证的这天，顾欣早早地等在公证处，却迟迟不见魏兰母女的身影。顾欣打电话给魏兰，魏兰先是说有事来不了，继而一拖再拖。原来，面对着所值上千万的房子，魏兰变卦了，表示既然女儿雨桐是合法继承人，就该参与分配房款。顾欣这才醒悟，利益面前见人心。

魏兰的反应是顾欣做梦也没想到的，原本她以为这套公寓可以成为她和儿子后半辈子的栖身之所，却不承想，因为无法办理继承权公证而不能过户。顾欣走投无路，又来找秦姝商量。

"我一直觉得房子是最可靠的，没想到办起过户来这么麻烦。当初，真该多买些保险，就没这些问题了。"顾欣悔不当初。

"房产的继承确实有些复杂，不过，既然魏兰刚开始答应过配合你，就说明她也不认为那个公寓应该属于她，只是后来发现房子价值不菲，才动了心思。但老郑的理赔款里不是还有雨桐的份儿吗？你可以借着这件事和她再沟通下，将心比心，也许能感化她。"秦姝说。

"没用的，她现在已经把我拉黑了，根本就不想见我。"顾欣万念俱灰。

秦姝决定试一试，反正她也要找魏兰在理赔文件上签字。她赶在雨桐放学的时间在校门口等，接连等了几天，终于见到了魏兰。

"雨桐妈妈，能和您聊两句吗？"秦姝在校门口叫住雨桐母女俩。

"你是？"魏兰问。

"她是我同学妮妮的阿姨。"不等秦姝说话，雨桐先说。

"我是雨桐的好朋友妮妮的继母，也是顾欣的保险代理人……"

"顾欣？我要说的都和她讲过了，一切就按法律规定办。"魏兰说完转身要离开。

"魏女士，今天找你们，是因为上次顾欣在我这里给郑先生投保的寿险理赔款就要下来了，受益人里面也有雨桐。"

魏兰停下脚步，转身走回来。

"顾欣给老郑投保了保额500万的寿险，把她的孩子和雨桐定为受益人。现在老郑不在了，她们姐弟俩每人可以领取一半的理赔款。"

"你是说顾欣把雨桐也写进了合同？"

"是的，而且是她主动提出来的，两个孩子同等比例。她之所以这么做，是因为她觉得血浓于水，未来在这个世界上相互扶持的还是她们姐弟俩。魏女士，如果没什么问题，请您在这几个理赔文件上签字。"

魏兰没说话，良久，她终于拿起笔在文件上签了字，之后拉着雨桐转身走了。

　　老徐给小北推了几个App上的付费网课，有讲如何带团队的、有讲如何
管理销售的。小北白天忙着带大家开会、见客户、见增员，晚上要么直播瑜
伽课，要么上网课，这种日程排得满满的日子带给她的不仅是充实感，还有
安全感。

　　这天，小北正在上网课，大福打来了电话，响了几次，小北都给按掉
了。一会儿，妈妈来电了。

　　"姐，你救救我吧，姐……"刚一接起，电话那边就传来弟弟大福的求
救声。

　　"怎么了？"小北摘下耳机。

　　"姐，我撞人了，他们要告我。姐，你快来救救我吧。"大福带着哭
腔，声嘶力竭地在电话那边喊着。

　　"你先别哭，到底是怎么回事儿？"

　　"姐，那天同学聚会，我不小心骑摩托车撞了个老大爷，其实没有多严
重，可现在他们说老人病情严重，要告我。"

　　"北呀，你快回来帮帮大福吧，人家家属说了要让公安局把大福抓

走。"小北妈抢过电话说。

"我明天就回去，你们先稳住他们，有什么事儿等我回去再说。"

挂断电话，小北来不及多想，便开始收拾行李。装进行李箱的，除了衣物，还有小北无声滴落的一颗颗泪珠。从小到大，她已经记不清这是第多少次帮弟弟收拾烂摊子了。只是，这次的影响最大。恍惚间，手机响了。

"十五分钟后，下楼!"电话里传来老徐的声音。

"下楼?去哪儿?"

"我开车送你回老家，什么也别说了，快收拾吧!"

没等小北说什么，电话那头已经响起了"嘟嘟嘟"的电话忙音。如果说刚才的泪珠是一颗颗的，那么此时小北的泪水却连成了线。小北不敢相信这世界上还有人在乎她。原来是大福担心姐姐连夜一个人回东北，就给老徐打了电话。老徐的电动车开不到东北那么远，他借了大陆的车。

小北在车上和老徐念叨大福的过往，念着念着竟然睡着了。不知过了多久，她醒来后，看见已经进了东北地界，座椅中间多了几个提神饮料的空瓶。

"要不我开会儿，反正这路上也没人。"小北睡眼惺忪地说。

"算了吧，你开我得更精神。"

"我在老家拿了本，到北京后还没开过。不过李总说了，让我找个陪练，等练好了，她们公司有辆闲置车，可以租给我。"

"我不就是现成的陪练，这次回北京，你就拿我的车练，上几回环路就没问题了。"

"我妈要是知道我每个月花一万多租房子，还养了辆车，又不知道该怎么骂我败家了。"

"这些钱是你自己辛苦赚的，她应该能理解吧。"

"在她眼里，我不是孩子，是大人，要养家的大人。我赚的钱在她眼里都该给弟弟花掉或者给他攒着买房子。有时想想，我就是传说中的'扶弟魔'。"

"网上很多人骂'扶弟魔''扶哥魔'，其实挺不公平的，这些女生本身也是受害者。"

"像你这么想的人太少了。给你说个好玩的，上次房东阿姨听说我收入还可以，非要给我介绍男朋友。她把那男生360度无死角地夸奖了一通，后来一听说我有个弟弟，立刻说仔细想了想，觉得那男生配不上我，哈哈哈。"

"我不这样想，有个弟弟在后面当小跟班，姐夫长姐夫短的多好！偶尔给点好处，就能体验唯姐夫马首是瞻的感觉，想想都要笑出声来。"

"想得美吧你，现在的孩子很难搞的。我弟从第一部手机开始就是iPhone，家里电脑也不知换过多少台了。学艺术的孩子家里条件都好，大家会互相攀比。我们家培养他真是很吃力，可惜他不这样觉得。"

"我记得之前看过一个新闻，说有一个父亲因为女儿不肯给弟弟买房子，把回娘家的女儿和女婿都杀了。最可气的是，这位老父亲都进了监狱，却仍然认为是女儿做错了。"老徐说。

"和我妈相比，我爸好些，只是他很早就不在了。所以，我爸去世后，我两三年才回一次家。"

"两三年？那家里人不催你回去吗？"

"只要能寄钱回去，我回不回又有什么关系？我妈还会因为春节期间活儿多钱多，话里话外建议我留下打工。"

小北也不知道为什么，竟和老徐不知不觉间聊了这么多她从来都不愿和外人提起的事。

天刚蒙蒙亮时，他们到了小北家。小北直奔大福的房间，用力地敲着门。

"起来，别睡了，你还有心情睡觉！"

大福知道自己闯了祸，蒙着从床上爬起来，迷迷糊糊地问："姐，你咋这么快就回来了？"

"说说吧，当时喝酒没，把人家撞成什么样了？"小北铁青着脸。

"就喝了一点啤酒，我骑着摩托车从饭店出来，在路口速度快了点，就……就撞上了迎面来的大爷。但我感觉，我打了方向，躲了他的，也不知道怎么回事，他就摔倒了。"

"现在人怎么样？"

"他们家里人说老人还在住院，要做个全面检查。"

"你喝了酒，还敢骑车？"小北两眼射出寒光，盯着大福。

"姐，我真的不敢了，你帮帮我！"大福跪下来求小北。

"北呀，你快让大福起来，你说话他才听，你看他多可怜。"小北妈赶紧上来扶大福起来。

"他可怜？在你眼里，他干什么都可怜。我呢，我18岁开始打工，我吃过的苦你们从来看不到。现在他惹了这么大的祸，你居然还觉得他可怜，那都是他自找的！"

老徐带着小北来到医院，老人躺在床上不说话。老徐先是替大福道歉，然后和一旁的老人的儿子商量能否私了。其实家属并不是真想报警，只是想多要些钱罢了。那儿子说要等老父亲的检查结果出来再说。

老徐见那家就一个年近六旬且身体不太好的儿子在老人身前护理，就主动提出，留下帮忙照顾老人。那家人倒也不客气，使唤老徐打水打饭，垫付押金。检查结果出来了，除了一点软组织挫伤，居然还检查出老人患有前列腺癌。

家属估计是想到后续治疗要花不少钱，就狮子大开口问老徐要100万。老徐和家属摊牌说，大福酒驾确实不对，但事故造成的后果并不严重，老人主要是受到了惊吓。检查出的肿瘤和事故本身没有因果关系，即便上了法庭，法官也不会支持让大福承担这部分责任的。把大福送进去蹲几年，对大爷一家也是于事无补，倒不如给老人一个较为合理的赔偿，用于老人后续治疗。老人的儿子纠结了下，最后双方达成一致意见赔偿6万元。

陪床的日子里，老人的儿子说癌症基因有可能会遗传，就问老徐前列腺癌也会遗传吗，老徐说有可能，并顺着这个话题给他介绍了防癌险，还特意提到了即使有一些基础病，也可以买这款保险。没想到，就在老徐和小北要回北京时，这位儿子找上门来要买那款保险，令小北和老徐哭笑不得。

保险代理人的工作似乎总是和医疗、医院挂钩，不是为客户办理入院理赔，就是为客户办理出院报销。

秦姝看到思妍出院后发的一条朋友圈，九宫格图片里有八张是医院各个区域环境的照片，简洁大气的接待站护士台、宽敞明亮的住院部候诊区、雅致温馨的病房，还有照片里所有等候区域的座位都是舒适的沙发。

这条朋友圈最中间的图片是秦姝的微信二维码，思妍还配了两行文字："感觉自己像是在度假，原来这才是住院的正确打开方式，更神奇的是居然一分钱没花。"

当晚，就有两位陌生人加秦姝的微信。秦姝和她们打了招呼，给她们发了早已做好的图文自我介绍，并且发送了一段文字消息："感谢您的信任，愿意添加我，以后如果有任何保险方面的需求都可以来找我，我会尽我所能为您服务。非常开心认识您。"对方也都很客气地回复了。这二位还主动说安排时间和秦姝讨论下家里的保险规划问题。其中的一位是思妍的同事，她还主动提出本周五下午和秦姝在公司见面。

周五下午，秦姝轻车熟路地来到思妍的公司，她对这一片很熟悉。以前秦姝在家全职陪娃的时候，闲来无事就来找思妍一起吃午饭，所以这附近哪家餐厅好吃，哪家的咖啡、奶茶正宗她都门儿清。公司的前台小姐姐将秦姝带到了一间会议室，还给她端来一杯咖啡，说方总一会儿就过来。十几分钟后，秦姝从玻璃墙下面没贴膜处看到了一双纤细的穿着高跟鞋的脚缓缓地走到门口。只听两声轻轻的敲门声，进来了一位40岁左右的优雅女士。

"您好，我叫秦姝，是启华公司的代理人。"秦姝起身笑着说。

"你好，请坐。叫我方怡好了，我是从同事的微信看到你的。"这位女士说。

"您说的是思妍吧，她刚刚做了个小手术，用的是我们公司直付的高端医疗险。对了，方总，不知道您平时经常去哪家医院？"

"我去朝阳医院比较多，离我家不远。"

朝阳医院位于北京的东三环，附近的小区都不便宜。

"其实我对保险不是很懂，这个年纪还没怎么买过商业保险。"方怡说。

"方总，保险是个一揽子规划。有些人比较关注医疗保障、就医体验，有些人比较关注资产传承、孩子教育支出，还有的人关注养老。方总，我今天大概用一个小时的时间，帮您做一个风险管理的规划。在这个过程中，我可能会了解一些您的隐私信息，您放心，我是不会向任何人泄露的。"

最后一句话说到了方怡心里，其实她在来之前，也纠结过要不要和同事找同一位代理人。

"你刚才提到了养老，保险是怎么规划养老的呢？"方怡问。

秦姝从包里拿出了一张A4纸，这不是一张普通的空白A4纸。这张纸上印有秦姝的个人简介以及她的联络方式。秦姝在这张纸上画了一条坐标轴，然后用虚线纵向将这条坐标轴分成三部分。第一部分标注为青春期，也是受教育期，备注的年龄是从出生到大学毕业22岁；第二部分为奋斗期，是从22岁到60岁；第三部分为养老期，从60岁到终身。画好图，秦姝把椅子稍微往方怡身边靠了靠。

"您现在所在的阶段为奋斗期，在这个阶段里，您的收入远大于支出，也就是说资产是有盈余的。随着时间的推移，到了下一个阶段养老期。在这个阶段里，您和爱人的收入都会锐减，但健康医疗的支出很可能逐步升高。如果退休后仅靠社保，可能无法支撑您的品质养老所需。所以我们最好提前规划，预备充足的养老金来保证您高品质的晚年生活。"秦姝就着这张图说。

"嗯，我买了不少理财，还有两套小房子，应该都可以用作养老。"方怡有些不以为意。

"您很明智，买了两套房子，这些年应该涨了不少。银行理财和不动产都是很好的投资，但大多数的银行理财都有一定的不确定性，比如我们看到周期性的会有一些基金破净①。而养老的钱最好是确定性的，专款专用。另外，在北京买房子的确是不错的保值方式。不过不动产有个最大的问题就是变现效率不确定，通常卖掉一套房子的时间不太好把控。如果说客户身体状况出了问题急需用钱，可能就会有点麻烦。"

秦姝说完，方怡沉默了几秒。

"我觉得房子变现，无非就是价格问题。"

"方总说得对，只要愿意降些价，房子总能卖出去。很多像您一样手上握有多套房子的客户找到我们，其实是看上了我们背后为客户匹配的资源。到了您这个层次，钱早已不是稀缺资源了，稀缺的是如何能最快地联系到高水平的医院和医生。"

"你们能帮忙介绍医生？"

"是的，我们公司有自建和合作的医疗网络，涵盖很多家重点三甲医院，能协助客户安排高水平的专家诊疗，包括二诊、转诊、会诊。根据客户购买的产品不同，还可以协调安排国外就医。"

"那你帮我做个医疗险的方案，还有你提到的养老，也可以规划下。"

"方总，您预期退休后每个月大概需要多少钱来保证您的生活品质？根据这个可以来反推现在的缴费计划。除了养老，不知道您现在是否有小朋友，有想过为小朋友规划未来的教育问题吗？"

"我结婚比较晚，目前还没孩子。"

"明白了，那我梳理一下您听听。针对您的情况，保险配置主要是两大块，一块是咱们刚才提的养老保障；另一大块是日常的意外和疾病的保障。比如您希望改善就医体验，那么就可以配置一份高端医疗险，就是思妍那种。全程不需要自己垫付一分钱，即可减轻就医的焦虑，解决普通医疗'三长一短'，即挂号时间长、排队时间长、取药时间长、就诊时间短的问题。

---

① 破净：金融术语，指跌破单位净值。

这种医疗险是费用报销型的，您具体花多少就报多少。"

"大病险是你说的这个吗？"

"不太一样，您说的大病险是指重疾险，比如被保险人买了100万保额的重疾险，那么一旦确诊或者达到了对应疾病的理赔条件，不论客户治疗与否，这笔钱都会一次性打给客户，可以当作一种收入补偿。"

"那这种一般该买多少保额合适呢？"

"考虑到重疾的康复期在3年左右，加上重疾造成的直接损失，如相应的治疗费、康复费和家庭生活费，一般我们会建议客户至少买到3倍年收入水平的保额，这样可以保证家里的生活品质不会因重疾的影响而降低。不过坦白讲，您这个年纪保费可能会高一些。"

"那你先帮我做个100万保额的方案看看吧。"

"好，需要为您先生规划下吗？"

秦姝发现，一提到老公，方怡的表情就变得微妙起来。

"先做我的吧。"

沟通下来，虽然方怡不愿过多提及老公，但秦姝判断这是一个典型的丁克家庭。这样的家庭通常有稳定的家庭收入，对生活品质有一定的要求。这部分客户很容易接受保险理念，愿意用年轻时攒下的资本为自己的晚年生活做好规划。

秦姝看了看表。

"时间到了，刚好一个小时。"秦姝笑着说，同时把那张A4纸递给了方怡。

"秦姝，谢谢你，我今天收获不小。这样，你先把方案做一下，我回去和家人商量下。"

就在秦姝马上要进电梯时，方怡突然说："对了，今天我们谈到的……"

"放心吧，所有客户的隐私我们都会严格保密。"秦姝打断了方怡的话，笑着说。

方怡如释重负地向电梯里的秦姝挥手再见。

对于方怡的担忧，秦姝能理解，现代人对自己的隐私都很在意，她知道大多数人并不希望外人特别是同事对自己的家庭情况了解太多。社会发展到现在，保险行业发展到现在，几乎每个人的微信通信录里都至少有一位熟人代理人，但他们是否愿意找熟识的代理人买保险，那可就因人而异了。

方怡用微信把预期领取金额、缴费金额、期限等信息发给了秦姝。

两天后，秦姝和方怡约好了当面沟通方案。还是那间小会议室，这次，秦姝带来了两杯网红奶茶。奶茶对于女生，有点像香烟对于男生，一起喝过奶茶的，就算不是闺密，也算一起玩过的小伙伴。

"排了很久吧，我很喜欢他们家的奶茶，谢谢。"显然，一杯奶茶拉近了她们彼此的距离。

"方总，您看下方案。"秦姝打开投保App，将屏幕转向方怡。

方怡放下奶茶，很仔细地看着，好似对待一项重要的工作。

"重疾险的保费算起来比保额还要高，先不考虑了，还有高端医疗险和意外险也都先放放吧，把这些预算都加到养老金上吧，我想趁现在收入还可以，给未来多做些打算。"方怡的语气很坚定。

像方怡这样选择忽略就医体验，同时觉得疾病和意外离自己很遥远，却很愿意为未来的老年生活买单的客户很多，尤其是女性。秦姝按照方怡的意见当场调整了方案。

方怡说有笔理财月底到期，到期后再找秦姝投保。等月底时，秦姝微信上问方怡哪天方便投保，却不见方怡回复。

叁拾叁

　　"秦姝，老郑前妻答应我去办理继承权公证了，我可以搬进自己的房子啦！"一天晚上，秦姝刚要入睡，就收到了一条来自顾欣的消息。

　　"恭喜你，搬家时叫我，我去给你暖房！"秦姝回复。

　　"爱出者爱返，福往者福来。"秦姝的脑海里想到了这句话。

　　星期四，秦姝的车限号，她接上球球准备搭地铁回出租屋。从学校到地铁站，她隐隐约约地感觉一直有人跟着他们。他们快，后面的人也快；他们慢，后面的人也慢；她停下来假装在包里找东西，后面的人也停下来。她怀疑后面那个穿帽衫、戴帽子和口罩的高个子男人就是跟踪他们的人。

　　秦姝最近刚刚看了一部讲述单身女性独居的电影，于是越想越怕。出了地铁，天色渐暗，秦姝顾不上买晚餐，拉着球球的手三步并作两步地往家赶。路上，秦姝仍然觉得后面有人紧紧地跟着他们，她假装快步走，然后鼓起全部勇气猛地一回头，果然又看见了刚才那个男人。秦姝更加害怕了，走了这么久，居然还能见到这个人。

　　秦姝吓得拉着球球快步跑了起来，那人也跟着跑了起来。秦姝租住的小区是一个老楼，六层无电梯那种。进了楼道，她带着球球快速上楼，后面的人也跟着上楼。就在到二楼的时候，秦姝实在绷不住了，突然转身，眼睛像钉子一般看着那个男人。这男人没想到秦姝会回头，顿了一下，也停住了。

"为什么一直跟着我们？"秦姝尽量保证声音平稳，不要吓到孩子。

"你是秦姝？"那男人把帽子摘下来问。

"你怎么知道我的名字？"秦姝听见他说出自己的名字，更惊讶了。

"你是卖保险的？"男人问。

"你到底是谁？"秦姝说。

"我告诉你，不要再和方怡联系了，她不可能买你的保险。"男生警告秦姝。

原来是和方怡有关……秦姝松了一口气。

"你是她什么人？"秦姝壮着胆子问。

"这个和你没关系，总之，别再缠着她买保险。最好识相点，不然我真的对你们不客气了。"男人说完瞟了一眼球球，转身消失在楼道里。

男人刚走，球球就大哭起来，秦姝虽然表面安慰说叔叔是在和他们做游戏，但开门时手都是抖的，越使劲儿越对不准钥匙孔，好不容易才开了锁。

"这人到底是谁呢？他和方怡是什么关系？又为什么要阻止方怡买保险呢？这人看起来那么年轻。"秦姝躺在床上，旁边放着动画片，她希望能转移下球球的注意力，让孩子紧绷着的神经放松下来。但不论视频声音多大，都转移不了她混乱的思绪。

第二天早上，秦姝仍被昨天发生的事吓得恍恍惚惚，她在犹豫要不要把这件事告诉方怡。思前想后，她决定告诉方怡，不只是怕自己受到什么伤害。她觉得提前告诉方怡，可以让她也有个心理准备，以防后面发生什么不可控的事。秦姝微信上说方便时想和她通个电话。

很快，方怡拨了过来。

"秦姝，我那个保险可能还得等等……"显然，方怡以为秦姝是来催她签单的。

"方总，我不是催您投保。"秦姝没等方怡说完，打断她说。秦姝将被人跟踪和警告的事情告诉了方怡。

"那男人是不是高高壮壮的？"方怡问。

"确实很高，壮？我当时带着孩子太紧张了，没顾上仔细看。"秦姝回忆着说。

快下班的时候，方怡问秦姝晚上是否有空一起吃饭，她给秦姝发了家餐厅的链接，是一家位于三里屯的餐厅。这家餐厅的环境布置得很有情调，餐厅的每道菜品都像艺术品，一到晚上前来打卡拍照的客人络绎不绝。

方怡选了楼上露台上一个很适合看风景的位置。傍晚的微风拂过脸庞，柔和温暖，让人不由得放松下来。两个人先是随意地聊了两句，待连着喝了几口红酒，缓缓地放下酒杯，方怡才对秦姝说："跟踪你的那个男人就是我老公。"

秦姝手里的叉子停了一下，然后抬起头看着方怡，听她继续说。

"他叫李响，比我小8岁，是一名健身会所的康复师。你是不是很奇怪，我怎么找老公找到健身房去了？"

"怎么会？偌大的北京城，能找到彼此看对眼的人太不容易了。"

方怡举起酒杯，和秦姝轻轻地碰了下，继续说："我这个人，从小学到研究生，当了二十几年的学霸。学校里，职场中，我从来都是全力以赴追求心中所想，不会向任何困难低头。后来，随着在职场中的打磨和在相亲市场上的屡战屡败，我突然开窍了，记得贾平凹说过，婚姻本来就是一场合作，其实你没有必要弄成爱情的样子，记住，爱会消失。"

露台上来打卡拍照的年轻人越来越多，基本都是女孩儿。秦姝注意到其中有一对情侣很有意思，那位女生很漂亮，也很会摆造型，只可惜男生拍照技术不过关，拍的照片一再被女孩子嫌弃。但这男生脾气很好，一遍遍不厌其烦地按照女孩儿的要求调整。

"好羡慕这女孩儿，在最美好的年华里，不管怎么作都有人宠。"方怡也注意到了这一对。

"总有一天，男孩儿变成男人，再变成中年男人，就不再有心情去理会她的小情绪了。方总，那你们是怎么好上的呢？"

"我小时候韧带受过伤，健身时稍有不注意就会引起发炎。于是，我就报了康复课，李响是我的康复教练。别看他长得高高壮壮，对我却很温和，总能给我一些很实用的小建议。聊得久了，有时课上也经常聊些康复外的其他话题。久而久之，我觉得他这个人还蛮温暖体贴的，最重要的是他肯在我身上用心。他会观察我喜欢喝什么咖啡，喜欢听什么音乐，喜欢看什么杂志，等我来上课时总会提前准备好这些。慢慢地，我们的交往从会所内发展到会所外，很快就走到了一起。但是，我从来没想过要和他结婚。"

秦姝将方怡面前的空杯子斟满了酒，静静地听她说。

"直到有一天，我发现自己怀孕了。我知道自己没那么爱李响，对他的条件也不是很满意，但是我太想要这个孩子了。这一点，李响也心知肚明。于是，他开始发动我身边的朋友，劝我结婚。加上父母一再催婚，我竟鬼使神差地和他领证了。"

"那后来呢，为什么没把孩子生下来？"

"胎儿三个月时，因为不明原因胎停，不得已终止了妊娠。"

"好可惜……"

"最让人难过的不是这个，我在失去宝宝一个月后发现，李响和几名女性客人都保持着暧昧关系。平时，只要我不答应给他买他想要的东西，他就会去找这几位女性客户买给他。这让我觉得很恶心，感觉自己是个被猪油蒙了心、脑子勾了芡的傻瓜。很快，我就把他赶出了我的家，并提出离婚。"

"他，会同意吗？"

"他同意，但要我给他100万分手费，说我如果不给的话，就天天去我公司闹。你看，我就是如此幸运地遇到了人渣，扶了贫不说，还身心俱损。"此时的方怡看起来有些疲惫，她顿了顿继续说，"因为我一直不肯给他那笔钱，他就经常上门找麻烦。估计是从我朋友那里得知我要向你买保险的消息，就上门找你闹了。不好意思，秦姝，因为我的事牵连了你和孩子。"方怡说完，将杯中的酒一饮而尽。

"他不会把我怎么样。倒是你，下一步要怎么办？"秦姝说。

"我已经留存好所有的证据，包括他和其他女性客户的聊天记录，勒索威胁我的录音等。秦姝，今天找你来，是有个问题想咨询：对我而言，离婚的过程可能很曲折，但结果是一定的。像我这种情况，是该现在投保还是离婚后再投？"

秦姝明白方怡的意思，方怡是在从自身利益最大化的角度考虑保险的配置。

"方总，只要在婚姻存续期间，您的收入都属于婚后财产，如果离婚，是要分给对方的。同样，您现在买保险，也属于用婚内财产投保，同样需要分割，不同的是分割的对象不是您投保时缴纳的保费，而是保险的现金价值。"

"那是不是可以买到合适的产品，能够……"方怡没有再说下去。

"方总，大多数保险产品通常前期的现金价值的确都会低一些，但，不排除对方申请延期执行的可能。"

"我懂了。"方怡喃喃地说。

"方总，我有一点小建议，从我对您的了解看，你们结婚时间不长，夫妻共同财产应该不会很多，您多留意不要将您的个人婚前财产和婚后财产混同。比如，您婚前个人名下的银行卡里的钱和婚前彻底完成购置的房产等，轻易不要动。"分手前，秦姝对方怡说。

方怡很感谢秦姝的坦诚，也很佩服秦姝的专业，她说等她彻底结束了和李响的关系，再来找秦姝做保险规划。

早上，秦姝刚一出公司电梯，就收到小北的微信说老戴来了。秦姝走到工位，小北给她递了个眼神，示意她老戴在小会议室。

"你怎么来了？"秦姝刚推开门，心不由得揪了一下，才个把月不见，眼前的老戴憔悴了许多。

"那天球球和奶奶说有人跟踪你们，到底怎么回事儿啊？"老戴有些着急。

"别听他乱说，小孩子懂什么。就是一个客户的老公，有点儿误会，现在都说清楚了。"

"不是，你这卖个保险怎么还搞得跟吸毒、贩毒似的。秦姝，你确定一个人带球球没问题？"

"我的时间自由，完全可以带他。我们俩挺好的，球球最近懂事多了。对了，他爷爷怎么样？"

"还那样吧。"

"你怎么样，身体没出什么问题吧？"秦姝故作漫不经心地问。

"我没事儿，老齐那边还问你要不要过去，说可以让你带个项目。"

"替我谢谢他的好意，我现在的状态很好，可以兼顾工作和孩子。"

"有什么事儿就说话，别委屈了孩子。"良久，老戴丢下一句话，转身推门走了。

秦姝看着老戴的背影，生出几分心疼。老戴刚走，小北就推门进来了。

"走了？"

"嗯。"

"又聊掰了？"

"他还是不希望我卖保险。"

"师姐，我听一个前同事说戴总的公司最近不是很顺，几个项目都回款不利，他现在应该挺难的。"

秦姝发微信给老戴，说有什么她能做的尽管说，老戴没回复。

老徐自从看到白帆经常来接小北下班起，便尽量和小北保持距离。比如之前，小北经常会在早晨的工位上发现一杯冰美式和一个牛角包，不用问就知道是老徐买的。但是最近，小北发现除了工作交流，老徐似乎是在刻意躲着自己。

上次从老家回来，小北为了感谢老徐，想请他吃饭，结果老徐竟然以借大陆的车为由带上大陆一起，小北只好临时叫上王琳琳来缓解两男一女的尴尬。这一顿饭上，大陆和琳琳两个人打情骂俏，眼见着关系一步步升温。反而老徐和小北倒有点别别扭扭。

小北还发现老徐和安安走得很近，两个人经常早上一起来公司，午饭也甩开大家单独出去吃。看着这一切，小北在心里想，这些和自己没关系，她才不在乎徐多金和谁交往。然而，每当看到老徐和安安在一起谈笑风生，她竟会莫名其妙地感到不安甚至烦躁。

茶水间里，老徐问小北后来那群人又来找过大福没。小北没好气地说不用他操心，自己一家人都很好，借他的钱会尽快还他，搞得老徐傻愣在茶水间不知所措。

这一幕被路过的秦姝看在眼里，她拿着水杯凑到小北耳边，耳语道："苏小北，你状态不对。"

"哪儿不对？"

"你吃醋了，不服就去问个明白。"说完，秦姝拿着水杯笑盈盈地走开了。

小北琢磨了好一阵秦姝的话，是啊，自己生的哪门子气，好好的干吗冲老徐发火。她想了想，走到老徐身边，放下几页纸说："这是这个月的客户答谢活动，你过下方案，看有没有需要修改的地方。"小北的语气明显比刚才柔和了许多。老徐这个呆子，也没多想，拿起方案就看了起来。

这几天，小北在上下班路上，以及吃饭睡觉时，都会想起她和老徐的第一次见面，她捉弄老徐去自习室的第一次约会，第一次玩密室逃脱，老徐带妈妈跑医院，带大福逛王府井，替家里修空调，给自己过生日，在直播间冒充粉丝当水军以及大福出意外时二话不说陪自己回家的情景。这一幕幕，小北想着想着，竟不觉得脸上挂着笑、眼里却噙着泪。原来，这么好的男生一直陪在自己身边，可她竟全然不觉。而现在，老徐貌似已另有意中人……

这天小北陪着李总和她妈妈参观社区。老太太对社区的设施和服务都很满意，李总还痛快地投保了一份年金险。约好了入住的日子，老太太欢欢喜喜地住进去了。听说没多久她就交了好几个投缘的朋友。李总说这场景让她想起了自己当年送威廉去幼儿园，简直是一模一样。

可3个星期后的一天，小北接到李总的电话，说老太太要回家，不住了。原因是老太太太想念外孙，无论李总怎么做工作都无济于事。老太太还早早地收拾好了行李。无奈，李总只好找小北商量退住。

"李总，前3个月算试住，可以退的。"小北在电话里说。

"那会有违约金吗？"李总问。

"没有任何违约费用，您就按照正常入住天数付费就可以了。"

在确认了老太太的退住意愿后，小北很快协助李总办完了退住手续。

"小北，不好意思，让你白折腾一回。"

"李总，别这么说，这都是我的工作，只要阿姨舒心就好。"

"这地方多好，真是不理解老太太怎么想的。"

李总的妈妈不想离开外孙去社区住，但老太太在享受过社区专业护理人员的服务后，就愈发看不上家政公司的普通保姆。于是，小北向李总推荐了居家养老。

居家养老是大多数老人都会选择的养老方式，其中最重要的原因是他们不愿意离开自己熟悉的环境。

启华保险为李总家做了家居适老化改造方案。方案中在家里增添了很多老人扶手，换了适老床、椅子、老人浴缸、台盆、镜子等，让老太太即便乘坐轮椅也能自如地在家里活动。同时，还在李总家里安装了智能化监测设备，即使是老人独自在家，也能在第一时间发现异常，报警到智能管家并安排急救，也会第一时间通知家属。

小北还列了一些备选的增值服务，如定制老人的餐食，包括鼻饲、换药、康复训练等专业护理服务，供李总日后选择。这样一来，老人不需要离开家，就解决了日常护理和生活问题，李总和她的妈妈都很满意。

也许是出于愧疚，抑或是被小北一贯的真诚打动，李总推了一个微信名片给小北，告诉她这位袁总掌管的达景集团规模很大，该集团目前正在为公司物色团险供应商。同时她还提醒小北，袁总这个人不太好沟通，叫她做好心理准备。

叁拾肆

晚上，小北看到老徐在工作群里发了一张海报，是即将开始的竞赛的奖励——瑞士13日深度游。竞赛说明中提到，如果团队达成率超过一半，还会有额外的团队奖励。保险公司会有各种方式激励和奖励代理人，旅游和再深造是近几年最受代理人欢迎的。

小伙伴们一听到瑞士游都热情高涨。

"瑞士，我一直想去的地方。"

"瑞士我去过，当时就想一定要二刷三刷，湖光山色、大城小镇……"

"我要去跳伞，还要去滑雪。"

群里的小伙伴们开始畅想起来，小北同样向往搭乘列车去欣赏皑皑雪山、清幽湖泊和传说中的童话小镇。小北觉得这是一次很好的锻炼团队的契机，她决定安排一次露营，算是给大家开个动员会。老徐很支持小北的这个想法，他平时对户外运动也有研究，于是主动承担起这次露营的筹备工作。

老徐找的营地位于郊区。营地里放眼望去绵软碧绿的草坪直连天际，一排排卡其色的帐篷整齐排开。老徐协调营地时为大家提前准备了音响、烤架、烧烤食材、水果饮料。除此之外，他还准备了各种娱乐项目：水球、水枪、飞盘、桌游，还有卡拉OK。朱光潜说："人生快乐倘若想完备，一定要保存一点孩子气。"水球、水枪大战让大家迅速找回了儿时的感觉，这些平日里身着正装给客户讲解保险方案的代理人，此刻欢乐得如同一群孩子。

老徐安排了一场篝火晚会。小北和秦妹从洗手间回来，看到老徐正在边弹吉他边唱《屋顶》这首歌。小北站在帐篷不远处看着老徐，目光中透出难以掩饰的温柔。她想起自己上次生日时，老徐在餐厅也为她唱过这首歌。

"原来是我梦里常出现的那个人，那个人不就是我梦里，那模糊的人，我们有同样的默契，用天线排成爱你的形状……"

歌声在大家的掌声中结束了。小北回过神，调整了下状态，要知道今天是来动员大家全力以赴准备瑞士之旅的。

小北真心喜欢团队里每一位不同背景、不同年龄的同事，每次团建她都能从他们身上发现新的闪光点。安安敲起了非洲鼓，悠悠弹着尤克里里，大家跟着节奏轻摇着。

小北觉得气氛差不多了，就拿起麦克大声问："大家觉得今天的团建好不好玩？"

"好玩。"大家齐声说。

"那，想不想一起去瑞士玩一次？"

"想！"声音更大更齐。

"我知道很多小伙伴都觉得自己和瑞士之旅的要求相差甚远，有点灰心。我告诉大家一个消息，也许是上天看到了我们团队的勤奋，现在摆在眼前一个绝佳的机会：那就是达景这个团单，如果我们能拿下这个大团单，除了这单的业绩，它也将给大家提供很多团险转个险业务的潜在客源。"

小北向大家介绍了达景的大致情况。在轻松的露营氛围下，大家都很兴奋，拼劲十足。

小北和秦妹睡在一个帐篷里。她俩躺在睡袋里，望着难得一见的星空，思绪万千。

"想谁呢？"小北问。

"想球球，他要是能看到这些一闪一闪的星星，一定很兴奋。"

"没了？"

"没了，不然呢？"

"就没有一丝丝想念你们家老戴？"

"那你呢？就没有一丝丝想念老徐？"

"小点声儿你。"

"小北，老徐这个人不论是人品、责任心、上进心都没得挑，最重要的是对你好。每次但凡你遇到点事儿，工作也好，家事也罢，他都不声不响地直接行动，比起那些油嘴滑舌、甜言蜜语的Alex们不知道强多少倍。"

"好好的，干吗提他。"

"别以为大家看不出来，你敢说你对那个Alex白一点没动心？"

"那都是过去的事儿了。师姐，我有时觉得，恋爱离我好远，我的生活里就不应该有恋爱这一部分。我必须以120%的热情投入工作，赚更多的钱，把妈妈和弟弟的生活照顾得更好。"

"一派胡言！哪个女人的生活里都应该有爱情，合适的情侣关系会让你变得更好。小北，你不能再像大学时那样，一心只有打工、赚钱、养家了。你是一个独立的人，你也需要有人爱你、疼你、陪伴你，我觉得老徐就是这个人。"

"老徐是不是和安安……"

"这我不知道，不过如果你真有这个心就该去问清楚。不然，老徐还以为你心有所属，转而追求别人也不是不可能。"

露营的第二天，老徐安排了蹦极，让有意挑战自己的小伙伴自愿参加。让小北没想到的是，近乎一半的人都报了名。

"老板，来蹦极的客户都是些什么人啊？"小北和蹦极老板闲聊。

"什么人都有，有中大奖的，也有破产的，有新婚的，也有失恋的，但还是年轻人居多。"

"你说这是为什么呢，难道只是为了追求感官刺激？"小北问一旁的老徐。

"除了刺激，我猜是极限运动可以带给人们成就感，或人们认为极限运动能帮助他们探寻生命的意义吧。你看，单单是看着这10层楼的高度就能让人望而生畏，更何况跳下去的那一刻，应该和死一回差不多了。"

"也是，死都敢了，其他的事儿还是事儿吗？"小北喃喃自语。

"你跳不？"老徐问。

"你跳不？"小北反问老徐。

"You Jump，I Jump！ ①"

"跳！"

有意思的是蹦极前要在现场买一份特定意外险，一般的客户看到"意外"这两个字就觉得恐惧感油然而生。但对于小北他们而言，早已司空见惯。

本来大家还有说有笑，可是一出电梯就傻了。在下面时看着并不觉得高，可是从上面看下面的湖泊，许多同事不由得两腿发软。

老徐先跳，不知道是不是因为有姑娘围观的原因，老徐整个过程都表现得很镇定。临出发前，他朝着小北比了一个赞的手势，"呼"地就下去了。

轮到小北了，她忐忑地走到跳台上，想和工作人员说让她先准备一下。没想到，做好防护工作后，工作人员还没等她开口，就猛地一把将她推下。和大多数第一次蹦极的人一样，刚下去的时候小北整个人都是蒙的，大脑一片空白，根本来不及恐惧。第一次到底回弹时，小北才慢慢恢复意识，她努力让自己放松，尝试着享受其中的刺激。在回弹后的第二次下落中，那种自由落体的失控感让她再一次被恐惧包围，这时她的大脑里竟想到了老徐——

---

① 此句为奥斯卡获奖电影《泰坦尼克号》的经典台词，意为你跳我也跟着跳。

如果自己就这么出意外了，都没来得及告诉老徐自己的心思。

"徐多金——我——苏小北——喜欢你——"小北用尽力气，声音回荡在空旷的山谷中。

接下来的几次回弹里，小北更加放松，很快她被工作人员用绳子拉了上去。虽然心有余悸，但就像老徐说的，蹦极后的成就感会让人兴奋很久，整个人也更自信了。

"你刚才喊什么呢？"秦姝问。

"我？没喊什么，你听见什么了？"小北的脸比刚才蹦极时还红。

"没，我耳背，什么也没听见。"秦姝拍拍小北的肩膀，去做准备了。

快午饭时，安安来到小北的工位上。

"小北姐，周末有空吗？"

"你先说什么事儿，我再看有没有空。"

"我生日。"

"这空可以有。"

"行，那到时把时间、地点发你，我先吃饭去了。"

"等会儿，你生日？你们不过个二人世界？"

"二人世界嘛，必须有，不过那是后面的事。对了，小北姐，记得穿得漂亮点。"说完，安安转身小跑着去了电梯厅。小北远远地听到那边传来老徐催促的声音。

这个午饭，小北觉得手里的三明治格外难以下咽，没吃几口就放下了。怪不得老徐整个上午都在浏览鲜花网站，原来是在为安安的生日做准备。

晚上下班时，小北想到安安说的穿得漂亮点，便漫步到了公司附近的一家购物中心。试了几条裙子，开了票马上付钱时，她果断放手了——又不是我过生日，我买什么裙子。这么想着她又走出了商场。

安安的生日安排在周六晚上，发来的地址是一家位于蓝色港湾附近的星空帐篷餐厅。餐厅在一栋楼的露台上，整个露台被绿茵和各种绿植包围。一个个圆形透明的帐篷包间里，摆放着造型前卫的餐桌和沙发。这家餐厅一年四季都会有人工降雪。帐篷外星光点点，帐篷内闪烁着金色灯光，不时有乐队演奏的爵士乐声传来，更烘托出一种梦幻气息。

小北在服务员的带领下来到了一个圆形帐篷前，全透明的帐篷里摆满了鲜花，但空无一人。小北再三确认，服务员说没错，就是这间。小北进去后给安安打电话，没人接，她又打给秦姝，也没人接。正在小北犯嘀咕的时候，一位戴着厨师帽、口罩并身着白色厨师服的服务员端着一个烤盘来敲门。烤盘上扣着的罩子几乎挡住了这位服务员的整张脸，他将烤盘放在桌上，小北的目光集中在摆盘精致的牛排上。

"谢谢。"小北看着牛排，对服务员说。半天，见这位服务员没有离开，小北抬头看了一眼，是老徐！

"你怎么穿成这样？"小北越来越糊涂。

老徐缓缓地摘下口罩、帽子。

"快尝尝，我可是费了好大周折，才让人家米其林大厨同意我留在后厨，老头以为我要偷师学艺呢。"老徐擦了擦头上的汗。

"安安呢，今天不是她的生日吗，怎么还没到？"

"她在过生日呀，只不过是在别的餐厅。"

"别的餐厅，那你怎么不过去？"

"我过去干吗？她有人陪，男朋友从天津赶过来了。"

"男朋友？你们不是？"

"不是吧，冰雪聪明的苏小北还真被这种雕虫小技骗了？"

"搞什么，我都被你们弄晕了。"

"小北，我喜欢你，但是不知道你是不是喜欢我。不过，这可都是安安和秦姝姐想的，和我没关系。"

"真服了你们的脑洞。"小北愣了好一会儿，缓过神来。

"小北，那天蹦极我无意间听到了你喊的话。"老徐充满柔情地看着小北。

小北的目光一下子变得无处安放。

"小北，我喜欢你，但我一直觉得自己还不够好。"

"那你现在哪来的勇气，敢坐在这说这些话？"

"我不想再等了，我想和你一起变得更好。你总是在照顾弟弟、照顾妈妈、照顾团队里的每一个人。你自己呢？你也只是一个孤零零的北漂女生，你也一样需要被人惦念，被人爱。从今天起，我希望你做全世界的大人，做我一个人的小朋友。"

老徐最后的这句话似乎触动了小北坚硬外壳下的软肋，小北的眼眶瞬间红了。她使劲眨着眼，不想破坏这美好的氛围，但是任凭她怎样看向别处转移注意力，泪水就是不争气地往下流。

老徐递给小北一张纸巾，没有再说什么。

"我是工作狂你知道的，我脾气也很差。对了，我还是个'扶弟魔'，你也见识过……"

"我知道啊，但这有什么，这些都不重要。我喜欢你，自然愿意接受你的一切。再说，我也有好多坏毛病，我懒、挑食，喜欢熬夜、打游戏。而且，我还不会甜言蜜语。"

小北记不清是谁说的，当你不确定是不是喜欢一个人时，可以尝试在心情不好的时候想想那个人。如果你觉得一想到这个人，就想笑，那就对了。今晚的小北仿佛卸下了一直背负着的沉重外壳，露出了原本柔弱的自己。恋爱的感觉让小北体会到了久违的放松，这种感觉很陌生又很亲切。

老徐送小北回家后，在群里发了一个大红包。大家排队发着各种恭喜、祝贺、谢谢老板的表情。尤其是安安，跟着大家领完了第一轮红包，还蹦出来要辛苦费。老徐倒也大方，又单独发了一个大红包给她。

叁拾伍

团建结束后，小北开始静心研究李总推荐的达景集团。她上网搜了一下这家公司，这是一家承接户外园林景观设计的大型民营企业。国内员工4000人，还不算户外工作人员2000余人。公司刚刚拿到了D轮融资，正在筹备上市。关掉网页后，小北做了个深呼吸。她把这件事告诉老徐，老徐说这是个超级大单，做好了团单，后面的团转个业务也将相当可观。不过，这个规模的公司招供应商，通常都要经过多轮面谈和招标，建议尽早沟通、早做准备。

果不其然，小北与达景集团的袁总联系上了之后，袁总只是客气地跟她打了个招呼，便将公司人力资源总监朱莉的微信推给了她，说后面由她来对接。小北和朱莉约好了上门拜访的时间。鉴于项目重大，小北决定带领几名团队核心成员一起准备。到了约好的时间，小北带着老徐、安安来到达景。

这家公司位于海淀的科技园区，小北他们比预约时间提前了半小时赶到。前台小姐示意他们在大厅等一下。

约定时间到了，小北先是介绍了启华保险的背景、理念和企业文化，然后她重点介绍了自己的团队成员及他们服务过的企业客户。其间，朱莉问他们是否服务过千人以上规模的公司。小北想都没想，坦诚地回答没有。眼见着朱莉皱了下眉，小北淡定地说，自己的团队虽然没有服务过大公司，但是团队主要成员都是来自知名企业，他们都很了解这类企业的运作理念和工作风格。

小北还特意强调了这类企业的人力资源团队通常都超负荷工作，所以他们会为达景成立专门服务小组，尽量简化报销、理赔流程，同时愿意定期驻场解决员工的各种保险问题。

这段话算是说到对方心里去了，对面朱莉及她的几位小伙伴紧锁的眉头舒展开来。接下来就是企业信息沟通环节，因为团险报价需要的信息比个险详细很多，包括公司的人数、男女占比、年龄跨度、总公司以及分公司地域分布、员工的岗位工种及职业类型等。为了避免增加HR的工作量，小北采用问答的形式沟通，让安安用填表的方式进行信息采集。

"小北姐，为什么不把表格发给他们自己填？"一行人从达景出来，安安问。

"你说为什么？这个规模的公司的人力资源通常都很忙，我们再给人家找活儿，人家能对咱们有好印象吗？"

"第一印象很重要，达景找的都是大公司，千万不能大意。"老徐说。

"小北姐，我觉得你后面说的那段话太给力了，我眼看着朱莉旁边的那位男生频频点头。"安安说。

"他那么年轻，他点头不管用的。今天，约见各家公司的主要目的就是初筛而已，重头戏还在后面呢。"老徐说。

走到公司楼下，老徐说让她们俩先回去，他在附近约了客户。小北没多想，带着安安离开了。老徐走进这栋楼附近的咖啡厅，在一张靠窗的桌子前坐下。实际上，他并没有约客户，而是在这里观察、记录都有哪些同行参与这次报价。中午时，他还特意来到达景公司所在的楼层天台，果不其然，天台上有几个小伙子在边聊天边吸烟。

"哥们儿，借个火？"老徐凑上前，朝一个高个子男生说。

要说男人之间熟悉起来是真快，仿佛一支烟点着，大家就是笼罩在一个烟圈里的兄弟，可以无话不说。

"哥们儿，你觉得达景待遇怎么样？"

"问这个干吗？你要来？"高个子看了一眼旁边的矮胖儿，问老徐。

"有个发小来面试，人力迟迟不肯报薪资，我这哥们儿正纠结呢。"

"工资嘛就那样，同行里算中等偏上。"

"除了工资，其他方面的福利怎么样，比如会不会给员工上个补充医疗之类的？"

"想得美，不过好像说正在招标，不知道以后会不会上。"高个子说。

"也就是走个过场，谁不知道公司刘副总的小姨子就是做保险的，搞不好就是给刘总的一块额外收入。"矮胖儿说。

"还有这事儿？不过有总比没有好，我是做人力的，不知道你们说的保险公司是哪家，每家服务相差还挺大的。"老徐说完，猛吸了一口烟。

"好像是那个康欣吧。"矮胖儿又说。

"这个刘副总说话算数不？"老徐继续问道。

"刘副总是和老袁白手起家的，虽说两个人关于融资有点小矛盾，但面子上还是过得去的。哥们儿，我劝你还是让你那兄弟先搞定朱莉，这女人可没看上去那么傻白甜，她精着呢！"高个子说。

3天后，小北收到了一张老徐做的团险对照表，里面详细地分析了几家主流保险公司团险产品的优缺点，其中重点分析了康欣公司的团险产品。

小北问老徐是怎么知道这些公司都会参与竞标的，老徐将自己连续两天蹲点和冒充应聘者打探消息的事告诉了小北。小北没想到老徐还有这么狡猾的一面。

一连几天过去了，达景人力那儿一点动静都没有。老徐觉得不能坐以待毙了，决定再次打入内部，弄个清楚。这次小北主动请缨，她精心打扮，穿了一件尽显身材的黑色连衣裙，迈着模特步走进了达景所在大厦地下一层的食堂。小北瞅准了佩戴达景工牌的几个人，端着盘子走过去问旁边位子是否有人，几个男生都不约而同地回答说没有。小北放下餐盘，整理裙摆坐下来。她用余光看到几个男生都在假装镇定地偷瞄她。

小北看起来只顾低头吃饭，但实际上一直竖着耳朵听那几个男生聊天。席间，一个男生不小心被麻辣烫溅脏了衣服，不巧桌上的餐巾纸盒是空的。小北瞅准时机，热情地递上一包纸巾，她断定这一桌子糙老爷们，没有一个带纸巾的。

麻辣烫男红着脸对小北连连道谢，小北趁机和他们攀谈起来。

"你们是达景的吧，听说你们公司就要上市了？"

"嘻，好几年前就说3年内必上市，谁承想3年又3年。"麻辣烫男说。

"不过这次应该是真的，券商都驻场了。"旁边的小胡子说。

"马上就是上市公司了，那你们福利待遇肯定很好吧。商保、企业年金之类的是不都安排上了？"

"好像是说要给员工买补充医疗来着。"小胡子说。

"这个好，有了这个以后看病几乎不用自己花什么钱了。对了，你们合作的是哪家保险公司，我回头也给HR建议一下。"

"叫啥，康欣是吧？"麻辣烫男说。

小北回到公司，叫上大家一起商量这事儿。

"人人都知道团险好，但团单难找，就是因为团单通常都内部消化了。"老徐说。

"看来咱们没戏了，竞争不过裙带关系。"安安说。

"倒也未必，现在不是还没定吗，只要还没最后签单，我们就有希望。现在就是看怎么找到突破口。"小北说。

"公司正在筹备上市，这么大的一笔支出，难道不需要公开招投标？"老徐说。

"这么大的公司规模，老板每天自然是忙那些最重要的事。这些小事很可能就是吩咐下去，至于下边的人怎么操作，估计老板也没精力管。"

"这事儿交给我吧，别的先不想，第一步咱们先争取让达景公开招标，入了围，我们再做努力。"小北说。

傍晚，小北给袁总发了一条微信，大意是上次有幸去公司见识到了达景的规模和实力，回来后，和团队的小伙伴们根据达景的情况个性化地制订了一版方案，希望在下一步的招标会上请袁总过目。

小北也是摸着石头过河，想试试看，没想到第三天就收到了朱莉的招标通知。她和老徐还有团队业务骨干连夜调整并优化方案。

到了招标这天，市场上的几家大公司都来了。

"这些人估计和咱们一样都是陪跑的。"安安小声说。

"再扰乱军心，小心拉出去斩了。"老徐说。

眼看着快开始了，康欣的一个小姐姐带着两个跟班小弟雄赳赳气昂昂地走了进来。

"果然不同，连出场都霸气逼人。"安安小声念叨。

小北并没有被任何人影响，作为方案主阐述人，她动之以情晓之以理地讲了自己团队的方案。

"首先，我们的产品组合灵活，可以针对不同的工作职责和工作性质匹配不同的保障计划。对于高管，我们制订了精英之旅计划：管理人员可以直接去私立医院就医且不需要任何垫付。一方面提升了就医效率，节省了领导们的时间；另一方面增加了管理层的企业荣誉感和忠诚度。

"对于普通员工，我们增加了自付二和住院发生的自费项目，这样员工就会觉得是公司承担了他们所有的医疗费用，使员工对公司心生感激，从而可以降低员工离职率。同时，我们的保费可以按天计算，这样可以为企业节省一笔可观的支出。我在资料里看到贵司有十几位外籍设计师，我们还可以为这些外籍人士定制计划，这样就不需要再单独付高价为外籍员工寻求国际医疗供应商了。

"对于户外工作者，我们特意向公司申请，提高了主险意外险的额度，降低了企业最可能出现的用工风险。

"除此之外，我们团队的小伙伴大多来自国内大型企业，深知HR同事们的超负荷工作量。我们会最大化地分担HR同事们的工作。比如小额报销可以走线上提交，最快一天到账，全程无须HR介入。此外，我们会安排专人定期驻场解决各位员工的报销问题。"

虽然小北心里知道他们大概率是在陪标，但她的方案阐述依旧堪称无可挑剔。提交了投标方案后，安安提议为朱莉准备一份礼物。

"我男朋友是做猎头的，他们都是这样做的，很管用。"安安说。

"还是先看看吧。"小北说。

一周过去了，达景还是杳无音信。小伙伴们都觉得这一单估计凉了，达景不过就是走个形式，也许早已和康欣签约了。但小北不甘心，她打电话问李总是否方便帮忙问问袁总。李总一口答应了，不过传过来的回复却令人失望。经过评估，达景认为启华的保费过高。

电话里，小北问起李总妈妈的身体，李总说老太太的肺癌发生了骨转移，已经住院几个星期了。小北当晚就去医院探望李总妈妈，老太太比上次见面时消瘦了很多，两眼迷离地躺在病床上。

李总说靶向药产生了抗药性，现在住院主要是在止痛和补充营养液。老太太一直嚷着要出院，还拒绝医生插管。小北想到了养老社区里的安宁疗护服务，但又担心李总接受不了。

"安宁疗护，您听过吗？"小北送李总回家时，在车上说。

"听过，我还查过，可是，不忍心。我对老太太说，让她能坚持多久就坚持多久，有她在，我就是有妈的孩子……"李总说完这句，转头看向窗外。

小北没再说话，随即放了一首轻松的曲子。

"小北姐，我们给朱莉送份大礼吧，这样她也许会为我们说说话。"早会上，大家讨论起达景的案子，安安说。

"我觉得不是送礼的问题，我做过对比，咱们方案的价格确实比康欣的高一些。"老徐说。

"但是我们的方案是他们预算内的最优组合，用我们的方案，员工的满意度会很高。"小北说。

"就怕遇到不看价值，只比价格的客户。"安安说。

晚上，老徐在小北家里的厨房忙着炒菜，小北坐在飘窗前盯着窗外发呆。

"可以吃饭了。"老徐过来叫小北。

"咱们还能做点什么呢？"小北仰着头，看着老徐。

"还想呢，我们的价格确实竞争不过有些公司，如果他们只看价格，这事儿还真难办。先吃饭，吃饱了大脑才能转得快。"老徐拉起小北往餐桌走去。

"咦，不是说要买皮皮虾吗，怎么换白虾了？"

"我正要称皮皮虾时，有位买菜的阿姨说现在的皮皮虾不够肥，不如白虾吃起来鲜。"

"对啊！我们也可以找个康欣团险的客户问问他们的使用感受啊，也许这样能找到对比优势！"小北抓着老徐的胳膊，兴奋地说。

老徐也觉得可以试试。安安的男朋友是做猎头的，平时经常接触各个公司的HR，他在两个群里问是否有企业与康欣合作过。很快就有人冒泡，告诉他们与康欣的合作体验。

作为一家中型公司，康欣的服务也还可以。但有一点令HR头疼的是，大家都反映康欣团险的第一年保费的确很有竞争力，但是一旦企业出险，第二年的保费就会大幅激增。

知己知彼后，小北决定再次拜访朱莉，可她几次约朱莉，对方都以工作忙没时间为由拒绝了。没办法，小北只好在达景大堂等。

"你是在等我？"朱莉一出电梯，就注意到小北。

"朱莉经理，可以耽误您5分钟吗，我保证不会超时。"

"如果也是送什么小礼物，那就免了。"

"不是，有几句话，即便您不选我们，我认为对您也有价值。"

朱莉想了片刻，将小北带到了她停在地库的车里。

"朱莉经理，我们的价格是比其他公司高，这一点我不否认。启华是一家坚持长期主义理念的保险公司，我们报给您的首年价格，如果不出现特别大额的理赔，下一年保费几乎是不变的，但我了解到有些中小公司并不是这样。我们可以试想一下，面对第二年激增的保费，HR只有两种选择：一是减保，可由奢入俭难，那样员工会很不满意；二是转保到其他公司，通常承保公司都会看上一年的理赔数据，届时保费还是会大幅攀升，老板会很不满意。到那时，HR夹在中间，里外为难。"

"说完了？谢谢你告诉我这些。"朱莉保持着职场女性独有的淡定。

"朱莉经理，作为达景的骨干，公司上市后的股权激励计划里一定少不了您的名字。相信我，我们的定制化方案会让公司的高管和员工在每一次就医时想到你们的好，这个方案一定会为整个HR团队的工作锦上添花。"

"苏小姐，你年纪不大，蛮能干的。"朱莉的目光重新落在了小北的身上。

"好了，5分钟到了，您慢点开车，再见。"小北看了下表，道别后下车了。

老徐在大厦不远处的车里等小北。

"大家伙都在群里祝你好运。"老徐说。

"尽人事，听天命，做销售的光凭运气可不够。"小北系上安全带说。

叁拾陆

　　一天下午，小北来到老戴的公司给出纳小刘送保险合同，听说公司已经两个月没发薪水了。公司想开拓东南亚市场，已经先期投入了两笔资金，谁想这时公司的两位大股东觉得近两年利润下滑，想退股。加上之前回款不及时，公司的现金流出现了严重问题。戴总已经一周不见人影，大家都传他病倒住院了。

　　小北知道秦姝心里还惦记着戴总，一到公司就将小刘的话转述给了秦姝。本以为秦姝也会像大多数死要面子的女人一样，嘴上说几句"谁管他，鬼才在乎他"之类的话。没想到，秦姝听完直接就开车回老戴家了。

　　老戴没有住院，但确实在家卧床休养。血压、血糖，还有痛风一股脑地找上来了。

　　"你都这样了，也不给我打个电话。"秦姝将床边的药一瓶瓶地拿起来看。

　　"你工作那么忙，我怎么好意思打扰。"

　　"都生活不能自理了，还不会好好说话。"

　　"谁告诉你的？"

"公司遇到难处了，你下一步打算怎么办？"

"嗐，这些年遇到的坎儿多了去了，难不倒我。"

"老钱和老孙股份那么多，两人一下子都撤走，你吃得消吗？"

"我和他们谈了，股份我都收，但得给我个缓冲时间。对了，你回来得正好，有个事儿得和你说下。"

"如果是要我辞职，就不用开口了。"

"这回还真不是，这保险你得卖，还得好好卖，搞不好一大家子以后都得靠你养了。"

"那是什么事？"秦姝被老戴态度的转变惊到了。

"这房子，我打算抵押出去，得你签字。"

"你这是通知，还是商量？"

"肯定是商量啊，我都这样了，下半辈子搞不好得吃软饭了。"

"这房子本来也是你赚钱买的，你说了算。什么时候签字，提前告诉我一声就行。"

"带球球回来住吧，爷爷奶奶都想孩子。老爷子口齿不清，还天天问球球呢。"

秦姝没说话，她嘱咐老戴按时吃药，多喝水，在网上下单了几个理疗包后就下楼了。秦姝来到公婆房间，想和他们说一声就离开。婆婆跟着送出来，和秦姝说老戴不年轻了，身体也不好，让秦姝再考虑考虑生二胎的事儿。秦姝打断了婆婆，说还要接球球先走了。原本刚动了点想搬回来照顾老戴的念头，可是婆婆的一番话吓退了她。

王琳琳给小北打电话说骗周大娘钱的团伙被抓住了，警察将钱如数追了回来，让小北过去商量下周大娘后续养老的事儿。老徐陪着小北一起来到周大娘家。周大娘此时主意已定，打算入住小北之前带她看过的养老社区。

这天小北来医院帮一位客户复印理赔资料，她想到可以顺路去肿瘤病房看看李总妈妈。一进病房区，就被门口的保安拦下了，说未到探视时间不能进。小北刚想离开，却听见里面传来一阵喊叫声，一个苍老的声音声嘶力竭地大叫着，却听不清在喊什么。

小北问保安怎么回事，保安说23床的老太太受不了药物的副作用和癌症的疼痛，不肯吃药打针，嚷着要回家。23床，正是李总的妈妈。小北没多想，拿起电话就打给了李总。

很快，李总赶过来了。老太太见到女儿，一改刚才的状态，安静地躺在床上，紧紧地握着女儿的手。李总带来老人爱吃的葡萄干，央求医生就喂一颗，她还故作轻松地给妈妈讲威廉的趣事。1个小时里，老太太全程保持缄默，偶尔嘴角微微上扬。

探视时间马上到了，护士提醒家属离开病房，可老太太死握着女儿的手，怎么劝也不松开。看得小北也陪着李总偷偷流泪。医生给老太太打了针，又过了一会儿，老太太睡着了，李总和小北才不舍地离开了。

"李总，我说句话，您别生气。您想过吗，一天24小时，只有见您的那1个小时，阿姨是开心的，其他的23个小时，对她来说都是煎熬。"

"以前总是忙着工作、出差，总觉得有的是时间孝顺老妈。"说到这，李总哽咽了，"小北，我们现在就去看看你们的安宁疗护吧，我不想再等了，我想在最后不多的日子里，一直陪着她。"

安宁疗护也叫"临终关怀"和"缓和医疗"，一般是指在生命的最后时期，通过安宁疗护的方式照护病人。它不等于安乐死，也不是放弃病人，而是不加速也不延缓病人的生命，帮助患者在生命末期减轻身体和精神上的痛苦。

启华保险的养老社区有专门的安宁疗护病房，房间如家般温馨，家人还可以一直陪护。除了医生，社区也会安排专门的社工安抚老人的情绪。

安宁病房的医生说，有时候家属认为好的医疗手段，对于患者而言是过度治疗，患者要承受巨大的身心痛苦。很多家庭是老人自己提出要住进来的，他们摒弃了"好死不如赖活着"的观念，认为虽然不能选择何时生，但有权选择怎样度过自己生命的最后一段时光。

李总透过一间开着门的房间看到一位老人躺在床上，护理人员像给孩子讲故事一样给她念一本童话书。人再优雅，再美丽，也会老，也会死。工作人员说这位阿姨原来是一位童话书编辑，年轻时非常漂亮，是出版社的社花。没生病时老人家最喜欢读儿童故事，现在老人只要有点儿精神，护工或者家人就会读各种有趣的故事给她听。比起妈妈在医院里的状况，这里老人的生活质量明显高出很多，虽然死神可能随时降临，但他们有亲人陪伴，时刻被呵护、尊重着。

李总当即决定尽快将妈妈接过来。

"小北，你看过毕淑敏的《孝心无价》吗？记得在里面有段话是：相信每个赤诚忠厚的孩子，都曾在心底向父母许下'孝'的宏愿，相信水到渠成，相信自己必有功成名就衣锦还乡那一天，可以从容尽孝。可惜人们忘了时间的残酷，忘了人生的短暂。我当时还觉得她这是矫情，现在想想，这说的就是我现在的处境。"回去的路上，李总眼中噙着泪说。

"岁月无情，生命无常，这是谁都没有办法的事，您不用太自责了，何况您已经给阿姨选了一种最舒服最有尊严的方式了。"

小北想起有本介绍安宁疗护的书上写：每个人只能死一次，安宁疗护只是多一种选择。

秦姝刚把球球接回家，就接到爸爸的电话，说他们老两口再过1个小时到北京站。不打招呼就来，秦姝知道爸妈一定是来做说客的。果然，秦姝爸从下火车就黑着脸，一路上也没怎么说话。

"有大房子不住，偏要住这鸽子笼。"进了屋，秦姝爸把行李重重地扔在地上。

"爸、妈，我定了外卖，一会儿就送来。你们俩先洗洗手，休息一下。"

"这晚上怎么睡啊？"秦姝妈挨个屋看了看。

"你们睡我的房间，我和球球睡他的床。"

"秦姝呀，不是妈说你，你这是何苦呢？好好的全职太太不做，非要带孩子受这个苦。"

"妈，你们不懂，我现在挺好的。球球也很懂事，对吧？"秦姝朝着洗手的球球说。

"姥姥，我现在还会拖地呢。"球球一脸骄傲。

果然，球球刚睡着，秦姝爸妈就把她叫到房间，开始了晓之以理、动之以情地摆事实、讲道理：什么女人干得好不如嫁得好；什么给老戴家再生个一男半女，让球球也有个伴儿；什么老家的谁谁谁由于长期分居，老公出轨了……

老两口像说相声似的你来我往，很明显是预先彩排过的。

秦姝知道和他们讲不通，应付着熬到了他们生物钟的睡觉点，第一轮就这样过去了。第二天，秦姝送球球上学后就去了公司。

下午，老戴发来一个位置和一张照片。照片里，秦姝爸妈和老戴妈坐在一张餐厅的圆桌旁喝茶。秦姝接上球球赶到时，菜已经上齐了。

"亲家呀，不瞒你说，我都好几个星期没见到孙子了。球球，快来坐奶奶这。"婆婆拉着球球坐下。

"是秦姝不对，我们也做了她的工作了。好好的家不回，非要带孩子在外面住。"秦姝爸坐不住了，主动表态。

秦姝向爸爸挤了挤眼睛。

"你挤什么眼？就是你不对，今天当着球球奶奶和老戴的面，你表个态，赶紧跟老戴回家。"

"爸，咱这又不是开常委会，还表态。咱们先吃饭，今天是给您和我妈接风的，我破例陪您喝点。"老戴岔开了话题。

"你，你能喝吗？"秦姝声音很轻。

"和别人不能，这不是爸来了吗，一点儿，就喝一点儿。"

秦姝爸属于酒量一般但爱喝酒的人，稍微喝一点，就容易上头。上了头就爱讲他当年接待北京领导的英雄事迹。换作以前，秦姝早就打断老爸讲当年勇了，但今天，她希望老爸将这一话题进行到底。

婆婆见状就开始拉着秦姝妈聊，秦姝妈大小也是个公务员，算懂点江湖，只管听着不表态。一顿饭吃下来，两个小时过去了，最后以球球说要回家写作业而散场。临走时，秦姝嘱咐老戴别再喝酒了，有什么事儿打电话给她。可能是借着酒劲儿，老戴居然主动抱了秦姝，还叮嘱球球照顾好妈妈。分手时，秦姝看见老戴的眼眶和自己一样，泛了红。

这天早会前，小北说要介绍位新伙伴给大家，叫金柯，大家也可以叫他大可。秦姝定睛一看，真是岳老师的儿子，再看看旁边的岳老师，相视一笑。原来，大可研究生毕业后，主动要求回国跟着妈妈做保险，他认为中国的保险市场有巨大的发展空间，说要回来做保险创业，成为一名"保二代"。

"保二代"就是他们的父母中有人做保险的新一代保险代理人。"保二代"通常是一些有着优秀的学历和工作背景的年轻人，当中有些人一开始对保险代理人也带有偏见和误解，但一路见证父母的工作经历和收获便彻底改变了态度，毅然选择加入这个行业。他们并不是退而求其次，而是发自内心地认可保险。

年中时，李总主动提出将公司的一辆闲置车租给小北，所以小北现在外出展业都是自己开车，这样工作效率提升了不少。优秀的代理人通过自己风险管理和财富管理的专业服务获得客户的信任，反过来客户也愿意用自己的资源帮助代理人。这天，小北正在停车场出口缴费，老家的堂姐小麦给她打来电话。

"小北，二婶说你在卖保险，有个事想问问你，你姐夫昨天检查说是前列腺癌，这可怎么办？"

"这简单，拿着诊断书、病历去申请理赔。"

"不是，我是问你，他现在咋买保险？"

又来一个！自从小北做代理人以来，已经有四五个老家的亲戚问类似的问题了。

"姐，生了病就不能买保险了。"

"那你找找人呢，或者其他公司有没有卖的，你帮我找找，只要能管他这种大病的就行，贵点也行。"

"姐，像姐夫这样已经确诊癌症，所有保险公司现在都不会再承保了。这不是找不找人的问题，保险就是要在身体健康时才能投保。"

"可你上次和我说时，我觉得他身体挺好的，用不着保险……"

挂了电话，小北在微信上给堂姐转去了2000块钱，嘱咐她尽早治疗，如果需要可以来北京看看。

越是中小城市的低收入人群越该尽早配置好保险，明明只需花几百块就能解决上百万的医药费问题，却非要卖房卖地倾家荡产。

这个月，安安把团建安排在了一个网上很火的竞技主题公园里。据说这个公园非常受年轻人的追捧。说是公园，其实是一座三层建筑，里面有无动力区，设置了如牵引滑梯、攀岩、蹦床、蹦极这类的运动挑战项目，还有各种时下流行的电玩项目。用安安的话说就是"刺激好玩，还很解压"。

就在大家挥汗如雨地挑战时，老徐和小北的手机同时响了，王琳琳发了一条消息到周大娘上次的维权群里：周大娘去世了……

老徐和小北换上鞋就往地库跑，小北打电话给王琳琳，琳琳说中午她去大娘家送菜，发现大娘人坐在马桶上，已经僵硬了。

社区的医生推测大娘很可能是两天前就去世了，只是一直没有被发现。琳琳说，小区里大部分的独居老人在日常生活中基本能够自理，至少吃饭、上厕所、洗澡等最基本的活动没有大问题。但也有很多时候孤独无助，如遇到突发疾病或意外时不能自救或及时送医治疗，生病时就医没人陪护，预约挂号不会操作，做手术找不到亲属签字……

小北想起之前看到过一部记录独居老人生活的片子，里面的一位老人说："一个人生活，什么都能克服，最怕的就是摔倒、被困、生病，甚至去世，因为没有人知道。"像周大娘这样，因为如厕过度用力导致急性大面积心肌梗死的老人并不鲜见，遗憾的是周大娘本来计划下个月住进养老社区了……

小北在为周大娘办理退保退住手续时，难过且无奈地填上了那个她最不愿意选择的选项——老人已去世。

叁拾柒

秦姝来到思妍公司附近的餐厅，和她一起吃午饭。

"几天不见，这是出道了？大阴天的还戴着墨镜。"

"我怕两个黑眼圈吓到你。"思妍摘下眼镜，露出两个大大的熊猫眼。

"最近休息不好？"

"赶上领导新官上任三把火，瞅我们这些老物件不顺眼，每天被360度无死角PUA①。"

"你不是都要升主管了，还得忍受这个？"

"主管算什么，说白了就是个背锅的。更何况，新领导带来个'绿茶'②，搞不好我这升职也不稳了。"

"你在我心里可一直都是大师级的人才，可别让我失望啊。"

"真累，心累。今天我得吃点豪横的，牛排、蛋糕、奶茶，都给我安

---

① PUA：网络流行语，本意指利用手段吸引异性，并造成伤害的相关行为。后引申为精神控制。

② 绿茶：网络流行语。指做作装清纯。

排上。”

“你这是多大压力呀，要这么吃，你别职没升上去，体重先飙上去了。”

“每天加班到11点，到了家要是不来一片褪黑素根本睡不着。噢，对了，还有个噩耗，我婆婆不请自来了。”

“干吗来了，你和老曹不是刚回去过吗？”

“你说干吗，催生呗！”

“电话都不行，非得现场督办？”

服务员端上来两杯烤黑糖奶茶。

“我现在就是内忧外患引起的失眠爆痘。”思妍一口气吸掉半杯奶茶。

思妍嘴里说的“绿茶”同事叫胡佳佳。这天，领导交给胡佳佳一个棘手的案子，胡佳佳不想接，就找理由想转给思妍。“绿茶”的演技真不是盖的，没说两句领导就同意了。

“思妍，林总让你把福建那个客户的案子尽快做好交给她。”胡佳佳从林总办公室出来对思妍说。

思妍的大脑中闪过一排字：“你自己没长手，又想甩活？”但她马上镇定自若地说：“好的，刚好我要找领导签字，顺便问问这个案子有没有什么需要注意的点。”

胡佳佳脑海中随即也闪过一排字：“哼，还不相信老娘？”但表面上却莞尔一笑，走向自己的工位。

第二天，领导又在群里分配给胡佳佳一个事情，她居然当着大家的面以忙为理由把工作巧妙地再次推给了思妍。

“你个‘绿茶’，整天就知道刷手机、对着小镜子涂涂抹抹，你忙个啥？”当然，这只是思妍的内心独白。群里，她还是要照顾下领导的威严，欣然接下任务。

不过思妍有自己的一套治“绿茶”的方法。她加了两个大夜班很快写出了一版方案，只是写好后并没有立刻提交，而是一而再、再而三地找各种问题去请教胡佳佳。胡佳佳虽然不爽，但又不敢不帮，生怕背上不支持团队工作的锅。其实，思妍是在变相警告她，以后不要再甩活，否则姐烦死你。

那之后又来来回回经过几次较量，胡佳佳对思妍多少有了些忌惮，知道思妍不好惹。林总慢慢地也看到了思妍的工作能力，有意按原计划升思妍为主管。

比起工作来，思妍的婆婆更棘手。

"妈，心理学家说了：爱都是向下传递的。要是我们有了孩子，对你们可能就不像现在这么关心了。"思妍说。

"我不缺关心，我缺孙子。"婆婆躺在床上，以绝食相逼。

"妈，您这是何苦呢，我们没说不要。您这不吃不喝的，要干吗？"老曹说。

"干什么，我要看孩子！我现在什么都不想干，就想看孩子，天天看孩子我都乐意！"

"妈，这事儿好办啊，我们公司边上就有个月子中心，您去当月嫂，天天看孩子，还能有钱赚。"

婆婆抄起一个枕头向老曹扔去。

婆婆见硬的不行就来软的。有一天思妍下班回家，见卧室床上整整齐齐地摆着几件新生儿衣服，弄得她哭笑不得。

婆婆还会在上班前，为思妍准备好阿胶糕和用枸杞、桑葚泡好的茶，说喝了可以暖宫。

一天，秦姝收到思妍发来的一张照片，仔细一看，像是个娃娃。

"这是新盲盒？这走的是什么设计路线？"秦姝问。

"少奶奶，你擦亮眼睛再瞅瞅，什么盲盒，送子娃娃不认识？"思妍在微信上回道。

秦姝发了个赞的表情，还补了一句："给你婆婆的？"微信这边的她笑得前仰后合。

终于，林总叫思妍去她办公室，先是表扬思妍工作能力强，可以独当一面了，继而暗示她要继续努力。翻译过来就是升职没问题，但要继续努力工作，暂时不要怀孕生娃。思妍也拍着胸脯表态说会以工作为重，暂时不会考虑要孩子。

本来约好了和秦姝一起庆祝喝酒的，可思妍到三里屯的酒吧时却一脸愁容。

"来杯橙汁。"思妍把包"啪"地摔在桌子上。

"赵总，您叫我来酒吧喝橙汁？"秦姝说。

"气死了要！"思妍从兜里掏出一张纸，拍到桌上。

秦姝打开一看，是一张早孕B超检查报告。

"怀上了，送子娃娃显灵了？"

"别跟我提那玩意儿，简直气死了。"

"怎么就气死了，这是好事儿啊，这回你婆婆高兴了，回家还不把你宠上天？"

"终于打败了绿茶，就要上位了，没想到在这个节骨眼，怀上了。"

"快消消气，别让肚子里的宝宝无辜躺枪。怀了就生嘛，不就是几个月的产假，回来再努力呗。"

"戴家少奶奶，你是真不了解职场，老板一看你大肚子，知道你后面生娃、产假、哺乳假、照顾孩子、教育孩子，一大堆事，怎么还可能重用你？"

"那照你这么说，难不成一刻不得松懈，这娃一辈子不生了？"

"我是想趁年轻先坐上主管的位子，等坐稳了再去生娃。"

"还总说我天真，你才天真呢，你以为这孩子是你一招手，说'宝贝，来找妈妈吧，你妈我准备好了'，他就来了？要孩子才是看缘分呢，等你过了40岁，就更不知道什么情况。反倒是工作，这个部门不行可以换部门，这家公司没机会还可以换公司，甚至换行业。"

"可是我还没做好当妈妈的准备。"

"你是不是PPT写多了，什么都得有准备？当妈妈就是顺其自然的事情，你就跟上孩子的成长节奏就行了。"

思妍听了大笑，她喝着果汁，细品着秦姝说的话。虽然思妍也认为秦姝说的有道理，但她仍然觉得自己等这次升职的机会等得太久了。想想自己比别人多付出的时间、精力和努力，辗转反侧了一夜，她还是决定暂时不要这个孩子，并且先瞒着婆婆。思妍也没想到，老曹在沉默了一个上午之后，居然同意了她的决定。也许是老曹太了解事业在思妍心中的位置了。

老曹请了假陪思妍来医院做人流手术。隔壁的诊室是看不孕不育的，门口坐着几个看上去三十几岁的女人。也不知道是她们聊天的声音太大，还是思妍有意在倾听，这几个女人关于人工辅助生殖（试管婴儿）的聊天内容不断传入思妍耳中。

"你也是第二次吗？"

"都第三次了，医生说我卵巢功能差，排卵少。愁死人了。"

"我真的很担心打促排针会变胖。我是舞蹈老师，真害怕孩子没怀上，工作还丢了。"

"我的工作也快没了。这天天跑医院，领导都憋着火呢。还有，你看我的头发都白了，也不知道和打针有没有关系。"

"放松心情吧，但愿这次能成功。"

听到她们的对话，思妍如坐针毡。一会儿，大屏幕上出现了她的名字，思妍忽然起身走出候诊区，老曹还没缓过神来，思妍已经下了扶梯。思妍后悔了，她抚摸着小腹，重新做出了决定。

听到思妍说准备放弃升职选择迎接小生命，秦姝很开心，一口气买了十几本孕期和育儿的书送给她。

丫丫还真是天生的保险代理人，每个月的新客户数量几乎都是小组第一。并且才来没多久，就有了3位增员，全部都是客户转化来的。

一天傍晚，小北妈火急火燎地打来电话，说郑叔在老家蒸桑拿时，突然脑出血去世了。家里人联系不上丫丫，让小北帮忙转告丫丫赶紧回去。

小北打电话给丫丫，也没人接。她找了几家公司附近的咖啡厅，终于在最后一家找到了丫丫。

　　"为什么不接电话？赶紧跟我走。"小北和客户稍作解释后，就拉着丫丫就往外跑。

　　"我调静音了，小北姐，出什么事了？我这客户马上就要谈成了……"

　　小北顾不上多说，问丫丫带身份证没，丫丫说带了。她开车直接送丫丫去机场，路上将郑叔的事告诉了丫丫。

　　"我爸真是不听话，十几年的高血压就是不肯吃降压药，上次来北京我就该多管管他……"丫丫哭得稀里哗啦。

　　到了车站，小北给丫丫转了5000块钱，说算是自己的一点心意，又嘱咐她回去照顾好妈妈。

　　两个星期后，丫丫回来了，但是像变了个人一样，不只是瘦了，还变得沉默寡言了。原来那个快言快语，逢人就要聊上几句的社牛丫丫不见了。丫丫整日里就是来公司打卡，打了卡就坐在那里，也不再见她约客户、聊增员。

　　小北很快办好了郑叔寿险的理赔，将赔偿金打到了丫丫的账户。

　　这段时间，小北一有空就陪丫丫散心，带她吃小吃，看脱口秀。有一天培训，老师讲到高血压的核保，大家听得都很认真。中间小北无意间回头，发现丫丫的脸上满是泪水。她拍拍丫丫的肩膀，叫她去外面透透气。

　　"丫丫，我知道郑叔离开你很难过，这样的痛我也经历过。但是你想过没有，郑叔如果在天上，会愿意看到你现在的样子吗？"

　　也许是一直在压抑着，此时丫丫突然抱住小北放声大哭起来。

　　"小北姐，我还没学会尽孝，我爸就不在了。我一直觉得自己是个孩子，是个只会向他伸手要钱、要他照顾的孩子。他怎么说不在就不在了呢？"

　　"你如果想对爸爸尽孝，那就过好自己的日子，照顾好自己和妈妈，把事业做好，让爸爸放心，让他为你骄傲。丫丫，醒醒吧，你如果再这样浑浑噩噩地过下去，你的代理人资格也保不住了，那时候，你要回老家吗？"

这周剩下的几天里，丫丫都没再露面。到了周一，丫丫又像郑叔出事前一样，进了公司热情地问每个人好，和安安、老徐他们开着玩笑。小北放心了，原来的丫丫回来了。

今天早上的培训主题是如何应对"客户荒"，即如何提升转介绍。

大屏幕上展示着一句话："如果客户没有把你推荐给别人，那么你的销售工作就不算真正结束。"

小北先问了大家一个问题："大家为什么来做保险？"而后请认为自己是想赚钱才选择做代理人的小伙伴举手。

百人的团队，几乎人人都举了手。

"想赚钱没问题，但如果大家眼里只有数字和业绩，恐怕就很难和客户建立起长期牢固的信任关系。通常，客户在合同上签字的那一刹那，销售环节就完成了。我们的佣金就拿到了。但如果客户接下来不发生理赔，那我们和客户之间是不是就等于断了联系呢？"

"我会在客户生日时送上祝福，逢年过节时也会送祝福。"安安说。

"很好，有的小伙伴还会送礼物，这些都很好。但我想说，这些只是我们为客户提供的基本服务，就像客户有了保险疑问，我们来解答一样。但只有这些，就够了吗？我们说的客户荒，意思是聊着聊着就发现无人可聊了，客户池空了。如果把客户池比作蓄水池，那么想拥有一个能不断自动蓄水的水池，就离不开老客户的转介绍。"

"我每次成单后都会和客户说，如果对我的服务还满意，欢迎他们介绍客户给我，他们嘴上也都答应了，却不怎么见实际行动。"岳老师说。

"岳老师说的情况很有代表性，那大家想过客户为什么不行动吗？会不会是因为我们和客户之间还没有建立起进一步的信任关系？刚才我们提到的是基本服务，但还有一种更有价值的服务——增值服务才是关键。举个例子，房屋中介员小邱是我的客户，我也是她的客户。另外，基于我对她的服务水准和专业能力的了解，我愿意主动帮她宣传，并介绍客户给她。这样一来二去，我们之间的关系就从简单的客户关系上升到了朋友关系。有了这层关系作为基础，只要她周围的人提到保险，她就会毫不犹豫地推荐我。大家可能不信，小邱几乎每个月都给我推荐新的准客户，虽然其中有些并没有成交，但这些人已经进了我的客户池。"

老徐用一句话总结今天的培训内容：代理人终将从服务中感受到自己的价值，并且获得时间的回报。

培训结束后，小北收到了Lisa发来的信息，说吴畏可能病了，想看看以前买的保险能否理赔。

吴畏最近体重莫名地减轻，吃不下东西，还有些咳嗽，去医院检查，医生诊断是胸腺瘤。医生建议尽快手术将肿瘤切除。听到是瘤，吴畏想到找保险公司理赔。吴畏公司还买了团险的重疾，但是团险那边以不是恶性为由拒赔了。于是，他来咨询小北看看有什么建议。

小北先是安慰吴畏说医疗险是完全可以理赔的，实报实销，而且他可以去私立医院或者公立医院的特需部和国际部先治病。随后，她将吴畏手上的所有单据都仔细拍了照，然后带回去咨询核赔人员有关重疾险的理赔。她将重疾理赔材料线上提交后，得到的回复也是不予理赔，理由和吴畏团险的拒赔原因一样。

小北并没有将这个结果立刻告诉吴畏。晚上，她和老徐在外面吃火锅。

"怎么今儿一天都恍恍惚惚的，还想着那两个说来不来的增员呢？"老徐夹了一大块鸭血到小北碗里。

"没有，被增员放鸽子早就习惯了，我在想吴畏的案子，他的重疾理赔被拒了。"

"原因呢？"

"说未见医生明确恶性诊断。"

"那是良性的？"

"医生也没有明确诊断。"

"那确实难办了，你问没问医生接下来怎么治疗？"老徐说完猛舀了一勺冰粉吃到嘴里。其实老徐不擅长吃辣，但小北喜欢，每次吃重庆火锅，老徐都得拉上几天的肚子。

　　"好像说要手术。"

　　"建议你明天让客户再去医院和医生仔细沟通下治疗方案，多拿到些资料也好和公司进一步沟通。"

　　小北觉得老徐说得很有道理，但她等不了明天，于是立刻拿起手机编辑了一条信息发给吴畏，建议他尽快找医生沟通下一步的治疗方案。

　　第二天，吴畏回复小北说医生通过增强CT判断，手术后大概率仍然需要放疗。小北让吴畏先做手术，等拿到放疗治疗单后，她再和公司申诉。

这天，大家正在一起帮新人做复盘，就听见前台那边传来一个男人的声音。

"郑丫丫在哪？我找郑丫丫，郑丫丫，你给我出来！"

丫丫一下子从椅子上弹起来，飞快地跑过去。小北紧随其后地追出去。来的男人小北认识，是王涛。小北在丫丫以前的朋友圈里见过他们的合照。

丫丫把王涛带到写字楼外。

"你到底要干什么？"丫丫瞪着王涛说。

"你别装糊涂，我要干什么？我来要属于我的钱！"

"王涛，你还要不要脸？我妈送的金条，还有婚房我都答应分你一半了，你还想怎么样？"

"少来，想拿几根金条、半套破房子打发我？我问过老会计了，你爸的厂子卖了300万，一卖完他就来北京看你，肯定是把钱都给你了。这钱属于咱俩共同财产，有我一半，我来要属于我的150万。"

"你哪来的底气要钱？我告诉你，要钱没有，我爸的钱都花了，一分不剩！"

"郑丫丫，你当我王涛是吃素的？我是不懂，但我咨询律师了，我是可以请他们调查你的，这钱你藏不住。"

"那就来查啊，不过没结果之前，别再来找我。从现在起，咱们俩已经没关系了。"丫丫转头上了电梯，王涛想追进来，被保安拦了下来。

小北把丫丫叫到公司旁边的咖啡厅，问她怎么回事。

"上次回去办完我爸的葬礼，我就向王涛提出离婚，他同意了，但是说要把家产分清楚。结婚以来，我们俩也没怎么工作，一直都是向我爸伸手要钱。要说家产，也就是结婚时我妈送的金条和那套婚房，我答应把婚房卖掉，分他一半房款。可是，就在我们要去办手续的时候，他不知道从哪打听到我爸卖厂子的事，闹着要分那笔钱。"

"王涛知道卖了多少钱吗？"

"之前不知道，但是刚才他提到了300万。"

"300万？那就是说郑叔用其中的200万买了份终身寿险，另外还有100万？"

"嗯，这100万就是我说的，我爸留给我在北京安家的。"

"也是存在你名下的卡里？"

丫丫点点头。

"这事你咨询过律师吗？"

"没有，我只要一口咬定说我爸这笔钱没给我，王涛又能怎么样？"

"丫丫，以我的了解，郑叔出险后的保险金和王涛没关系，因为法律规定婚姻存续期间，夫妻一方作为受益人依据以死亡为条件给付的人寿保险合同获得的保险金，属于个人财产。但是，那100万，就不好说了，毕竟你和王涛还没办理离婚手续。这100万很可能被认定为郑叔对你的赠予，而来自父母的赠予属于夫妻共同财产。"

"什么意思？我要和他平分这100万？"丫丫抑制不住地叫起来，旁边的人都看向她。

"那如果我死不承认我爸给过我这100万呢？"丫丫冷静片刻问。

"这样一来，恐怕真的会像王涛说的那样，他会向法院申请调查令，委托律师调查取证。这笔钱不是小数目，估计王涛不会善罢甘休的。"

"怎么会这样，早知道就让我爸都买了保险。"丫丫闭上眼睛，悔不当初。

下午，小北带着丫丫咨询了公司的法务同事，他们的回答和小北说的几乎一样。法务同事说，如果父母转账时备注有只赠予自己子女，也许还有余地。像这种没有签订赠予协议说明单独赠予子女的情况，通常会被认定为赠予夫妻双方。

小北建议丫丫约王涛坐下来好好聊聊，毕竟夫妻一场。丫丫回了一句，你以为他是老徐吗。丫丫说得没错，王涛最后要去了60万现金、金条以及婚房的卖房款的一半。

"遇到人渣没有错，错就错在选择人渣。这个坑，我认了！"丫丫将双方签好字的离婚协议拍照给小北，随即发了一条微信。

为了宣传养老服务，公司定期举办老年活动。活动通常会在养老社区进行，如参观社区环境、一起做做手工、体验下社区的餐饮等。公司希望代理人能邀请到养老社区的潜在客户。但通常活动一发出，就会吸引一批闲来无事爱占便宜的大爷大妈，其中尤以大妈居多。有的大妈很有影响力，一来就是一个舞蹈队，小北的房东王阿姨就是其中的一位。

"听说今天的手工是做团扇，我最喜欢画扇面了。"王阿姨脖子上围着一条玫红色的纱巾，戴着一副黑色墨镜，配上正红色的口红，标准的一日游装扮。

"估计又没戏了，看见没，都是奔着玩儿来的。"安安坐在大巴的第一排嘟囔着。

"我劝你别这么目光短浅，这有些大爷大妈也许爱占点小便宜，但可不能仅凭这一点就认定人家住不起养老社区。保不齐手里攥着几套房，一摞子房本拿出来砸晕你。"小北说。

小北给大爷大娘们安排了凉茶、零食，生怕他们路上无聊。到了社区，老人们像小学生春游一样，有说有笑。也许本意是来蹭活动的，但到了参观环节，老人们看得都很认真。能出来玩的都是身体健康的老人，但是他们见到过身边的亲人、同事、邻居行动不便、生病卧床的样子。所以看着社区的设施都很有感触。

"每层都有护士站，这个好，就害怕出了事儿没人发现。"

"这床垫能监测心率、血压，这样天天就不用自己想着量了，我就总是忘。"

老人们兴奋地摸摸这，摸摸那，试试这个，试试那个。

"小姑娘，这怎么住呀，一个月多少钱？"还不等工作人员介绍入住方式，大爷大妈们就主动问起来。但当小北给他们介绍了具体怎么入住后，大多数老人都沉默了。

就像小北说的，很多北京坐地户老人的账户上要么趴着上百万，要么每月收着几万的租金。小北从他们的表情和反应看得出来，老人们觉得入住这样的社区很享福，只是他们当中少有人舍得为自己花这个钱。

距离瑞士游竞赛收官还有两个月，小北给大家的目标是入职半年以上的小伙伴都要努力达成，大家要一起去瑞士滑雪、跳伞。大家的干劲也很足，很多人都给自己安排了每日三访、四访。

小北很想冲刺最高奖项，这样拿到奖金就可以多带几个小伙伴去瑞士了。但现在的业绩距离目标还有很大的差距，这让小北想起了达景的团单。小北再次想到了向李总求援，她把前期做的努力和目前的进展和李总说了，想听听李总的建议。李总说既然针对下面人的工作都已经做到位了，那就看看上面——也就是针对袁总这还能做些什么。可小北给袁总发过几次消息，她要么不回，要么就让小北找朱莉。

一个星期过去了，这天李总打电话给小北，问她在波士顿是否有熟人。原来，袁总的女儿在波士顿发生了骨折，而她事务缠身没办法过去陪女儿。虽然学校派了护理员，但袁总还是很担心女儿。小北觉得机会来了，她在微信通信录里一个个地翻看，翻来翻去，无意间刷到白帆发朋友圈说自己回到母校本特利大学，而这所大学就在波士顿。小北盯着白帆和Alisa的合影发呆。

"白帆，他在波士顿？"秦姝无意间看到小北的手机。

"嗯，不过我是不会找他帮忙的。"小北说着，退出了白帆的朋友圈。

"那你还有别人可选吗？"秦姝问。

小北默不作声。事实上，她已经把手机通信录、微信、QQ、微博都翻遍了，此时此刻在波士顿的貌似只有白帆。

"你心里还想着他？"

"当然没有。"

"如果你真的已经彻底放下，对他无感，那就大大方方地和他说你想请他帮忙，至于帮不帮那是他的事。"

小北没再反驳秦姝的话。随后，她发了条微信。

"现在方便吗？有点事儿想麻烦你。"

"喂，小北。"白帆收到微信，立刻回拨过来。

很久没有联系，白帆的声音依旧那样有磁性。小北定了定神，问道：

"那个，我看你发的朋友圈，你现在是在波士顿吗？"

"对，前天到的，来这边出差，刚好来看看老师。小北，有事吗？"

小北将李总女儿的事说了，白帆很痛快地答应了。小北说晚点会将小姑娘的地址和联系方式发给他。两个人没再多说别的，就挂断了电话。

和白帆说好后，小北立刻去找袁总。秘书说袁总正在和会计师事务所的人开会，可能会比较久。小北就在前台大厅等，中午也没出去吃饭，生怕错过了袁总散会。

直到下午3点，袁总才和几个人从会议室出来。

"袁总，您好。"小北迎面走上去。

"秘书没告诉你先回去吗？"袁总走向办公室。

"告诉了。袁总，能占用您5分钟吗，有两句话想和您说。"

"小姑娘，你看到我多忙了，我实在没精力关注保险的事儿。你有什么想法，可以找朱莉。"袁总完全没有停下来的意思。

"袁总，我不是说保险的事儿，我是想说我有朋友在波士顿……"

"跟我进来说吧。"听到波士顿三个字,袁总停了下来,看看小北。这时,正巧老徐给小北打来电话,小北按掉了。老徐再打,小北还是按掉了。

"袁总,李总无意间提到您女儿在波士顿受伤了,我刚好有朋友现在就在波士顿。我可以叫他帮忙去看看孩子,看孩子需要些什么帮助。但是……但是得征求您的意见。"小北顾不上别的,只想在最短的时间内和袁总表明来意。

"小姑娘,你想帮我,我很感谢。但是,即便你帮了我,我也不可能因为这个就把全公司几千人的福利都交给你。"

"袁总,我懂。我的团队有很多妈妈,我能体会到做妈妈的得知自己女儿远在他乡受伤,却不能立刻赶到孩子身边的感受。我只是希望能帮到您。"

"那这样,晚一点,我把笑笑的地址和电话发给你。"刚才那个焦虑、烦躁、强势的袁总不见了,小北眼前只看到一位柔软、温和的母亲。

"谢谢你,小姑娘。"袁总在小北离开办公室时说。

白帆还是一贯的细心、体贴,他不光带去了水果、饮料、零食、营养品,还买了很多小姑娘爱看的书。事后,袁总把女儿很满意的微信聊天记录转发给小北,并再次感谢小北。

新一代的代理人不再为自己的身份而感到困扰,反而会为自己能给其他人带来价值而有很强的自我认同感。而且,他们也很会利用自媒体和新的社交方式展业。

安安开了专门分享机车内容的自媒体账号,她在里面发布了高个子和矮个子女孩应该如何选机车,如何选冬季、夏季的头盔的内容,还发布了自己骑车去各地旅游的摩旅日记。安安账号上的粉丝虽然不算多,但都是垂直领域的精准人群,大家聊起来很亲切。她也会在自我介绍里说明自己是一名专业的保险代理人。因为她的坦诚和大家共同的爱好,很多粉丝都很信任她,有的粉丝还经常主动找她咨询保险问题,就这样,有很大一部分粉丝转化成她的保险客户。

安安还经常陪男朋友去打球，每次男朋友都会大方地向球友们介绍安安的职业。一段时间后，安安男朋友的一些球友成了她的新客户。

袁总和李总表达了对小北的赞许和谢意，但也间接告知了其他股东认为启华公司的保费偏高，这次没有机会合作。李总将这个消息转告了小北。其实，小北早就预料到了。虽然她和袁总打交道的次数不多，但是一个女人能把一家三线城市的小作坊做到今天这个规模，一定不是一位感情用事的人。

"完了，瑞士游凉凉了，我想去瑞士……"小北靠在老徐肩头，坐在沙发上盯着电视上的旅游节目说。

"没事儿，咱们自己去，我带你去。"

"那多没劲，我想让大家伙儿一起去。咱们团队的人，一起坐在小火车里欣赏雪山、湖泊，那样才有成就感。"

"我看大家都挺努力的，你看岳老师发的朋友圈，都开始主动约老同学聚会了。还有安安，又去机车俱乐部办活动了。"

"我越是看到大家这样，越是着急。我必须得做点什么，只可惜，达景的案子黄了……"

"别灰心，你最近做的几期培训实战性都很强，大家都在进步。"

瑞士是小北一直向往的地方，如果这次她能带团队一起去，对她来说，除了能激励团队士气，还能是一次很有意义的回忆。小北这几天有点焦虑，她比平时更早地来公司，对着客户簿一个个地琢磨。

叁
拾
玖

"小北，你有空来我家一趟。"王阿姨发来微信语音。

早会后，小北开车直奔王阿姨家。

"小北，赚大钱啦，都买车啦？"王阿姨透过一楼的窗户，对刚停好车的小北大声说。

"阿姨，瞧您说的，我这又不是什么豪车，就是为了工作方便。"

"小北呀，我和你说，我早就看出来你这个小姑娘不简单。就是我们家那个亲戚不识人呀，非说不要找卖保险的。"王阿姨说到这，感觉自己已经说漏嘴了，沉默了几秒。

"阿姨，我就是一个小北漂，您才厉害呢，手里握着一沓房本。"

"哎哟，一沓房本怎么了，儿子媳妇照样不搭理你。我今天找你来，就是找你商量那个什么老年社区的。"

听王阿姨提养老社区，小北刚喝进去的一口水差点没喷出来。她万万没想到，平时50块房租都要计较半天的王阿姨，居然会主动向她咨询养老社区。

"阿姨，您是说你们那天去参观的养老社区吗？"

"对呀，就是我们在那画扇面的那次。小北，阿姨想开了，儿子媳妇指望不上的。你看他们，两个人每个月工资加起来3万块，还总是不够花，要来啃我们。而且逢个大小节日就要出去玩，平时周末也要去看演唱会、看电影、玩什么杀狼人。"

"阿姨，是狼人杀。"

"哈哈，对。总之，就是各种玩。那天，我听到你们同事说了一句话，很有道理。她说养儿防老，那也要看看孩子是否有那个心，有心了也要看看他们有没有那个能力，就算有孝心、有能力，那还要看老人自己是不是愿意给孩子添麻烦呢！我静下来想了想，我的儿子是既没有那个心，也没有那个力，再加上我也确实不愿意成为他们的负担。所以，我和老伴商量好了，等我们不能动的那天，就选你们的居家服务或者住到社区去，让专业的人照顾我们。"

"阿姨，您爱唱歌，叔叔爱下棋，选了我们的养老服务，您二老就不用自己做饭、做家务了，还有人组织大家一起玩，您应该会很开心。阿姨，享受养老服务是需要您投保产品的，还有后续服务的费用，您了解吗？而且，我可是不返佣的……"

"知道，知道，那天你们讲完，我就悄悄记在手机里了。小北，我把你之前租的那套房子卖了，房款上周就打过来了。我也想开了，一辈子就知道攒钱，老了也该为自己考虑考虑了。"

从王阿姨家出来，小北觉得自己仿佛做梦一般。

老徐看小北这些天为了瑞士游的竞赛吃不下、睡不好，下午就特意去超市采购食材，打算晚上做几个小北爱吃的菜。小北回来后一出电梯，就闻到了香味。

"做什么好吃的呢，这么香？"小北洗完手，走到厨房。

麻辣小龙虾、西冷牛排、凉拌拉皮、一瓶红酒，还有一份疙瘩汤。

"你这是什么和什么啊？"小北看着这一桌南和北、中和外结合的菜，笑着说。

"我就是想把你爱吃的都安排上。"

"你怎么和我爸一样。小时候，我爸对我好的唯一方式就是给我做好吃的。有一次，我做了阑尾炎手术，我爸特地从外地请假回来，做好吃的等我出院。他见到我的第一句话就是：闺女，你看爸给你做啥好吃的了？"

"哈哈哈，他不知道阑尾炎手术后要清淡饮食吗？"

"是啊，他后来也意识到了。所以，那天晚上的结局是我喝着白粥看着他们三个大快朵颐。"本来是件很轻松的事儿，小北说完却感觉鼻子一阵发酸。

"想爸爸了？"老徐伸出手，握住小北的手。

"我爸走了太多年了，其实我现在很少想起他。记得他刚走的那段时间，我每天睡前都会使劲回忆他在时的情景，希望能在梦里见到他。只可惜，这么多年，他很少出现在我的梦里。"

饭后，老徐在厨房洗碗，小北收拾客厅的衣服。她在老徐的裤兜里发现了几张医院的费用清单，居然是某三甲医院妇产科的。她把单据拿在身后，站在厨房的门口，探着头说："徐多金，你最近有没有背着我搞什么小动作？"

"小动作？没有！"

"难不成你有什么大动作？"

"你这个大和小，是怎么界定的？"老徐的声音越来越弱。

"跟我过来！"小北转身向沙发走去。

老徐擦擦手忙追了出来。

"确定要我提醒你吗，那可就没办法争取宽大处理了。"

"自首、自首，我自首，要不苏总多少给点启示？"

小北把手里的单子甩在茶几上。

"自己看。"

"噢，吓死我了，我以为多大的事呢。"老徐拿起单子，随后又放下。

"都妇产科了，还不够大吗？"

"苏总，臣冤枉，宋大爷孙子的女朋友怀孕了，人家家长带着女儿去堕胎。大爷怕他孙子把事情搞得更严重，就让我陪着去。当时，是我垫付的医药费，收据还没来得及给大爷送去。"

"这么大的事，你居然没和我说？"

"我太冤了，我接到大爷的电话第一时间就向你请示，结果你不接电话。打了两遍，都被你无情地按掉了。"

小北这才想起来，那天在袁总办公室时确实按掉了老徐的两个电话。

"我当时在忙啊，那你事后为什么不及时汇报？说来说去，还是你的错。"小北刚才绷着的心终于放了下来。

"你问完了，那我也想问问，您有没有什么想对我说的？"老徐一扫刚才的被动。

"什么意思，我有什么要说的？"

"确定要我提醒你吗，那可就没办法争取宽大处理了。"老徐将刚才小北的原话奉还。

"别在这故弄玄虚，有屁快放！"

"唉，你这态度不对啊，你是理亏的。是你让我说的啊，我问你，是谁给袁总女儿送的爱心？"

原来老徐知道了白帆的事儿。

"你怎么知道的？"小北并没想刻意瞒老徐。

"那你别管，说吧，为啥不事前请示，事后也不主动汇报？"

"汇报你个头，我……"小北先是被老徐问得一怔，缓了几秒钟，她拿起手边的靠枕照着老徐的头一顿猛砸。老徐先是抱头喊救命，进而一把将扑过来的小北抱在了怀里……

小北每周给妈妈打两次电话，几乎每次电话都是以催婚结尾。这天，小北决定主动出击。

"妈，和你说件事，我有男朋友了。"

"真的啊，什么时候的事儿，他是干什么的？"妈妈的兴奋劲从话筒里传了过来。

"有一段时间了，现在挺稳定的，就告诉你了。"

"你这孩子，为什么不早告诉我？和妈说说他是干什么的，多大啊，是北京人吗？"

"妈，你见过的，我同事老徐。"

"谁，就是上次和你回来的那小子？"

"嗯，就是他，人家还带你跑过医院来着。"

"哎哟，小北，是不是妈催你催得太急了？北呀，咱是着急，但是也不能啥人都找啊。"

"妈，你说什么呢！老徐人品好，有上进心，对我也好。你忘了人家上次和我一起回去处理大福的事儿了？"

"他这人吧，妈也觉得不错，可就是他的工作……"

原本小北在打电话前，已经做了充分的心理建设：一定要耐心地和妈妈聊。可是一听到妈妈质疑代理人这个职业，她做的一切心理建设刹那间就灰飞烟灭了。现在的小北，面对别人对代理人身份的鄙夷，已经很淡定了。但是，对于来自家人的不理解，她却没办法不走心。

"妈，你注意身体，我还要见客户，先挂了。"

小北妈妈的心思，老徐是知道的，只是他认为日久见人心，时间可以化解一切偏见，他也是这样安慰小北的。

老徐知道小北一直担心大家达不成瑞士竞赛的业绩目标，这些天他也在想办法提升大家的业绩。老徐觉得既然客户数量不好突破，不如从提高家庭保单的销售入手，他熬夜做了一版培训资料，第二天就给大家分享了。

"我在互联网上常听到一个词——单客经济，就是从单个客户身上获取尽可能大的价值。这个词落实到咱们保险里，我把它理解为家庭保单销售。"

"徐哥哥，我们也知道家庭保单好呀，可是有好几次我都和客户提了家庭保单，没有一次成功的。"一个年轻的小伙伴说。

"我那次更惨，一提到客户的老公、孩子，她说回去想想，结果连本来要给自己买的女性险也不投了。"丫丫说。

"其实家庭保单说难也难，说简单也简单。不论我们的客户是男性还是女性，我们都可以请他们试想下，如果家里的老人、孩子出了问题，那他们有没有可能暂停工作去照顾家人呢？有保险意识的客户都是有责任心的，在这一点上他们都会毫不犹豫地照顾家人，那就意味着会影响工作，进而损失收入。但如果家里的每位成员都有足额的保障，那么不论哪位家庭成员出了问题，都会由保险公司承担费用，提供收入补偿。这样，即便客户失去工作，仍然可以保障一家人的生活品质。这个逻辑，相信客户都可以理解。有了这个基础，家庭保单就有希望了。"老徐说。

"大家回去将自己手上的客户资源结合今天老徐的培训内容再复盘一下，不能松懈。瑞士在向我们招手呢。"小北在散会前，再次动员大家。

小北团队的培训在公司里小有名气，大家觉得他们的课干货足、实战性强。好多其他团队的人和小北团队的小伙伴套近乎，想过来蹭课。对于这些上进好学的同事，小北向来都是大方欢迎的。她从来不担心同行间的竞争，反倒觉得提升代理人的整体素质，比竞争个别客户更重要。

吴畏的手术做完了，医生根据术后情况，给出了后续的放疗治疗建议。小北拿着医生的诊断、医嘱、病历和公司的理赔工作人员沟通，小北认为虽然医生没有给出良性、恶性的明确诊断，但是后面需要放疗，请理赔老师再作评估。提交申诉后的一周，小北等到了好消息：公司同意理赔。

吴畏很意外能拿到全额理赔款，他治疗的总共费用也不过十几万。

"我不过才交了几万块保费，却拿回了这么多理赔款。看来以后我要现身说法，让身边没买保险的人都去找你。"吴畏和小北开玩笑说。

秦姝虽然带球球搬出来了，但还是会经常回家看看。这天，她开着车一下地库，就看见物业的几个人正在清理一个车位上的纸箱子，秦姝知道这些纸箱子是上次她差点撞到的姜婆婆的。

"为什么要把这些纸箱都清走，这不是姜婆婆的吗？"秦姝停好车，走过去问。

"你认识我妈？我妈她病了，没法再来弄她的这些宝贝了。"一位站在车位不远处的先生说。

"您好，我姓秦，也住在这个小区。说来还挺不好意思的，上次姜婆婆从地库入口往上运纸箱，我开着车进地库差点出意外。好在我开得慢，大家都没事儿。"

"我妈就这样，谁说也不听，我跟她说过无数次这样很危险，她就是不听。为了放这些破纸箱子，我还买了这个车位给她。"

"那您可真够孝顺的。"

"嗐，媳妇说我这是愚孝。"

"对了，姜婆婆得了什么病，严重吗？"

"海默，这半年严重得有点不认人了，所以我们不敢让她再到处乱跑。"

海默，全称阿尔茨海默病。随着老龄化程度的加深，中国出现认知障碍的老年人口数量也在快速增长。

作家普拉切特在一次演讲中谈到自己被确诊阿尔茨海默病之后的心情："就像你一个人站在海边，海浪不见了，所有的人也不见了。"

这些是海默患者自己的感受，和他们同样煎熬的还有海默患者的护理人员。由于公众对此病认知的不足以及病症的特殊性，专业照护机构的数目寥寥无几，护工和保姆等社会化照护者存在巨大缺口。照护患者这个沉重的责任，自然落到了老人最亲近的家人身上。

秦姝曾经看过一组数据：超过30%的照护者不知道该如何更好地照顾患者，还有的照护者会因长期忍受患者的言语攻击、走失等折磨而产生抑郁倾向。

征得姜婆婆儿子高先生的同意后，秦姝去他家里探望老人。姜婆婆坐在飘窗上，对着一个很老的收音机上仅有的几个按键来来回回地按下、弹起、再按下、再弹起。

"她就这样，安静的时候能坐一上午；闹起来的时候，就大喊大叫，有时还会打人。物业总收到邻居的投诉，后来大家知道老人得了这个病，也就都理解了。"高先生说。

"现在是您在照顾母亲？"

"我得管公司，还经常出国。早上护工突然说老家出事就走了，我临时找了个远房亲戚，今天晚上到。"

"高先生，你们有想过送婆婆去专业的养老机构吗，那里有专门照顾失智老人的护工。"

"找了，我都不是很满意。"

"高先生，请允许我先做个自我介绍，我是启华保险的代理人秦姝……"

"你是做保险的？"

"没有别的意思，我只是建议您去看看启华社区里的失智老人是怎么生活的，也许能帮您解决一些问题。"秦姝看出了高先生的不满，和姜婆婆打了个招呼，放下一张名片就离开了。

肆拾

下班时，老徐坐在车里，小北上车后，老徐并未启动发动机。

"走啊，想什么呢？"

"小北，有件事要和你说，我爸妈来了。"

"已经到了吗？那我是不是要请他们吃个饭？"

"他们在酒店，他们想请你吃饭。"

"什么时候？你怎么不早点告诉我，我好准备下，买点什么东西去见他们。"

"小北，我爸妈一直不知道我在做代理人。"

"所以，你也没告诉他们我是代理人？"

老徐没说话。

"那你打算瞒到什么时候？"

"没想好，我最开始有辞职的想法时，和他们聊过保险代理人，但他们根本不理解，也完全接受不了我去卖保险。这些年，他们一直都以为我没有辞职，每次都很自豪地和别人介绍我在世界500强的大国企工作。"

"做代理人的收入并不低，而且有自己的客户群，现在也算是一份相对稳定的工作了，为什么还不能告诉他们？"

"我爸妈在老家做生意，收入也还可以。他们不指望我赚钱，只希望我能在一个大公司里，这样更稳定，他们说出去也有面子。"

"等等，我不会是找了一个低调的富二代吧？"

"小北，我现在纠结要不要带你去见他们，我担心……担心他们要是知道了你做代理人……"

"越是担心，就越要快点摆平它。你的工作早晚都要告诉他们，我也一样。走吧，先去商场买点东西。"小北扣好安全带，看着前面。

老徐爸妈住在三元桥附近的一家五星级酒店。小北挽着老徐的胳膊，手上拎着给老徐父母买的礼物来到了中餐厅。

等了一会儿，老徐父母从餐厅门口进来。老徐的父亲中等个头，戴着一副眼镜，瘦削但很有精神。他母亲穿着一条藕荷色连衣裙，有些发福但气质不俗。

"叔叔阿姨好，我叫苏小北。"小北起身迎过去。

"你好啊，小北。"徐妈说。

徐爸笑着点点头。

刚坐下，徐妈就叫服务员过来，点了几个菜。

"小北，我们下了飞机，多青才和我们说起你，说你们俩的感情很稳定。我还没来得及问，你在哪里工作？"徐妈说。

"妈，我和小北是同事。"老徐接过话。

"噢，原来你们是同事，那很好，你们公司还是个很不错的平台。小北，先喝点茶。"

"叔叔，阿姨，我和老徐的确是同事，但我们……"

老徐拽了下小北的衣角。

"妈，这是小北给你们买的礼物，阿胶和虫草。"老徐指着放在一旁椅子上的礼物说。

小北看了老徐一眼，老徐却并没看她。在这之后，老徐妈妈依次问了小北老家在哪，父母做什么的，家里还有什么人。小北看得出来，老徐妈妈对于她来自小县城，父亲早年去世，并且家里有个要上大学的弟弟这几点都不是很满意。

整顿饭几乎都是老徐妈妈在问，小北在答，老徐偶尔补两句打个圆场，老徐爸爸则在一边不怎么说话。老徐和父母的关系让小北觉得很微妙，总之，这顿饭吃得颇有几分尴尬。

"你刚才为什么不让我说？"小北坐在车里问老徐。

"你不了解我妈，我怕她没有心理准备接受不了。"

"可是，总不能瞒一辈子吧？"

"就这样也没什么，他们几年也不来北京一次，我们顶多就是春节回去几天，大家各过各的，互不干涉。"

"你这分明就是逃避。你还是我认识的老徐吗？我眼里的徐多金，上进、有担当，可是，面对父母你怎么怂了？他们又不是外人，是你爸妈。"

"小北，你真的不了解我们家。我爸在我们那生意做得还可以，我妈是大学老师，从小到大，我们住在大学的家属院里，他们对我的期望值一直很高。但凡我哪一次没考好，他们就会表现出对我的失望。他们不打也不骂，但就是那种失望的神色让我刻骨铭心，让我觉得自己给他们丢脸了。"

"可你最后考的大学很好，还读了研究生。"

"在他们眼里，考上清北才叫好。后来，我听了他们的话去了他们眼中的大公司。他们从来不关心我是不是开心，每逢节日就从家里寄来各种礼品，让我给领导送去。"

"怪不得，你和大陆那堆了一屋子的礼盒。"

"你看到的只是一部分，大多数我都让大陆放在网上卖了。"

"中国大部分父母的控制欲都很强，往往越成功的人越是这样。不过，我觉得你可以试着和他们好好聊聊，毕竟你都30多岁了。"

"没用的，就像我说过很多次进我房间请敲门，他们一次也做不到。我已经很多年没和他们好好地聊过什么了，因为他们要么很忙，要么高高在上。刚工作的时候，我下了班就打游戏。每次一出新的游戏，我就特兴奋，但是快通关时就会很失落，因为我又没有寄托了。"

"那句话怎么说的，人生是一本书，封面是父母给的，内容则是自己写的。老徐，你已经创造出了属于你的精彩，可以理直气壮地和他们讲讲你的事业。"

"小北，再给我些时间，行吗？"老徐近乎祈求。

小北没办法拒绝老徐，毕竟这是他的家事。

上午，小北他们正在开会，马上要到老徐分享了，他却拿着电话表情凝重地走出会议室。原来是老徐的爸爸发来信息让他下楼，他们订了下午的飞机回老家，买了些东西给老徐。

老徐故意在电话里压低声音问爸爸在哪，正如老徐猜想的，爸爸在他原公司的楼下。老徐撒谎说他在客户公司开会，让他们把东西拿回去就匆匆挂了电话。谁想一会儿工夫，他爸爸又打来了，他按掉，爸爸再打，再按，还打。

"爸，我在开会……"

"你开什么会，还想蒙我？你在哪呢，我要现在、立刻、马上见到你！"

原来，老徐爸爸想把东西放到单位收发室，却被告知根本没有老徐这个人。

傍晚，老徐带着小北来到了父母的酒店房间。

"说吧，到底怎么回事？"老徐爸爸语气冰冷。

"爸，我……我其实早就辞职了。"

"什么时候的事？"

"工作满一年时。"

"什么，才一年？那你，那你这么多年在北京干什么？"

"我和你们提过的，我在做代理人。"

"代理人？卖保险？"

"嗯，就是卖保险，我已经卖了8年保险了，而且我做得也不错，薪水比在国企时翻了四五倍。"

"你什么时候这么有主意了？这么大的事，居然都不和家里商量，甚至都不通知我们一声？"徐爸端着杯子的手微微颤抖。

"爸，我和你们说过，我不喜欢待在公司，整天写了改，改了写。留在那，就是一种消耗，我不想浪费生命。"

"别人能忍，为什么你就不能？卖保险就好了，就不浪费生命了？"

"对！我用自己的专业为客户解决他们的风险问题，帮助客户理赔，得到客户的认可，我觉得自己有价值。"

"咦，那小北，你，你也是卖保险的？"徐妈突然抬起头。

"叔叔，阿姨，现在的代理人不是你们很多年前印象里的卖保险的，我们从不忽悠客户，一直保持学习，我们俩，不谦虚地说，做得也都不错。"

徐妈没再说话，而是转身去包里找了两颗药，递给了老伴儿，她让老徐和小北先回去。

"你看到了吗？"酒店的走廊里，老徐走在小北前面说。

"看到什么？"小北问。

"他们脸上的表情，就是那个表情，透着失落、绝望。"

"给他们点时间，相信他们会慢慢理解我们的。"小北上前挽住老徐的胳膊。

他们从酒店出来，不知何时，天空变得灰蒙蒙的，整个城市笼罩在阴雨中，让人有些窒息。

秦姝这天来给公公送翻身枕，刚锁好车，打算上楼，就听见车位后面有窸窸窣窣的声音。秦姝一惊，心想，该不会是老鼠吧。她微微探头，看到一个人影，走过去一看，居然是姜婆婆。秦姝赶紧上前扶着姜婆婆把她送回家。一路上，姜婆婆嘴里一直念叨："是这呀，就是这呀。"秦姝猜姜婆婆应该是在找那些被处理了的纸箱子。

刚一出电梯，秦姝就听见一个男人很大声地讲电话，是姜婆婆的儿子高先生正在报警。见到姜婆婆回来了，他和电话那边解释清楚，立刻挂断了电话。

"妈，您这是去哪了？我要急死了，你们……你们怎么在一起？"高先生面露不悦。

"找不着了，怎么就找不着了呢？"姜婆婆仍在念叨。

秦姝顾不上解释，给高先生使了个眼色，直接送姜婆婆回房了。秦姝像哄球球一样，告诉姜婆婆纸箱子她帮着卖了，还给姜婆婆手里塞了点钱。姜婆婆这才乖乖地喝了口水，躺下了。

秦姝等姜婆婆睡了，才悄声地从屋里出来。

"秦小姐，这到底是怎么回事，我妈怎么和你在一起？"

"姜婆婆应该是去地库找那些纸箱子了，迷了路。我也是恰巧碰上。你们以后要留意了，地库来回过车，太危险了。"说完这些话，秦姝打算离开。

"秦小姐，请留步。照顾我妈的亲戚刚帮了几天忙，就找理由回去了，你认识靠谱的护工吗？"高先生客气了不少。

"建议您叫人多跑几家家政公司，都留下电话，让他们安排人上门面试，这样能方便点。"

"我在三家公司都交了服务费，到现在来过的护工都走了。这些人一听是照顾得了海默的老人，都不爱接。"

"高先生，我说两句自己的想法：大家都说海默患者是困在时间里的人，他们本身也很痛苦。药物的有效性和护理人员的专业尽心程度，决定着他们的生活质量和生命的长短。您看起来是位成功人士，我真心劝您去看看我们的失智老人照护区。如果既能让姜婆婆生活得有质量，又能解决您的后顾之忧，让您放心忙事业，岂不是两全其美？"

"你们的社区多少钱？"

"钱对您不是稀缺资源，我可以带您先参观下……"

高先生被秦姝说得笑了，说现在卖保险的都这么会说话了，择日不如撞日，今天就去看看社区。

秦姝带着高先生和姜婆婆直奔失智照护区。刚走到大厅，就见一群老人围着一张大圆桌坐得整整齐齐，还有一位老人站在一块黑板的前面，拿着教鞭在讲课。

"这是？失智了，还要上课？"高先生一脸诧异。

"这里坐的都是失智老人，讲课的刘大爷得病之前是职高教师，教汽车维修的。这不，正在这给大家讲电路分析。刘大爷每天下午2点准时开课。刚开始老人们不爱来，后来也都陆陆续续地来这坐着，听不听的打发个时间。"社区的工作人员介绍说。

"你们几个干什么去了，又跑学校外边打游戏去了是吧？看我不找你们家长，赶紧过来，坐下。"刘大爷冲着秦姝几个人喊道。

"刘老师，我们去趟厕所，马上就回来。"社区工作人员对刘大爷说，然后带着秦姝他们走开了。

和高先生以往参观过的社区不同，这里的老人没有那种孤独迷茫的表情。

"照顾失智老人的护工都经过专业的培训，他们知道要用不断重复且简单的词语和老人沟通；要给老人封闭式问题，避免开放式问题让老人无所适从，从而避免增加他们的挫败感；永远不要和老人争辩，要给老人参与选择的机会。同时，要避免谈及老人悲伤的经历和往事，避免老人情绪激动。"工作人员说。

"失智老人的感受一直以来都是被照护者们所忽略的，因为人们通常觉得只要老人不走失，正常完成吃、喝、睡，就足够了。其实不然，他们更需要的是爱和呵护。"

"对，阿尔茨海默病患者同样是能感知爱且需要爱的。"秦姝说。

"秦小姐，我们说一下入住条件吧。"原本有一堆质疑的高先生突然戴上太阳镜说。

高先生按照入住社区的最低门槛投保了一份寿险，为母亲预订了一间面积最大的房间，并且配备了社区能提供的所有服务。

秦姝每次带客户去参观社区，都会去看望姜婆婆。阳光透过落地窗洒在藤椅上、藤椅边，姜婆婆和另外一位阿姨围坐在茶几旁边，两个人认真地将纸盒子拆成纸板。过了一会儿，一位工作人员进来将这摞纸板取走，对婆婆说："今天的纸板收走了，钱一会儿给您送来。"

"好嘞，好嘞，明天一定再来啊。哎哟，我的老腰……"姜婆婆起身，捶捶后腰，看上去有些疲惫却心满意足。

这里的工作人员采购了一批新纸箱，每天故意放在婆婆屋外显眼的位置让她来捡，等婆婆拆完，他们再来收走把纸板折成纸箱。就这样，折，拆，再折，再拆……

肆拾壹

　　每当群里有新人加入，小北都会发几个App到群里，要求大家下载并学习上面的内容。其中有讲财经新闻的，有讲理财的，有讲婚姻法、税法、财产保护的，还有讲常见疾病的。在小北看来，一名合格的代理人必须有足够的知识储备，这样才能够帮客户解决较为复杂的问题，让客户真正对其产生信任。

　　每当新的一个月开始，秦姝就会更新客户资料。此时，她正对着姜婆婆儿子高先生的名字发呆。高铭森，她觉得这个名字很熟悉，但又想不起来在哪里听过。小北帮她百度搜索，发现高先生是一家家电企业的老板。

　　难怪这么熟悉，秦姝家全屋用的都是这个牌子的家电，当时销售还给她们讲过他们老板的经营理念。

　　秦姝根据高先生的情况做了一份保险方案，然后在微信上联系高先生，说想当面送协议，高先生给了个地址，让秦姝将协议快递过去。秦姝思来想去，编辑了一条信息发给高先生：

　　"高先生您好，作为您数以万计的客户之一，我对您有些了解。知道您凭借着用户至上的经营理念将生意做得很大，这也使您平时很忙。除了照顾自己，还得照顾老人和孩子，工作和家庭有时很难兼顾。创业的过程充满各种可能，在您有能力的时候给家人一份保障非常重要。我为您做了一份家庭保障方案，考虑到了孩子的教育、家人的医疗以及资产传承几方面，希望有机会能当面和您沟通。"

令秦姝开心的是，信息发出后，高先生很快回复了见面时间。

高先生的公司距离市区有些远，秦姝带着打印好的方案提前1小时出发了。

"请坐，秦小姐。东西带来了吗？"高先生在办公室见到秦姝后直接问道。

"您是说协议？带来了，我还带了一版……"

"秦小姐，我很感谢你推荐了养老社区给我，就像你说的，帮我解决了后顾之忧，也让我妈妈找了个舒心的地方。但是，秦小姐，我认为我的家庭不需要保险，或者说暂时不需要。"

"高先生，我知道那些医药费对您来说不值一提，但是保险除了规避健康风险外，还可以帮您规避财富风险。比如，帮您把个人财产和企业财产做区隔，这样即便未来企业有了变数，家庭成员的生活品质和规划也不会受到任何影响。"

"秦小姐，今天请你来就是想说清楚我的想法，我们家暂时不需要保险。也许你说的有道理，但是我不需要。我还要去机场，不好意思，咱们改天再聊吧。"

秦姝没想到这次见面会是这样，她带着失落走出了写字楼。其实，在她来之前小北就告诉过她要做两手准备，有些超高净值人士就是坚定地认为自己完全不需要保险，尽管这个比例在逐步下降。

秦姝开着车去学校接球球，刚到学校门口，她就接到了吴姐的电话。吴姐说家里的房子要被银行收走了，戴总让她这几天提前收拾下搬家。

一定是老戴的生意出了问题，秦姝接上球球直奔婆婆家。房子里堆满了还没折成纸箱的纸板。吴姐正在厨房里收拾打包。婆婆在客厅往箱子里装她的衣服，见到秦姝和球球，婆婆轻揉了下眼角。

秦姝来到书房，老戴在书房打包，见到秦姝，怔了一下。

"来了，球球呢？"

"在楼下和奶奶玩儿。出了这么大事儿，怎么不和我说一下？"

"嗨，这算什么大事儿，就是一时腾挪不开了。收就收吧，没有你们娘俩，住着这么大房子也空落落的。就是之前给爸做的那些改造，可惜了。"

"货款还是没收回来？"

"没有，他们都是一群废物。"

"找好房子了吗？"

"周末中介带我去看了两个，妈说想离你们近一点，这样能让球球来一起吃晚饭。"

"戴总长本事了，都会自己找中介了。"

"又不是什么光彩的事儿，就没让小刘去办。"老戴面前放着两个纸箱，一个装要带走的书，一个装不要了的书，大多数书都被扔进了不要的纸箱里。

"怎么都不要了，好多都没拆封呢。"秦姝顺手捡回来两本。

"都没用，混得好的也没见读多少书。"

"本来读书就不能带着功利心，读书是为了遇见更有趣的灵魂，让自己的内心变纯净，变强大。"

老戴抬起头，用一种陌生的目光打量秦姝，转瞬又低下头收拾起来。

"找房子的事交给我吧，你就一心处理好公司的事。别太累了，自己身体什么样你心里有点数，找好房子，我发照片给你。"秦姝说完，想转身离开。

"等下，这张卡里的钱是留给球球上学的，你收好。"老戴从衬衫口袋掏出了一张卡，递给秦姝。秦姝接过卡，想说什么，又沉默了。

秦姝拿了两个纸箱去球球房间打包。搬家就像是一次记忆的旅行，看着球球小时候的玩具，秦姝想起了很多过去的事。媒体说，中国的很多家庭都有一个全家供着的孩子，一个全职带娃的妈妈和一个回家很晚的爸爸。老戴就是这样的爸爸。孩子第一次大笑、第一次说话、第一次走路、第一次跑步、第一次蹦跳，他几乎都错过了。但秦姝从来不怪他，作为枕边人，她能感受老戴的压力。

秦姝发了几张房子的照片给老戴，老戴回复说让秦姝定。秦姝找小邱在同小区租了个三居室，把自己和球球现在住的小两居提前退租了。

"我们是不是要和爸爸、奶奶一起住了？"球球看着妈妈收拾东西，小心翼翼地问。

见秦姝点点头，小家伙高兴得跳起来。秦姝知道婆婆爱干净，提前找保洁将房子的里里外外打扫干净了。虽说是从大房子搬出去，但婆婆知道是和球球一起住，便也没那么难过了。秦姝和吴姐说委屈她住一段时间客厅，等将来经济改善了，再换个大房子。老戴也很意外，秦姝愿意把老人接来一起住。

秦姝请大家帮她出谋划策，商量下高先生的案子。老徐说高净值和超高净值人群大部分都更加理性、自信，有时很难相信别人。要想说服他们，可能还是要从他们身边的人入手，如果家人能意识到家庭和企业财产混同的风险，也许能对高先生有些影响。

这天晚上，秦姝又专门在网上查了很多关于高先生的公开资料。虽然有些人对保险有抵触情绪，但提起对家人的呵护，大家都不会断然拒绝。特别是像高先生这样的"创一代"，早年忙于打拼事业，多少会觉得忽视了对家人的照顾。也许从他的家人切入会有机会。秦姝曾听姜婆婆提起过，说儿媳妇每周日都带孩子们去打冰球，还说孙子孙女打球滑冰都很优秀。秦姝想到可以去本市最好的冰球俱乐部碰碰运气。

秦姝从冰球俱乐部一开门就进去等。尤其是一个妈妈带着两个孩子的家长她会格外留意。虽然她对冰球俱乐部的环境早有准备，穿了一件羽绒服，可在看台上坐了两个小时以后，她的上下牙齿控制不住地往一起凑，发出"咯咯咯"的声音。

实在受不了了，她便在俱乐部门口来回踱着步等。大概下午快3点的时候，她看到一辆商务车缓缓地停在俱乐部门口。车上依次下来两位女士和3个孩子。从穿戴打扮看，一位是孩子们的妈妈，另一位抱着最年幼的孩子的很可能是位阿姨。

"陆姐，记得拿老三的水杯。"孩子们的妈妈说。

没错了！姜婆婆也提到过高先生家的阿姨小陆。秦姝心里一阵狂喜，紧跟着高太太一行人进了俱乐部。

高太太的两个孩子很快换上装备下场了。高太太则坐在看台上喝着热咖啡。秦姝在高太太附近找了个位置坐下。

"那两个都是您的孩子？"秦姝主动攀谈。

"嗯，两个孩子一个在那边打球，一个在练花滑。"高太太的脸上不经意间露出一丝骄傲。

"您够能干的，一个人管两个孩子。你女儿好酷，她叫什么？"

"叫可乐，外面大厅还一个老三呢！"

"3个孩子？那您和我这位客户一样。"秦姝比画着手里的一份建议书。

"客户？你是做销售的？"

"是的，我是启华保险的代理人。"

"噢，保险，不过我老公似乎不太信保险。"

"保险也要看怎么做方案，反正您陪着孩子上课，可以看看我这个客户的方案。这家先生是一位'创一代'，家里有3个孩子，他担心未来公司万一有什么问题，公司和家里的资产混在一起说不清楚，影响了一大家子生活和孩子们读书。特别是他太太已经做了很多年的全职太太，如果发生不测，可能没办法保证孩子们现有的生活品质。"

高太太顿了几秒，放下手里的咖啡杯，从秦姝手里接过那份建议书。

"这个方案里包括了客户一家5口的高端医疗、3个孩子的教育金，还有年金可以用作一家人未来的生活费。另外，方案里还为先生设计了一份终身寿险搭配定期寿险的高杠杆计划，这个计划可以用作资产传承。这样一来，一家人的生活费、医疗费，孩子的教育经费以及未来留给孩子们的钱，就都有了规划。"

"那万一公司出了什么事，我是说万一，这些保险会受到保护吗？"

"可乐妈妈，我们讲的资产区隔并不是恶意转移资产，比如明明知道生意出现问题，会有债权人来清偿，还投保大额保险，这种情况是不受法律保护的。但您现在的情况属于未雨绸缪，提前规划。这些保险的投保人大部分是孩子的爷爷，保险的现金价值是属于投保人的，只要爷爷不做债务人，保单便不会面临被执行。"

"那万一孩子爷爷的身体……"

"我们会安排律师拟好附条件的赠予协议，来保障这笔钱专款专用，不会被当作遗产被分割。"

今天的这节课，高太太无心顾及孩子们场上的表现，完全被秦姝的话牢牢吸引。人生在世，没有绝对安全的处境。而女人很多又是极度缺乏安全感的，这和她们手上有没有钱、有没有房子没关系。

高太太没有拒绝秦姝加微信的请求。

"要不，你也帮我们家简单规划下？"高太太有些不自然地说。

"风险规划是件重要且温暖的事，可不能在这么寒冷嘈杂的地方谈。"秦姝提出周一等孩子上学后找个安静的地方聊。高太太虽然有点纠结，但还是答应了。

周一，秦姝早早地等在咖啡厅。过了一会儿，高太太带着保姆，还有老三走了进来。高太太给保姆和老三点了果汁、蛋糕，让他们坐到了隔壁桌。

"高太太，您可以先聊聊自己的想法。"

"这些年我身边也有很多像你一样的代理人劝我们买保险，但我老公总觉得没必要。他现在也这么觉得，今天他不知道我过来。"

"他是觉得看病那点费用不用买保险，对吗？"

"不光是他，其实，我也这么想，即便全家生病去私立医院，一年下来也没多少钱。但是那天，我听了你的介绍，才知道原来保险不光是解决看病问题，还可以将公司资产和家庭资产做分割，所以我想了解一下。"

"高先生现在的生意做得还蛮顺利吧？"

"现在是顺利，但我们毕竟是从家庭作坊发展起来的，公司花了家里的钱，家里也花了公司的钱，有些时候真的很难说清楚。不怕一万，就怕万一，所以我想请你先帮忙设计下，看看怎么做能把风险降到最低。"

"趁着企业好的时候把风险提前规避，这是现代企业家都会做的事，这和家业多大没关系。您可以将家庭大项支出列一下，我们根据这几方面着手准备。"

高太太主要列出了孩子的教育费用、几套房子的贷款、平时一大家子的生活开销，支出项不多，但每项开支都不小。秦姝又帮她补充上了意外险和资产传承的寿险。

根据高太太一家人的支出，秦姝很快设计了一套方案。高太太将方案带回家，却一直没有回复。就在秦姝以为这单没戏了的时候，高太太却忽然请她去家里沟通方案。高兴之余，秦姝内心忐忑，她担心万一遇到高先生怎么办。秦姝一边往高先生家走，一边在心里反复组织语言，考虑该如何解释、如何道歉。

秦姝按下高先生家的门铃，阿姨开门带她来到会客厅。很快，高太太和高先生一前一后地走了进来。

看到一脸严肃的高先生，秦姝的心立刻提了起来。

"秦小姐，听说你在冰球俱乐部认识了我太太，这世界还真小。"高先生先开口说。

"对，那天……那天我刚好……刚好在那见客户。"

"怎么就那么巧，听我太太讲，你的那位客户和我们家的情况几乎一模一样？"高先生紧追不放，目光中充满怀疑。

"高先生，我承认，那次我是故意在高太太面前谈那个案例。我为我做的事情，向你们道歉，对不起。"秦姝不想再装下去了，她诚恳地道歉，打算说完便告辞走人。

"哈哈哈，承认了就好！看来，你也是个为达目的不择手段的人，这也算是一种不放弃吧。"

秦姝怔在那里，久久没缓过神来。

"秦小姐，快坐下，别听他吓唬你。我刚听说你们原来认识时，也很生气，但是转念一想，说不定你就是老天派来替我们消灾的。将来有一天，我们全家搞不好还要感谢你！"

高太太的一番话说得秦姝更加羞愧难当。

"既然做了那么多准备工作，那就说说你的方案吧。"高先生说。

秦姝顾不上尴尬，忙把自己准备的方案一份份拿出来。

"首先，我为你们一家5口做了含门诊全球版的高端医疗方案，今后不管大病小病，国内可以去顶级私立医院及三甲医院的国际部，国外可以去美国、日本、德国、新加坡等国家。近千万的保额每年自动补足，保证一家人有充足的就医资金保证。

"接下来是3个孩子的教育金，这是按照孩子未来出国读书的费用规划的。除了教育金，还有年金，这部分收益主要作为家庭的生活费用。下面是用作资产传承的终身寿险方案，按照高太太的要求，孩子们为受益人。

"高先生，我知道您的生意一向做得很好，但生意场上的事变幻莫测，谁也说不清楚未来会如何。在企业经营顺利的时候，为抵御企业未来可能出现的债务风险，教育金、年金和寿险的投保人都是您的父亲。这需要您和父亲签署一份赠予协议，注明这笔钱专款专用，用来购买指定的保险，之后再将保费打给您父亲。指定用途的赠予协议，可以保证这笔钱不会作为父亲的遗产被分给您其他的兄弟姐妹。所有的保险利益都是属于投保人的，只要您父亲没有债务关系，这些保单就不会被执行清偿。"

秦姝说到前面几款产品时，高先生的表情一直很平静，但当秦姝提到资产传承时，他眉头紧蹙起来。

"让孩子们一下子拿到这么多钱……"

"您是担心一下子给3个孩子这么大一笔钱，他们可能没有能力打理？这里我设计了一份保险金信托计划。"

"信托？你们也做家族信托？"高先生更加诧异。

"高先生，看来您对信托有过了解，我说的是保险金信托，和家族信托不太一样……"秦姝还没说完，就被高先生打断了。

"秦小姐，我觉得你刚说到的医疗保险和教育金都没什么问题，就按照你做的方案办。但是后面的信托部分，我们再商量下。"高先生说完，以还有工作为由起身上楼了。

秦姝知道，像高先生这样的超高净值客户通常会选择设立家族信托或者海外信托。

"我做了很久他的思想工作，他就是不松口。昨天也不知道怎么了，他居然主动让我尽快把这个事情办了。这不，今天让你跑一趟。还有，你上次说到的赠予协议，公司法务已经拟好并签字了。"看着高先生的背影，高太太轻声说。

"上次给您列的资料清单……"

"也准备齐了，我老公这个人，要么不做，可但凡他决定做的事，效率总是惊人。"

秦姝在App上将高端医疗险和教育金操作了投保，最终投保的教育金方案比秦姝之前做的那一版保额还要高。

"高太太，是什么突然让您先生改主意同意配置保险了？"秦姝收拾东西准备离开时问。

"他没说，但我觉得是他一个哥们儿乘坐私人飞机出了意外，这件事触动了他。听说，由于是突然离世，那哥们儿也没来得及处理财产问题。紧跟着他的公司融资对赌协议失败，他太太一夜之间背上了大几千万的连带清偿债务。现在，家里的别墅、公寓还有几辆车都被执行了，孩子们也陆续回到国内读书。一家子的生活跟之前比真是天壤之别，好可怜。"

教育金和医疗险的签单很顺利，但人就是这样，看到曾经快到嘴边的肉飞走了，不免有些遗憾。秦姝为没有签下高先生家年金和终身寿险的单子而略感失落。

"秦姝姐，你让我想起一个笑话，说有的人就是不知足，有了双下巴还想要双眼皮。行了，成了这么大的单，再不开心，可就有点矫情了啊。"小北笑着说。

"开心，走，吃意大利菜去！"

肆拾贰

随着大家的努力，特别是有几单像高先生这样的家庭保单进来，小北团队的业绩距离瑞士游又近了一大步。

傍晚，老徐收拾东西说要回趟老家。原来，徐妈打电话说徐爸经人介绍要和一群中东人做生意，还要提前发货给他们，而且货值不菲。徐妈觉得不踏实，让老徐赶紧回去看看，劝劝徐爸。

小北不顾老徐的阻止，带了几件换洗衣服就上了老徐的车。

"我家遇到困难的时候，都给你机会表现了。你家有事，我为什么不能去？开车！"小北上了车，从包里拿出提神饮料和咖啡。

"小北，我一听说这事，第一个想到的就是你，你是学外贸的，英语好，还自学了法律。但我担心，有了上次的事，你们见面会尴尬。"

"尴尬？你忘了我是谁吗？我是堂堂的启华保险代理人，我会尴尬？我是什么人品，保险有什么价值，大家早晚会明白。我就做好自己能做好的事儿，一件件、一桩桩，他们自然会懂我。"

老徐开车，小北也没闲着。她联系了自己远在中东的研究生同学，请她给些建议。

早上6点多，老徐和小北进了家门。

"叔叔，我刚好有同学在中东做外贸，我让她帮忙查查这家公司，您把公司的名字告诉我。"

徐爸将名字发给了小北。很快，小北同学回复说这家公司就是一家"一日公司"或者叫"皮包公司"，专门注册用来骗跨境商人的。

"我就说吧，外贸生意哪有那么好做，多少人被骗得一分货款收不回来。"徐妈说。

"我来的路上列了一些和中东企业做生意的注意事项，你们可以参考看看。"小北看出了徐爸的失落，安慰道。

徐爸看了一下这些注意事项：尽量不和离岸主体签协议；协议签订前务必核实对方的登记情况，如合同中要出具合格证和合格标记避免扯皮；尽量约定用人民币结算；等等。

看着这张清单，徐爸和徐妈都很佩服小北，他们没想到，卖保险的小北还懂国际贸易和法律。离开时，徐爸对老徐和小北说他们老了，不懂老徐他们这一代人，但是既然事业是自己选的，那就坚持做下去，做出成绩来。

回京后的一个晚上，小北和老徐正在看新上映的一部科幻喜剧电影。出于职业的习惯，小北即便静音时也经常下意识地看看手机。自从做代理人以来，她对客户的信息几乎是秒回，久而久之，客户都觉得无论什么时候，小北一直都在。此时，小北看到朱莉发微信问她方不方便，于是她便拿着手机走出放映厅。

原来，达景公司分管人事的副总由于个人财务问题，引咎辞职了。没有了来自上层的压力，朱莉想重新选择供应商。小北和朱莉约了第二天去达景再聊下方案及保费。

小北接完电话回来，就坐在座位上傻笑，笑着笑着还兴奋地跺了跺脚。

"不至于吧，你是多久没看过喜剧了？"老徐小声问。

"就是很搞笑，你不觉得吗？"说完小北又自顾自地笑起来。

"去簋街吃个消夜吧。"散场后,小北挽着老徐的胳膊往出走。

"不对,你今天就是不正常,就从你刚才接电话开始。说吧,那电话谁打来的?"

"告诉你吧,达景的朱莉。"

"她?她找你干吗,难不成这么快就要换掉康欣?"

"他们根本就没和康欣签,正准备签时那个副总出了点问题,现在想再看看我们的方案。你说,该不该庆祝?"

"真有这么好的运气?"

"这也不全是运气吧,要不是我们之前努力到最后一刻,人家也想不到我们。"

二人取了车,直奔簋街吃麻辣小龙虾,还在群里招呼了一声,把安安他们几个年轻人都叫来了。

小北带着老徐、安安又重新给达景的人力同事展示了他们的方案,重点突出了各类岗位的特色福利。保费虽然较朱莉他们原来的预算超出了20%,但员工对这个方案的满意度明显高了很多。鉴于启华秉持长期主义,未来的保费相对稳定,达景最终接受了小北他们的方案。达景的单子一进来,瑞士游的任务指标就轻松被他们达成了。

周末,为了感谢李总介绍达景,小北特意邀请了李总、Lisa到郊区泡温泉。小北选的这家温泉俱乐部很有特色,是由一排排联排别墅构成的独门独院私汤温泉,有室内和室外泡池。室外泡池拥有180度的开阔视野,大家泡在池子里就能饱览远处的山林风景。也许是温泉驱走了大家的压力和坏情绪,3个女人悠然地泡在私汤里,喝着热红酒欣赏着远处的苍翠重叠、花团锦簇。

"我发现和吴畏闹过后,现在又找回了年轻那会儿从周一就开始翘首企盼周末的感觉了。"Lisa说。

"那是啊，你现在的每个周末都在做自己喜欢的事儿。"李总说。

"以前的周末，吴畏总说加班。我想做点什么吧，就想着等等他，等他有空了一起去做。现在想想，信他的话呢，男人的嘴，骗人的鬼！"Lisa说。

"小北，我一直有个问题，如果我出什么意外，我留给孩子的钱会不会被我前夫分去？"

"李总，您怎么突然想起这个问题？"小北将手里的红酒放到泡池边。

"我是看到Lisa给自己买了养老保险，想到我之后的安排。我还想到，真要是我哪天不在了，谁来照顾我妈和威廉？"

"你这是干什么，出来放松的，怎么说这么沉重的话题？"Lisa说。

"这有什么，不过就是个规划，我看得很开。年轻时总觉得一辈子很长很长，要做的事情很多很多，可是年过50才发现，看似简单无聊、一成不变的平淡生活才是最幸福的。年过半百的我不会因为衰老、生死而忧虑，但也不能不对身后的事情提前打算，毕竟家里有一老一小指着我呢。"如此沉重的话题，却被李总说得这般轻松。

"李总，如果威廉在未成年时继承了您的财产，的确需要法定监护人也就是您前夫代为保管。"

"那就提前写遗嘱，说好钱是给儿子的。"Lisa说。

"即便有遗嘱，只要威廉未成年，继承的手续也需要由威廉的生父代为办理，也就是说这部分财产会由您前夫实际掌控。"小北说起业务来不自主地认真起来。

"可是这样，谁知道他们怎么用这笔钱？"Lisa愤愤不平。

"我说下这种情况的规划思路：首先，可以为自己买一份终身寿险，受益人是您的母亲和威廉。"

"可是，威廉拿到的保险金不一样要给他爸爸管吗？"李总问。

"您说的没错，如果只是这样的方案，保险金依然会由威廉的父亲代为管理。所以，我们在保险合同成立后，会对接一个信托计划，就是保险金信托。具体说来，是将这份终身寿险的受益人变更为信托公司，并且在信托协议中约定您母亲和威廉作为信托受益人，具体的受益比例可以根据您的要求约定。假如，您真的提前离开了，这份信托方案自动生效。"

"我还有个问题，说实话，我对威廉的未来并不是很有信心。这孩子胆小懦弱，身上没有一点儿我的拼劲儿，也不知道他将来靠自己会过得怎么样。如果，我是说如果将来威廉自己没什么本事，还遭遇婚姻不幸，那我留下的这点钱会不会被分走？"

小北面对过很多事业成功的客户，每每提到孩子的未来，他们都有同样的担忧。在他们眼里，孩子在智力、体力、毅力等方面远没有自己强，因此担忧下一代能不能守住自己留下的资产。

"李总，我们会在信托合同中约定，即使威廉未来结婚，信托受益权仍为其个人所有，与其配偶无关，不是夫妻共同财产。这样就可以规避威廉的婚姻风险。不光如此，还会约定万一威廉出现不测，他的信托受益份额由他的子女和您母亲共同享有。这样也防止了钱落到您前夫手里。"

"小北，我敬你一杯！下次谁再瞧不起卖保险的，你就把这方案甩他脸上。"一旁听得很认真的Lisa说。

"这个方案好，回去你就帮我设计一份。"李总说。

"李总，保险金信托还有个最大的优势是利用保险杠杆撬动了信托，从您缴纳第一期保费时，一旦发生理赔，就会按照保额赔付，启动信托计划。刚才，我只是说了方案的大体设计思路，具体的领取节点、领取条件和领取金额都可以约定。对接了信托以后，还可以做些个性化设计，您甚至可以约定威廉每个月必须探望外婆几次，否则就拿不到生活费，哈哈哈。"

"还可以这么玩？那我可要好好想想，你们看现在不结婚、不生孩子的年轻人越来越多，那我就写上要威廉必须给我生3个大胖孙子或孙女，否则就不准领钱。"

温泉四周的树上不知何时飞来了几只小鸟，它们仿佛感受到了池子里3个女人的愉悦，也跟着叽叽喳喳地上下跳跃。偶尔从树上滑落的几片落叶，旋转着优美的身姿翩翩落下……

星期五晚上，秦姝从公司回来，婆婆叫她过去，说有话要说。婆婆在老邻居的朋友圈看到了养老社区，问秦姝那里是不是她以前提到过的社区。秦姝仔细地看了照片，发现那的确是启华保险的社区。婆婆问完，却没说什么。秦姝明白婆婆的心思，婆婆想和公公一起住到社区里，可现在家里的情况……

　　这一晚，秦姝翻来覆去睡不着。第二天一早，秦姝把老戴叫到卧室，拿出那张老戴给她的银行卡。

　　"球球奶奶给我看了老街坊在养老社区生活的照片，我看得出来，她很羡慕。我想用这张卡里的钱让他们也住到社区去。"

　　"这怎么行？你知道这钱是干什么使的，这是孩子的学费，无论如何都不能动。"

　　"我查了下附近的公立小学，也是区重点，师资比他现在的学校还好，我想把球球转到这来。"

　　"他从小就上国际幼儿园、国际小学，你让他突然去公立学校，孩子能适应吗？"

　　"我问过球球，他同意转过来。一年将近30万的学费，真的没必要。如果他将来在国内高考，考个好大学，同学、老师都在国内，不是更好？"

　　老戴沉默不语，良久起身说："你定吧，别让老人、孩子受了委屈。下周，我出国两周，去要账，家里就交给你了。"

　　"到人家的地盘要钱，你小心点。"

　　一天，秦姝带之前活动里认识的一位阿姨参观社区，看得出来阿姨对社区的条件很满意，但阿姨的儿子和儿媳貌似觉得费用有些高，说回去再商量下。送走客户后，秦姝便来看姜婆婆，还带来了吴姐做的泡菜和黄米糕。

　　房间的门敞开着，秦姝进来的时候姜婆婆正坐在沙发上很认真地数钱，见有人来，她连忙把钱塞到沙发的靠垫后面。姜婆婆已经不记得秦姝了，她问秦姝是谁，找谁。秦姝说是她儿子派自己来给自己送东西的。

姜婆婆听到是儿子送来的东西，顿时喜上眉梢，顾不上洗手，拿起一块黄米糕就吃起来了。

"你要不要也吃点？好吃，蘸着糖更好吃。"姜婆婆吃得像个孩子。

"姜婆婆，您今天没拆纸盒吗？"

"拆了，他们都收走了。我告诉你，我现在攒了好多钱。对，不能告诉你有多少，我还得给儿子留着，买房子。"姜婆婆压低声音，神秘地说。

正说着，听见有人走了进来。秦姝回头一看，是姜婆婆的儿子高先生。

"太巧了，刚说到您。"秦姝起身打招呼。

"秦小姐也在。妈，您这是吃什么呢？"

"黄米糕，我家阿姨做的，姜婆婆爱吃，我每次陪客户参观社区就带点过来。"

"你，经常来看我妈？"

"也没有经常，虽说这里条件好，但是老人还是很期待有人来看他们。你们聊吧，我先回去了。"秦姝又和姜婆婆说了两句话，便起身离开了。

秦姝每次来都会在社区拍些照片，发发朋友圈，也算是宣传了。

"还没回去？"

秦姝正对着花园里练太极的老人们拍照，身后传来高先生的声音。

"这就回公司了。您不多陪陪姜婆婆了？"

"下午还要坐高铁，没时间了。对了，刚听护士说你经常来看我妈，还总说替我给老太太送吃的，谢谢。"

"客气了，举手之劳。"

两个人一起去取车。

"高先生，您之前提到家族信托，后来做了吗？"秦姝先找话题。

"找了，但是，有些证明资料可能有点小问题。"

"高先生，都是去车库，您现在也没别的路可走，不如我用一分钟给您说下保险金信托的优势吧？"

高先生没说话，嘴角轻微上扬，做了个请的手势。

"首先，保险金信托门槛低，100万就可以设立，当然这个对您没什么吸引力。其次，它杠杆高，也就是您从缴纳第一笔保费起就可以撬动一个较高的保额。再次，家族信托是由专业人士打理，但难免会有波动，收益不稳定。而保险金信托是提前锁定利率，写在合同中，确保这笔钱万无一失地传承到您的下一代甚至是下下一代手上。最后，保险金信托的设立相对简单，不需要烦琐的手续和太多的证明文件。好了，我说完了。"秦姝一口气赶在一分钟内讲完了，然后深深地吸了一口气。

高先生笑了，说："秦小姐，还是谢谢你经常来看我妈，再见。"

秦姝站在那，目送着高先生的车开向远处，心里默念："尽人事，听天命，没毛病！"

令秦姝万万没想到的是，高太太当天晚上就叫秦姝第二天去家里，说要将上次没买的保险也买上，不过保额要降一些。听到这个消息，秦姝没办法形容此时的心情，脑海里只反复响起那句话："只管播种，不问收获！"

肆拾叁

就在距离瑞士游一个星期的时候，小北的团队完成了团队业绩，但是有近一半的小伙伴个人业绩未达到奖励标准。

睡前，小北在视频网站上随意地浏览粉丝们发的视频。突然，一位广西粉丝发的一张照片吸引了小北。照片里，一个小女孩的双脚被不合适的鞋子磨得多处出血，但孩子却像珍惜宝贝一样把这双鞋摆在床头。这位粉丝是云贵山区的一名支教老师，照片里孩子的那双鞋是好心人捐助给她的，孩子很爱惜，但无奈鞋子已小，可她仍然不舍得丢，每天穿着它们走50里的山路上下学。

小北点开了这位老师发布的其他消息，里面的孩子大部分是跟着老人生活的留守儿童，他们的爸爸妈妈常年在外打工。那里的孩子和球球这样的城里孩子完全不一样，他们本就黝黑的小脸通常都脏乎乎的，头发看起来很久没有洗过，有的孩子还穿着露棉花的衣服和露着脚趾的鞋子。和早餐一样，大多数孩子的午餐就是从家里带来的土豆。

躺在床上，视频里一张张孩子的面孔闪现在小北的脑海里。她拿起电话，打给了老徐。

"出什么事儿了？"电话里的老徐语气十分紧张。

"没事儿，不，有事儿，我有个想法……"

"到底有事没事，你知道现在几点了吗？"

"我不想去瑞士了，我想带大家一起到山区去。"

"山区？瑞士也是山区啊，雪山。"

"我是说，带着大家一起去云贵山区，带上物资去资助那些贫困山区的留守儿童。你说这样是不是更有意义？"

"这……这个，要不明天和大家商量商量？"

"我觉得很好，这才是净化心灵、激励大家的旅行。"

"是，我没意见，关键还得问问其他小伙伴，尤其是那些年轻点的，怕他们对这种活动不感兴趣。"

第二天早会后，小北将达成目标的小伙伴留下，给大家分享了几段视频。其中一段讲的是一群孩子背着书包，手里拿着土豆，一边啃一边走在泥泞不堪的山路上去上学。还有一段视频，外面下着瓢泼大雨，孩子们拿着各种锅碗瓢盆将教室里的积水舀出去。

"这是哪儿呀，现在还有这么穷的地方？"一位年轻的小伙伴说。

"这是云贵山区的孩子们，他们大部分都是老人带大的留守儿童，过着勉强吃饱穿暖的生活。"小北说。

"真想让球球去看看这些小朋友，他就更知道珍惜现在的生活了。"秦姝说。

"难道你不想去看看吗？"小北问。

"我？如果可以当然想，给他们送点课外书、卫生用品，看这些小家伙的小脸、小手都黑黑的，这样不注意卫生会生病的。"

"我有个想法，和大家商量下。大家知道我们团队已经达成了瑞士游的任务，拿到了出游奖金。这些天大家都很拼，顾不上孩子，顾不上恋人，从一日三访变成一日四访、五访。但咱们团队里还有一些同事没有完成个人业绩，没办法跟我们一起出游。我一直在想有没有更好的方案，可以让大家一起享受这份成就感。

"直到昨晚，我看到一位支教老师发的这些视频。我看了很多条，越看越感动，越看越着急。我真的很想去现场看看那些孩子，看看能为他们做些什么。就像秦姝说的送些书，送些卫生用品，送些药品……我想他们缺的应该远不止我们想到的这些。所以我在想，我们是不是可以用这笔瑞士游奖金让团队小伙伴一起去山区看望和帮助这些孩子，来一次真正的身心之旅。"

小北的话说完，会议室里沉寂了很久。

"可以申请带家属去吗？家属可以自费。"人群中的一个声音打破了寂静。

"当然可以，小朋友免费。"小北说。

"这就是小北的初步想法，大家有什么其他想法，都可以畅所欲言。"老徐补充。

小北没有想到，几乎所有人都很赞同。

通过和那位支教老师联系，小北得知山区各个年级的孩子连最基本的课本都不能保证人手一本，他们急需图书、运动设备、课桌椅、简易床和洗澡设施。根据这些信息，小北他们先采购了一批物资发了过去。

确定了出发日期，秦姝他们把这次爱心之旅的内容制作成海报，让大家转发，呼吁更多的人加入。令人意外的是，除了同事，小北他们收到很多来自客户的爱心。李总采购了一组户外游乐设施，还请求小北带威廉一起去。思妍说服他们公司捐助了200双球鞋和200套运动服，其他捐衣服、文具和食品的客户也很多。客户们对小北他们做这件事都很认可，很多客户都将海报转发了，也算间接帮他们宣传。

一路坐飞机、大巴、拖拉机，最后步行，小北一行人终于辗转到了这所山区小学，接待他们的是那位叫英子的支教老师。

实际的教室远比视频里更加简陋。说是教室，不过是3间平房，教室里没有一块玻璃是完好的，有的窗框很久前就已经掉落。围在课桌椅四周的，是一圈上下铺。有些离家太远的孩子就寄宿在学校，让人很难想象的是一米二的小床上要睡五个人。既是教室又是宿舍的屋子早已年久失修，常常外面刮大风、里面刮小风；外面下大雨、里面下小雨。

英子前面提到过孩子们洗澡很困难，但小北他们没想到有那么困难。学校里根本没有专门的浴室，每次洗澡都只能在厨房里凑合下。孩子们要从很远的地方打水来，而且他们根本没条件烧热水，大多数时候都是用盆从头上浇下来。

大家在校园里没见到什么运动设施或者玩具，孩子们下课后就是用地上的土块、石块随意打闹，但这丝毫不影响他们的快乐，院子里不时传来孩子们的笑声。

一些学校离家不是特别远的孩子选择走读，但他们也需要每天很早就出门，三三两两地在崎岖的山路上结伴而行。孩子们的早餐几乎每天都一样——一个土豆，边走边啃。放学后同样再走几十里山路，回到家还有很重的家务在等着他们。放下书包，大部分孩子要去放牛、砍猪草，回去再把猪草切碎。听上去很苦很累，但孩子们不觉得，因为他们习惯了，而且放牛时能遇到很多同学，大家说着笑着就把活干了。

小北团队里有小伙伴喜欢摄影，他们把孩子们的日常生活都拍了下来，剪辑成视频分享在朋友圈和社交媒体上。没想到，公司的领导也看到了这些视频，管理层对于这群代理人愿意放弃出国游而选择身体力行地去探望山区的孩子很感动，决定以公司名义向学校捐赠校舍和浴室。

小北他们采购了发电装置以解决这里的用电问题，孩子们再也不用在昏暗的教室里读书了。高先生看到秦妹发的朋友圈，也以公司名义捐赠了一间图书馆、一个投影仪和一块幕布。这让孩子们第一次知道了什么是电影。

在所有的孩子中，有一个叫乐乐的小朋友很特殊。他从来不和别的小朋友玩，经常一个人在角落里画画，没有纸，他就在墙上画。小北发现，他在重复地画着一些几何图形。

英子说一年前，乐乐被确诊为孤独症。他的爸爸妈妈常年在外打工，把他留给爷爷奶奶。缺少了陪伴和沟通，乐乐的病情越来越严重。她说这里的人不管是大人还是孩子，最怕的就是得病。因为大多数家庭的收入都是刚好维持生活，根本没有多少富余的钱用于医药开销，所以很多家庭都是因病返贫。

听到这里，小北想到了"百万医疗险"，一年几百块，就可以覆盖他们住院治疗的费用。英子摇摇头，几百块对于他们来说并不少，她担心村民接受不了。

就在要离开的前一天，小北召集大家开会，商量如何启发村民的保险意识。

"咱们要是让他们买保险，他们会不会觉得遇到骗子了？"

"有这个可能，觉得咱们前面的捐赠都是有目的的。"

"以他们的学历见识，大概率是接受不了的。"大家七嘴八舌讨论起来。

"我们就是想和村民普及下保险的功用，让他们知道有这样一种转移风险的方式。即便不能立刻唤醒他们的保险意识，至少也让他们知道保险的存在。"小北说。

"是啊，也许多年后的一天，他们会主动想到保险。"秦姝说。

夜幕降临的院子里，村民和孩子们在地上坐得整整齐齐，他们都是从很远的山下跑过来看一个叫电影的东西。放映电影前，小北先是简单放了一段视频，用故事的形式告诉大家什么是保险，保险可以怎样帮助他们。小北他们并没有对这一次的保险分享抱有什么希望，因为到场的大多数都是老人和孩子。

第二天一早，大家即将返程。没想到一出门，就看到早已等在外面的孩子们，很多孩子手里拿着要送给他们的画。看到这一幕，大家几乎都泪目了。

"公益不是因为有意义才去做，而是因为做了才有意义。"坐在回去的大巴上，小北反复想着这句话。大家都觉得这次旅行，受益最大的是自己。

通过捐赠，每个人强烈地感受到了自我价值，再想到代理人这份工作，又何尝不是带给别人爱和希望的一份事业呢？

公司将小北团队的这次慈善之旅写成了专门的文稿发在官网上，还特别奖励了小北的团队。

回去后的某一天，就在大家已经慢慢淡忘这次旅行时，英子告诉小北，有一位家长找到她说，要给孩子买份保险……